Nicolás Casariego

Lo siento, la suma de los colores da negro

Nicolás Casariego

Lo siento, la suma de los colores da negro

Ediciones Destino
Colección
Áncora y Delfín
Volumen 1109

Diagonal, 662-664. 08034 Barcelona
www.edestino.es
Primera edición: noviembre 2007
ISBN: 978-84-233-4005-7
Depósito legal: B. 47.601-2007
Preimpresión: Anglofort, S.A.
Impreso por Hurope, S.L.
Impreso en España - Printed in Spain

A los míos, que son muy suyos

LA AVENTURA

Tras precipitarse sobre la coronilla, el chorro se dividía, convirtiéndose en cientos de serpientes de agua caliente que recorrían su cuerpo hasta reunirse en el plato y morir en el desagüe, ininterrumpidamente. ¿Cuánto tiempo llevaba bajo la ducha? Un cuarto de hora, quizá. Demasiado. Cerró el grifo y se quedó un rato inmóvil. Cuando ya no resbalaba ninguna gota por su piel, cogió una toalla y se secó. Ducharse era una de las actividades más placenteras del día. Sobre el bidé, hecha un lío, estaba su ropa, manchada con el vómito de su hija pequeña. Antes de ponerse el pijama, limpió con agua la ropa en las zonas a las que se había adherido la leche con cereales, y su tacto suave y deslizante le recordó la desagradable textura de un moco. Pero ahora, tras la ducha, la sensación de tristeza que le embargaba había remitido.

Escurrió cada una de las prendas con cuidado y las colgó en el tendedero portátil. Mientras se vestía, se miró en el espejo. Tampoco estaba tan mal. Si redujera un poco esa tripa y esos michelines... El mes que viene cumplía cuarenta años, y ya le gustaría a mucha gente estar como él. Conservaba todo el pelo y... Se volvió a mirar en el espejo, vio la palidez de su rostro sin afeitar y las ojeras, y miró a otro lado. Salió del baño, y se asomó a la habitación de sus hijos. No se oía nada. Estaban dormidos. Había luz en su dormitorio y pensó que no estaría mal ponerse una película, pero cuando entró, vio que su mujer se había dormido vestida. Estaba tumbada en la cama boca abajo, con la melena inexplicablemente hacia arriba, derramándose sobre la almohada y dejando la nuca a la vista. Tenía los brazos y las piernas abiertos, un zapato puesto y el otro tirado en el suelo. No era una imagen muy sexy, que digamos, y se sorprendió por haber tenido la idea de que pudiera ser sexy ver a su mujer dormida tras un día tan agotador como aquel. Pensó que eso quería decir que aún estaban vivos. Como siempre, no habían tenido tiempo para hablar de nada, ni siquiera para contarse sus interminables jornadas. La descalzó, apagó la luz y se fue al salón, una habitación grande, decorada con muebles clásicos, con un gran ventanal que daba a la calle.

La casa estaba en completo silencio, salvo por el insoportable zumbido de la nevera. Algún día tendría que eliminarlo, era tan sencillo como equilibrar el aparato mediante las patas regulables, aunque, sólo de pensarlo, le entraron ganas de prender fuego al piso y largarse a Sudamérica. Miró el reloj de pared: las doce y media de la noche. Todavía le quedaba una hora de descanso. Se sirvió un güisqui con hielo en el mueble bar, se sentó en el sofá y estiró las piernas. El portátil y el maletín de cuero negro le amenazaban desde la mesa baja, recordándole la reunión con aquellos inversores finlandeses. Habían quedado en su despacho a primera hora de la mañana y sólo la había preparado a medias. En una mesita, a su lado, estaba el libro que había empezado hacía tres meses. Era una novela policíaca muy entretenida, pero se le había olvidado la mayor parte de la trama, y el esfuerzo que suponía retomarla no merecía la pena, al menos esa noche.

Encendió la televisión. Ponían anuncios y pensó cuán alejada estaba su vida de tanto color, de tanta sonrisa de dientes perfectos. Como si todo no consistiera en un esfuerzo continuo, en una lucha sorda sin acompañamiento de violines, abocada al fracaso. Lo único que se parecía a ese universo feliz era el coche que descansaba en el garaje, comprado hacía apenas un mes. Aunque, por supuesto, su coche no le convertía en una persona *realmente* diferente: ni volaba, ni atraía la atención de todo el mundo, ni se subían a él rubias despampanantes.

Zapeó, saltándose varios programas horteras de entretenimiento, un par de documentales de esos en los que los animales tenían nombre propio y se comportaban como beatos, y retransmisiones deportivas de especialidades minoritarias e incomprensibles. Se detuvo en una película de intriga relativamente moderna. El protagonista, un abogado felizmente casado, dueño de una casa preciosa al borde del mar, acababa de recibir una llamada misteriosa que podía esconder una amenaza, probablemente el detonante del comienzo de la acción. Sí, la película estaba empezando. Diez minutos después habían asesinado a su mujer, y al protagonista le había dado tiempo de perder la casa y el trabajo, y de caer en el alcoholismo. Ahora, de la mano de un antiguo amigo al que había despreciado hacía años por fracasado, comenzaría su regreso, el viaje de vuelta desde el infierno, investigación y venganza incluidas. Pensó que a él no le ocurría ni el uno por ciento de los intensos sucesos, alegres o trágicos, pasionales o insospechados, que vivían los irreales protagonistas de las películas. ¿Qué sorpresas le esperaban a él, aparte de unos cuantos golpes en la nuca, tan bien dirigidos como carentes de épica alguna? Se sonrió al pensar que todavía podía enamorarse de otra mujer, exótica y optimista, abrazar ese nuevo espejismo, repudiar a la suya, quedarse sin sus hijos y montar otra familia, esta vez multicultural. Llenarse de ex mujeres, pensiones, hijos problemáticos e hipotecas. Irse a vivir a una casa rehabilitada con sus propias manos en un pueblo abandonado.

Siniestro.

Creyó oír el llanto de un niño y bajó el volumen. Se oía la sirena lejana de una ambulancia, el zumbido de la nevera... Falsa alarma. Giró la cabeza, miró hacia el pasillo, y se sobresaltó. ¿No había algo moviéndose en la semipenumbra? Se levantó y escrutó el pasillo. Nada. Todo estaba tranquilo. Encendió la luz y entonces la vio.

Echó a correr pegada al zócalo del pasillo, y se detuvo en seco.

Pensó que debía atraparla cuanto antes, no se fuera a meter en la habitación de su mujer. Como ella se despertase y la descubriera, podía olvidarse de dormir aquella noche. Su mujer no soportaba los insectos, pero dentro de esa clase tan amplia, extendida y numerosa de animales, las cucarachas merecían capítulo aparte. Aunque pudiera parecer ridículo, una insignificante cucaracha podía convertir su casa en un infierno. Gritos, llantos, lloros, orfidales, discusiones, los niños despiertos, amenazas de divorcio... Un escalofrío recorrió su espina dorsal. Hoy su familia no podía permitirse la aparición de una cucaracha. Ya habían tenido una cena intensa —el mayor no quiso pescado, y tras el castigo se había comido el filete con patatas que se había preparado él—, su suegra había tenido a su mujer una hora al teléfono dándole lecciones de cómo alimentar a sus hijos, y a él, la pequeña le había vomitado encima al acostarla.

Había que solucionar el asunto cuanto antes. Fue a la cocina, cogió una servilleta de papel y regresó al pasillo. La cucaracha seguía en el mismo lugar. Movía las antenas de un lado al otro y se mantenía agazapada, atenta a cualquier peligro que pudiera surgir. Quizá por cansancio, en lugar de abalanzarse rápidamente sobre ella con el papel en la mano y espachurrarla, como había hecho en otras ocasiones, se quedó observándola, agachado a medio metro de distancia. ¿Por qué resultaban tan desagradables las cucarachas? Transmitían alergias y enfermedades como la gastroenteritis, pero eso no explicaba del todo la repulsión y el odio que sentían hacia ellas casi todos los seres humanos. Como ocurría con las ratas, se trataba de una animadversión innata, antigua, del principio de los tiempos. Quizá también tuviera algo que ver con su aspecto.

Se inclinó un poco más sobre la intrusa, y se fijó en su color negro rojizo, en el cuerpecillo plano, en el movimiento continuo y vigilante de las antenas, en las alas atrofiadas que lucía en ambos costados, en los tres pares de patas largas y espinosas, en el abdomen semitranslúcido formado por la superposición de láminas curvas. Pensó en que aquella cucaracha, aunque no hacía ascos a ningún alimento, prefería la comida fermentada, huía de la luz, sus excrementos eran señales y ponía huevos. Resistía la radiación nuclear y podría vivir hasta nueve días con la cabeza cortada, antes de morir de inanición. Al aplastarla se oiría una especie de «craaatch», probablemente el origen de la palabra «cucaracha», un horrible sonido que avisaría del peligro a sus colegas; al principio se sentiría cierta resistencia, y después, al romperse el caparazón, se entraría en contacto con una materia blanda, húmeda y viscosa.

No quitaba la vista del insecto, que se mantenía expectante, y le entraron ganas de vomitar. Trató de controlarse, pero le sobrevino una arcada, y después otra. Se apartó y miró hacia otro lado. Es ridículo, pensó, absolutamente patético. ¿Cómo puedo vomitar por una puta cucaracha? Agarró la servilleta con decisión, volvió a encararla, y cuando se disponía a lanzarse sobre ella, la miró y le sobrevino una tercera arcada, esta vez incontrolable. Soltó la servilleta, corrió al baño, metió la cabeza en el retrete y vomitó toda la cena. No es posible, pensó. Se lavó la cara y se cepilló los dientes. Tenía los ojos llorosos y un aspecto lamentable. La viva imagen de la derrota. ¿Habría despertado a su familia? En ese caso ya se inventaría cualquier excusa, no pensaba confesar a nadie su infantil actuación.

Volvió al pasillo y, con cierta aprensión, buscó la cucaracha. No estaba. Recorrió todo el pasillo. Nada. Ahora sí que tenía un problema. Entró en la habitación de sus hijos y encendió la luz. La pequeña dormía en la cuna, succionando rítmicamente el chupete, y el mayor en la cama, abrazado a su álbum de piel con la colección de hojas de árboles. Se puso a cuatro patas y miró en todos los rincones, entre los juguetes, en los armarios abiertos, bajo los muebles. Al apagar la luz, se sintió observado. La pequeña seguía profundamente dormida, pero cuando se acercó al mayor, descubrió que sus grandes ojos oscuros le miraban. Le pidió que los cerrara y se durmiese, y él le preguntó qué hacía. No se le ocurrió ninguna respuesta inteligente. Le entraron unas ganas tremendas de confesarle la verdad y pedirle ayuda. Pero un padre no hace esas cosas con su hijo de ocho años, o al menos no es lo que se espera de él, y le dio un beso en la frente, lo tapó con la sábana y salió del cuarto.

En el dormitorio no pensaba entrar. Ella se daría cuenta al instante de que estaba buscando una cucaracha. Tenía un sexto sentido para percibir secretos y sucesos que consideraba trágicos fuera cual fuese su índole o importancia. ¿Y ahora, qué?, pensó. De repente le entraron unas ganas horribles de fumar un cigarrillo. Pensaba en dar una calada a un Camel, y todo cobraba sentido, incluso los sucesos de aquella noche. Había dejado de fumar hacía un año, y ya eran raras las ocasiones en las que le apetecía. Pero ahora, un cigarrito para coger fuerzas antes de continuar la caza... Se lo merecía. Además, así se quitaría ese horrible sabor de boca. Buscó mecánicamente en todos los lugares en los que podría haber una cajetilla de tabaco: en los trajes y abrigos del armario de la entrada, en sus antiguos escondrijos secretos, en los cajones de los archivadores... Nada. Un año era demasiado. Se había olvidado por completo de la cucaracha. ¿Y si salía a la calle? Eran cerca de las dos, el pub de la esquina estaba todavía abierto. Pero comprar le pareció demasiado, una especie de traición, la vuelta al vicio. Dudó. Al cabo de unos minutos se había puesto un traje sobre el pijama y estaba a punto de abrir la puerta que daba al vestíbulo. En ese momento se acordó de un escondite en el que no había mirado: detrás de la enciclopedia, al fondo de la balda.

¡Bingo!

Encontró una cajetilla de Camel con tres cigarrillos. «Fumar perjudica gravemente su salud y la de los que están a su alrededor». Que les den. Sacó uno y lo olió. El tabaco estaba seco, pero le temblaban las manos sólo de pensar en encenderlo y darle una calada profunda. Se colocó junto a la ventana abierta de la cocina, que daba a un patio interior, y lo hizo. Aspiró el humo con vehemencia y lo expulsó por la nariz. ¡Dios! ¡Qué placer! Ya estaba más tranquilo, ahora sí que se sentía capaz de enfrentarse a esa hija de puta.

Como no podía fumar mientras buscaba a su enemiga —la casa olería a tabaco, y su mujer tenía un olfato espectacular—, se fumó un segundo cigarrillo junto a la ventana, echando el humo al patio. ¡Qué gozada! El tercero lo dejó sobre la encimera, bajo un trapo de cocina, reservado para la celebración del triunfo, para cuando hubiera tirado a la basura a la esquiva cucaracha. ¿Y las colillas, qué hacía con las colillas? ¿Y la cajetilla? Sintiéndose un poco mal, pero no demasiado, metió las colillas en la cajetilla, y la tiró por la ventana, al patio. Después se lavó las manos en el fregadero. Estaba de mucho mejor humor. Bien visto, estaba siendo toda una aventura. Cogió una servilleta de papel y se puso manos a la obra.

Localizó a la cucaracha rápidamente. Estaba en el salón, quieta, en una esquina. Fue hacia ella, enarbolando la servilleta, como si fuera un cuchillo, pero en el último momento pensó en qué sabor tendría si se la comiera. Se paró en seco. Se alejó, se sentó con la espalda apoyada en la pared, y se puso a llorar. Lloraba por ser tan ridículo, tan cobarde, tan enfermo. ¿Era ésa su otra vida, su vida secreta y sorprendente, verse humillado por un insecto de apenas tres centímetros de longitud? Se imaginó el titular de un periódico: «Ejecutivo de gran multinacional derrotado por una cucaracha». Además, había vuelto a fumar. Era un mierda, y su vida también. Poco a poco, flagelándose y compadeciéndose sucesivamente, logró serenarse.

Entonces, sin pensarlo, se levantó y mató a la cucaracha.

Ya está, se dijo.

Muerta.

Una vez espachurrada, no parecía tan espeluznante. La envolvió en la servilleta, la tiró a la basura y fue a la cocina a fumarse el último cigarrillo. Se sentía como un héroe minúsculo, pero un héroe al fin y al cabo. Qué raro era todo. ¿Cómo era posible que, en último término, hubiera sido tan sencillo acabar con ella? Un acto mecánico y trivial, sin que mediara la reflexión. Radió para sí la caza de la cucaracha, con todo detalle, como si se tratara de la mayor y más emocionante gesta protagonizada por un ser humano. Y entonces regresó el cansancio de una jornada interminable. Se caía de sueño y tenía hambre. Eran las dos y media de la madrugada. Bebió un vaso de leche y se tomó un yogur. Se lavó los dientes concienzudamente para borrar el aliento a tabaco, se acostó, y en cuanto dejó descansar la mente, se durmió.

A la mañana siguiente, al despertarse, supo que había soñado algo agradable.

Aunque no pudiera recordarlo.

Un sueño, quizá, en el que él había sido el protagonista absoluto y resolutivo que siempre quiso ser.

Un Aquiles moderno.

Por eso, por primera vez en meses, al encontrarse con su mujer en el baño, desmelenada y en camisón, sonrió.

Con toda la boca.

EL LIBRO

Me los como.
Me los como porque quieren que los coma.
Me los como porque no soy inferior a nadie.

Hace dos semanas, cuando llegué el lunes a la oficina, se quedaron muy impresionados. En lugar de una camisa amplia y pantalones anchos, vestía un traje de chaqueta azul marino de Zara que me sentaba como un guante. Me había cortado el pelo y ahora lo llevaba liso en lugar de rizado, a imitación de una modelo que aparecía en una revista que hojeé en la peluquería. Además me había maquillado un poco —sombra de ojos y los labios color ciruela—, y llevaba pendientes de aro. Sonia, una de las dos secretarias de personal, me preguntó si tenía una boda y yo fingí no haberla oído aunque tomé nota de la indirecta. A lo largo de la mañana todos los empleados me hicieron algún comentario al respecto, salvo el director, que no levantó la vista cuando subí a su despacho y le entregué un sobre. La subdirectora, por ejemplo, me sonrió por primera vez desde que trabajo en la empresa y me dijo que se me veía muy guapa.

Más cambios. Durante la jornada laboral sólo visité el *chat* de brujitas.com durante media hora, y cuando tuve que hacer recados, no me paré como de costumbre a zamparme unos bollos o un pincho de tortilla. Al coger el teléfono traté de que mi voz sonara más agradable que nunca, y debí de lograrlo, porque varios de los clientes habituales creyeron que había una nueva telefonista.

Me quedé a trabajar hasta las nueve de la noche, y cuando mi jefa directa, la secretaria de dirección, me preguntó al marcharse qué ocurría, le dije que nada de nada. Simplemente quería dejar todo resuelto y no me importaba salir más tarde. También me ofrecí para realizar cualquier tarea, y ella, muy amable aunque un poco sorprendida, me respondió que por ahora me limitara a hacer mi trabajo.

Todavía es pronto. Ya se enterará de que soy una mujer nueva.

Me los como porque tengo un hambre insaciable.
Me los como porque no pienso dejar nada para mañana.
Me los como porque no me interesa el dinero, pero lo atraigo.

En casa de mis padres mi florecimiento fue un poco más complicado. Durante el fin de semana anterior, pese a las discusiones y luchas continuas con mi madre, logré pintar mi cuarto. Apenas dormí. Elegí un color sedante para las paredes, el gris rata, un azul profundo y soñador para el techo, y un azul claro para los armarios. Salvo algunos problemillas con la pintura anterior y con los desconchones, quedó espectacular.

Como tuve que vaciar por completo el cuarto, aproveché para desembarazarme de todo lo negativo. Tiré toda la ropa cuyo único fin era esconder mi gordura; las fotos del colegio, de los primos y de mi exnovio; los pósters de cantantes ya fracasados o muertos; las calificaciones y los cuadernos del colegio; los cedés con canciones oscuras o tristes; el edredón con dibujitos de Minnie; todos los peluches, incluyendo a *Sonrisas*, el oso panda gigante; el crucifijo de madera regalo de la abuela, y las colecciones de muñequitos de los pitufos y de latas de cocacola. Mientras sacaba las bolsas de basura, llorando a moco tendido, con madre pegada a mi trasero gritándome que si estaba loca, dudé por un momento si merecía la pena un esfuerzo tan grande, pero al final me sentí liberada.

El domingo por la noche, aunque estaba lo que se dice fundida, y tras cocinar unas lentejas a la riojana, senté a mis padres en la salita que siempre tiene los sillones cubiertos con sábanas blancas para que no se manchen y les expuse la nueva situación. A madre casi le da un ataque de apoplejía, y padre se puso todavía más triste de lo normal. Madre trató de boicotearme primero con gritos, después con bufidos y por último con un llanto desconsolado, pero yo no me eché atrás. Todos los puntos de mi agenda quedaron claros: se acabaron los fines de semana en el pueblo; se acabaron las vacaciones todos juntos en Cullera; se acabaron las visitas de los domingos a sor Ana, mi tía monja; se acabó lo de que yo cuidara a la abuela siempre que se ponía enferma; se acabó lo de que no hacía falta un lavaplatos porque siempre fregaba yo; y se acabaron los interrogatorios sobre mi vida privada y los sermones acerca de mis expectativas laborales y mis novios imaginarios: en fin, se acabó lo que se daba.

Sólo hubo un momento delicado: cuando madre gritó que si les pensaba humillar de esa manera, por qué no me marchaba de casa. Mi respuesta, rápida y concisa, la dejó sin habla: porque todavía no había encontrado adónde ir. No era cierto del todo, porque a ese motivo habría que añadir el de índole estrictamente económica, pero salí del paso airosa.

En cuanto a mis amigas, fue algo más sencillo. Carla, Vanessa y Rosi, las brujitas, me duraron lo mismo que una tableta de chocolate a la puerta de un internado. Quedamos el martes después de comer en la cafetería de siempre y nos pedimos la merienda acostumbrada: café y *brownie* con helado y nata montada. Como es lógico, antes de poner las cartas boca arriba, me lo comí todo. Cotorrearon sobre asuntos y problemas insustanciales, gorjearon, rieron con la boca llena y suspiraron al recordar el último polvo guarro que se habían echado con alguien del *chat*. Las conversaciones que antes me resultaban familiares, chispeantes y cálidas, ahora se me antojaban ajenas y vacías. En el concurso de quien era la brujita más traviesa del mes ganó Vanessa, que se había tirado a un barrendero que le puso el trasero del revés.

En cuanto me tomé el último sorbo de café, me sinceré. Les dije que eran unas zorras sin futuro y unas amargadas, que su vida se reducía a chupársela a hombres igual de patéticos que ellas, y que no tenían ningún plan. Les dije que no podía ser que su sueño fuera que les tocase una lotería a la que ni siquiera jugaban. Les dije que su compañía era un lastre para mi florecimiento, y que eran parte de lo negativo en el universo. Me llamaron gorda, fea y de todo, pero yo aguanté casi sin llorar, agarrándome a la idea de que hay que soportar la verdad por cruel que sea. Si no quieren evolucionar, si no quieren limpiarse y ascender la escalera de la vida, qué se le va a hacer. Yo no me voy a hundir en el lodo con ellas. Eso sí, al salir a la calle, se me encogió el estómago. Por un lado nunca me había sentido tan poderosa, pero, por otro, jamás había estado tan sola.

La vida es una escalera que no pienso dejar de subir.

La escalera de la vida se sube con ilusión, perseverancia y dedicación.

La ilusión, la perseverancia y la dedicación son las tres llamadas al éxito.

El éxito es para quienes lo persiguen y no lo temen.

El miedo es el alimento de los fracasados.

Quedaba Zaida. Iba a ser difícil desembarazarse de ella. Reflexioné mucho sobre Zaida. Mientras me duchaba, mientras hacía la compra, mientras caminaba desde casa hasta la parada del metro, mientras comía sola, pensaba en ella. Zaida era mi mejor amiga desde el instituto, cuando se incorporó a mitad de octavo, el día que le rompieron las gafas y me regaló un lápiz rojo. Zaida era la superamiga, la superconfidente, la supermujer. No era como las demás. Era fuerte y rebelde y madura y simpática y cariñosa y solidaria y lista y divertida y sabia y generosa. Zaida era mucha Zaida. Pero ¿no decía el libro que había que romper con todas las ataduras del pasado negativo y paralizante? ¿Qué hacer con ella? La idea de traicionar nuestra amistad casi me hizo vomitar. Estuve a punto de tirar el libro a la basura. Pero después de pensarlo bien, decidí hacer una excepción. Zaida y el libro podían convivir. Aunque ella formara parte del pasado negativo, de la oscuridad, ella era luz. Me daba algo de vergüenza contarle lo del libro, porque una intelectual como ella seguramente lo despreciaría, pero necesitaba compartir con alguien mi experiencia.

Y ese alguien sólo podía ser Zaida.

Nos citamos el jueves por la noche en una cervecería y nada más verla la abracé con todas mis fuerzas. Casi la ahogo, porque es bajita y esmirriada. Ella se dio cuenta inmediatamente del cambio, de que yo era otra mujer. Me miró fijamente con esos ojos diminutos de un verde esmeralda que tanto destacan en su rostro renegrido, y calló hasta que yo comencé a explicárselo todo. Uno por uno le conté cada salto, cada golpe en pos del florecimiento integral. Cuando acabé, Zaida suspiró. Levantó la pinta de cerveza y se la bebió de un trago. Eructó sin querer. Y por fin tomó la palabra. Me preguntó de dónde había sacado tantas ideas. Le expliqué que en un quiosco la portada de un libro había llamado mi atención. Mostraba el dibujo de una mujer muy fuerte y muy bella que explotaba como si fuera una bomba, rompiendo sus ataduras. Leí el título: *La mujer poderosa. Cómo triunfar en todas las batallas de la vida.* La autora era una psicóloga norteamericana muy famosa y, por qué no decirlo, muy guapa y elegante. Lo compré. Al llegar a casa me encerré en mi cuarto y me tumbé a leer en la cama. Lo leí de un tirón. La primera vez que me había pasado en mi vida. Estaba escrito para mí y según pasaba las páginas lloraba de alegría. Cada frase contenía más sabiduría que todo lo que había aprendido en el colegio. Nada de rollos complicados, nada de paja, todo referido a la vida real. Lo releí varias veces antes de dormirme, y, como le dije a Zaida, casi me lo aprendí de memoria.

Zaida calló. Pidió una segunda pinta y yo le dije que se estaba pasando un poco, que debía de tener la panza hinchada y las neuronas disparadas. Esta vez no se la pudo tomar de golpe. La bebió a sorbitos, esforzándose mucho y sin dejar de mirarme fijamente. Zaida es mucha Zaida. Sus ojillos verdes titilaban. Le pregunté qué pensaba sobre mi evolución. Acabó con la pinta, ahogó un eructo y respondió de un modo del todo inesperado: me soltó un bofetón, sonrió y se desplomó contra el suelo.

La llevé en brazos hasta un taxi, la metí como pude en la parte de atrás, y la acompañé hasta su casa, en Leganés. Vive en el semiático de una casa de ladrillo, estrecha y de sólo cinco plantas. Cogí las llaves de su bolso de flecos y la subí por la escalera. Aunque sea menuda y sólo fueran cuatro pisos, tuve que tomar aire en el descansillo del tercero, depositándola con cuidado sobre la madera. Allí tumbada, encogida y gimoteante por los efectos del alcohol, casi no parecía ella.

Antes de acostarla, Zaida vomitó. Me quedé un par de

horas, en parte para comprobar que estuviera bien, y en parte porque su guarida me encanta. Huele permanentemente a incienso, los muebles están cubiertos con telas indias de colores alegres, hay dos capillitas con budas y velas para meditar, de las paredes cuelgan objetos africanos y étnicos, los techos están pintados como cielos estrellados, hay por lo menos cincuenta libros, sobre la televisión descansa una figurita luminosa de la diosa Shiva, la cama está en el suelo, en la sala de estar hay una salamandra bien provista de leña y la cocina es de carbón. Antes de irme, por curiosidad, abrí la nevera: sólo tenía tres tomates, cuatro pepinos, una lata abierta de atún en aceite de oliva, una jarra con zumo de uva natural, una tableta de chocolate, un congelado de verduras con gambas y otro de pescado.

Así es Zaida.

Me los como porque estoy dispuesta a todo.

Me los como porque sólo importa lo que soy ahora mismo.

Me los como porque ayer yo sólo era un proyecto y hoy soy una realidad.

Sigamos. Han pasado casi dos semanas y algunos asuntos han evolucionado. Mi objetivo número uno en la oficina es ascender a medio plazo de telefonista a secretaria de personal, quitándole el puesto a Sonia, y poco a poco voy avanzando. Me he apuntado a un curso de inglés para administrativos —se desarrolla por internet, con tutoriales una vez por semana—, le estoy sacando a Sonia toda la información posible sobre sus tareas y he comenzado una relación de los errores que comete y del tiempo que pierde en llamadas a sus hijos o en diversiones que no tienen nada que ver con su trabajo. Mi jefa directa, la secretaria de dirección, futura destinataria de toda la información reunida sobre Sonia, ya me mira de otra manera. La última semana le resolví un par de asuntos personales y si continúo así en unos meses me convertiré en imprescindible para ella. No me ha vuelto a preguntar por qué me quedo hasta las nueve de la noche porque ahora sabe que mi última hora es de su propiedad.

En mi casa se respira un ambiente muy tenso, pero lo sé sobrellevar. Mi madre me odia, o más bien odia a la mujer en la que me he convertido: más fuerte, más ambiciosa y más práctica que ella. Para poder evadirme de la presión que ejerce sobre mí, he tenido que relajar mis objetivos con respecto a las relaciones personales. Sigo teniendo muy claro que necesito un novio formal, futuro padre de mis hijos, con un buen sueldo y todo eso, pero he caído otra vez en el *chat* de brujitas.com... y he vuelto a quedar con Ferdi. Me había dejado más de diez mensajes desde la última vez. Al encontrarnos no comentó nada sobre mi nuevo aspecto. Subimos a la pensión de Gran Vía y amortizamos la hora de la habitación hasta el punto de que tuvieron que aporrearnos la puerta para que saliéramos. He de reconocer que Ferdi estuvo inmenso, y yo me sentí más segura. Por primera vez me atreví a sugerirle qué era lo que me apetecía y a él pareció gustarle mucho mi iniciativa. Fue muy raro oír mi propia voz diciendo cosas que antiguamente me daban vergüenza. Antes de volver al trabajo tuve que entrar en un bar y tomarme un sol y sombra para no perder los nervios.

Con Ferdi, además, ocurrió algo gracioso. En uno de los entreactos, mientras charlábamos, comentó que le habían robado el libro que me había enseñado la última vez. Se refería al LIBRO con mayúsculas, al de *La mujer poderosa*. Estaba molesto porque, pese a que esté dirigido a mujeres, lo había empezado y le estaba enganchando. Sí, la ladrona fui yo, no era cierto aquello que le conté a Zaida, no lo había comprado en un quiosco, sino que vi cómo asomaba de uno de los compartimentos de la mochila de Ferdi, y lo tomé prestado. Por un momento temí que él iba a llegar a la conclusión de que yo había sido la ladrona, pero el muy inocente creía que había sido alguno de sus compañeros de trabajo. No se fía de ellos porque son comerciales de puerta a puerta, como él. Eso me gusta de Ferdi: no le gusta la gente igual a él. A mí, antes del libro, me pasaba lo mismo: odiaba a los fracasados como yo; ahora les sigo odiando, pero yo ya no soy uno de ellos. Y ahí está la cuestión: Ferdi no sospechó de mí porque ya no me veía como una igual, sino como alguien superior. Una mujer como yo, que se estaba volviendo sofisticada hasta en la cama, *no podía robar un libro*. ¿No es muy tierno por su parte pensar así acerca de mí? Si le vuelvo a ver quizá se lo preste, o le cuente la verdad. Al despedirse, me apuntó en un kleenex su número de teléfono real, no como las otras veces, que me había dado uno falso. Si Ferdi también desea florecer, no hay que descartarle del todo: es joven —sólo tiene veintiún años— y aunque le falta algo de carácter, tiene futuro.

> Me los como porque soy aire, roca, fuego y mar embravecido.
> Me los como porque soy capaz de engendrar y de crear vida.
> Me los como porque soy mujer.

¿Y Zaida? Me ha dado la mayor alegría de todas. Después de no haber recibido noticias desde la noche de las pintas de cerveza y la vomitona, me llamó. Había estado diez días encerrada en casa, deprimida, sin dejarse caer por ninguno de sus trabajos de ayuda a necesitados o gente problemática. Eso le ocurre a menudo: se vuelca tanto en los demás que al final se desinfla. Para colmo su novio nigeriano la ha dejado plantada, después de haberle ayudado con los papeles. Pues bien, nadie puede con Zaida. Ha retomado fuerzas y me ha pedido que le lleve mi libro. Quiere fotocopiarlo y está dispuesta a que florezcamos juntas. Está harta de no enfrentarse a la realidad y dispuesta a vencerla con sus propias armas. ¿No es maravilloso, ella, el libro y yo juntos? Me siento tan bien, que incluso me he permitido una pequeña mejora.

Nos los comemos.

Nos los comemos porque quieren que nos los comamos.

Nos los comemos porque Zaida y yo no somos inferiores a nadie.

LA CITA

Soñé que alguien me agarraba por la espalda y que mis ojos eran de arena, tuve miedo y los abrí. Sentado enfrente de mí había un enano con los pies colgando. A su lado una vieja dormía con los ojos semiabiertos y la mandíbula caída, respirando con esfuerzo por el agujero rojo de su boca. Moví un pie y me di cuenta de que el espacio entre los asientos estaba lleno de bolsas. Confusa, creí que seguía inmersa en la pesadilla de los ojos de arena y del monstruo travieso, pero no. Estaba en un tren Altaria camino de Alicante, y el enano y la mujer eran tan reales como yo.

Sonreí al pensar que a mí siempre me acababan ocurriendo cosas raras, comprobé que la cartera con los documentos de la oferta seguía en mi regazo, y volví a cerrar los ojos. Logré dormirme otra vez, y cuando me desperté, eran cerca de las cuatro de la tarde. Enfrente seguía el enano que no llegaba a tocar el suelo con los pies, mirándome fijamente. La anciana ya estaba despierta, y hablaba a gritos con otra pasajera del clima de Aranjuez, su pueblo. Ella era la dueña de las bolsas que, desparramadas por el suelo, impedían que los demás moviéramos las piernas sin pisarlas. La escena era similar a la de la primera vez que me desperté, pero no sé por qué, me parecía más real y menos agresiva. Quizá fuera la luz del sol que ahora entraba por las ventanas, o el tranquilizador traqueteo del tren, o que había descansado unas tres horas, o que no había tenido otra pesadilla. A mi derecha se sentaba un chico que escuchaba música con unos cascos, y me alegré de haber dormido durante casi todo el viaje, porque me había tocado uno de los peores sitios del vagón, en un asiento de un grupo de cuatro enfrentados dos a dos, y en dirección contraria a la del tren.

Comprendí por qué mi jefe, al anunciarme que no había plazas libres en avión para la ida, y que tenía que ir en tren, y en clase turista, me había dicho que lo sentía y que a cambio podría comer en un buen restaurante de Alicante, y volver esa misma noche a Madrid en avión. Yo soy su secretaria, y él dirige el departamento técnico de nuestra empresa, una ingeniería especializada en servicios medioambientales. A veces es algo brusco e impaciente, pero no es mal tipo. Lo de viajar en turista no tiene mayor importancia —yo suelo hacerlo en autobús—, pero él sabía que yo me había quedado toda la noche para completar los documentos para la recogida de basuras de un barrio de Alicante, y que estaba rendida. Para que llegáramos a tiempo al concurso, me ordenó que saliera esa misma mañana para que los socios alicantinos firmaran la oferta y la pudieran pasar por el registro del ayuntamiento a la mañana siguiente, al límite del plazo.

Llegué a Alicante y, aunque estaba hambrienta, decidí ir directamente a la oficina de IGHL, nuestros socios en el proyecto. No me permití pensar en la cita posterior, que había concertado para aprovechar mi viaje. Me resulta raro llamar a aquello simplemente una «cita», pero en esos momentos ése era el único modo de referirme al encuentro, y con las prisas, sólo podía afrontarlo con cierta frialdad, o inconsciencia, o qué sé yo.

Al salir de la estación cogí un taxi y me presenté en IGHL. Me sorprendió que la oficina de una consultora vital, según mi jefe, para obtener el concurso, fuera tan pequeña, pero también era cierto que yo ya estaba acostumbrada a ver empresas que ofrecían servicios que no se basaban precisamente en el trabajo puro y duro, sino en los contactos. La secretaria que me abrió la puerta, una morena con buen tipo muy repintada y de treinta y pico, me miró de arriba abajo —no le debió de gustar mi traje azul, o le parecí demasiado joven—, y me anunció con cierta suficiencia que sus jefes «no se encontraban», sin siquiera hacer ademán de buscarlos, y que podía esperarles en un sofá que había junto a su puesto de trabajo. Le dije que les avisara de mi llegada inmediatamente, y me senté en el sofá. Aparte de la recepción, la oficina sólo tenía dos despachos grandes, que entreveía porque sus puertas no estaban cerradas del todo. Si no me equivocaba, allí sólo trabajaban tres personas, y de ellas, una, la secretaria, más bien hacía que trabajaba. Tenía su mesa perfectamente ordenada, y aunque tecleaba de vez en cuando, creo que estaba navegando en internet. Durante la media hora larga que esperé, no me dirigió la palabra, y apenas contestó un par de llamadas.

Juan Galán y Feliciano López, los socios —me sabía sus nombres por la oferta—, llegaron juntos, y ellos, a diferencia de la secretaria, estuvieron muy agradables. Me ofrecieron un café, que yo rechacé, y en un cuarto de hora ya habían firmado todos los documentos. Me aseguraron que al día siguiente a primera hora los entregarían, y al ver que iba a llamar por el móvil a mi jefe para decirle que todo había ido bien, insistieron en que utilizara el teléfono fijo. A mí me daba igual, porque la llamada no la iba a pagar yo, pero fue un gesto amable por su parte. Al despedirse de mí, la lagarta de la secretaria se hizo la simpática, y yo aproveché para preguntarle si conocía algún buen restaurante de arroces en el que me pudieran atender a deshora, y que estuviera cerca del bar en el que había quedado en torno a las cinco y media. Me indicó uno, bajé a la calle, paré un taxi y en un cuarto de hora estaba en el Nou Manolo, el lugar de la cita.

Había quedado en la terraza. Según me acerqué, mi corazón se aceleró. No, aquello no era una cita, ni siquiera un encuentro. No notaba la falta de sueño, ni el cansancio del viaje, sólo sabía que estaba nerviosa y no demasiado segura de lo que iba a hacer. ¿Y si no aparecía? Ni siquiera había barajado esa posibilidad, la más probable de todas. Me detuve en un extremo de la terraza y miré. De las tres mesas ocupadas, sólo en una había un hombre que estuviera solo, cerca de mí. Lo observé sin disimulo. Estaba inclinado hacia adelante, con el cuerpo echado sobre una copa de brandy. Era pequeño y muy delgado, y el pelo largo de sus sienes, planchado sobre el cráneo, trataba de disimular su calvicie. Vestía una chaqueta arrugada, una camisa estampada y abotonada hasta el cuello, unos vaqueros gastados y unos mocasines baratos, sin calcetines.

Su nariz era exacta a la mía.

Era mi padre.

Había acudido a la cita.

Ése era el hombre que decían que volvía locas a las mujeres.

Sentí como una ola de calor subía hasta mi cabeza, pero me rehíce y me presenté, al tiempo que me sentaba a su mesa. Él escondió la mirada en su regazo y calló. La situación era aún más ridícula de lo que había previsto.

—¿Qué? —le espeté, algo agresiva—. ¿No vas a decir nada, después de tantos años?

Algún resorte debieron de tocar mis palabras, porque de improviso su cuerpecillo tomó vida, se levantó, se puso a mi lado en dos saltitos, y se abalanzó sobre mí, sin darme tiempo a que reaccionara.

—¡Elena, vida mía! —dijo, mientras me daba dos sonoros besos, arrastrando las palabras, como el borracho que era—. ¡Elena, mi amor! ¡Qué gusto verte!

Yo me quedé tan sorprendida que le dejé hacer. Es posible incluso que le estuviera sonriendo como una boba cuando regresó a su asiento. Así que ese saltimbanqui de voz aflautada era mi padre, el que nos abandonó a mí y a mi madre cuando yo tenía tres años.

—Llámame Julián —propuso, apoyando sus palabras con movimientos rápidos de sus manitas—. ¿No hace una tarde maravillosa, Elena? ¿Vas a tomar algo?

Le dije que había pensado que estaría bien que nos fuéramos a comer algo a la Arrocería de Toni, un restaurante que me habían recomendado, porque estaba hambrienta y en tres horas debía irme al aeropuerto. A él le hizo mucha gracia el plan:

—¡Eres toda una mujercita, sí señor! —me dijo, aparentemente encantado—. ¡Marchando un arroz a las seis de la tarde, que para eso estamos en Levante!, ¿no es así?

Acabó su brandy de un trago y salió disparado, sin esperarme, ni pagar su copa. Le alcancé y mientras trataba de seguir su ritmo vivo, dando por supuesto que él sabía dónde se encontraba la arrocería, me sentía completamente desarmada ante su alegría y desparpajo. Todas las cosas que había pensado decirle en caso de verle, pensadas y repetidas en voz alta durante años, se habían evaporado. Sorprendiéndome una vez más, entró en un restaurante que no era la Arrocería de Toni, y que más bien parecía una casa de comidas. Le seguí, confundida, y cuando entré él ya estaba sentado a una mesa, haciéndome señas para que me uniera a él.

—¿La Arrocería de Toni? —dijo, afectando aún más su

voz, que no tenía ningún acento reconocible, al menos para mí—. ¡A quién se le ocurre! ¡Aquí sí que dan arroz arrrocero!

El comedor estaba vacío, en penumbra, con las mesas puestas para la cena, y ofrecía un aspecto entre desolado y sereno. Según me senté, algo confusa, el rostro adormilado de un hombre asomó por la cocina. Mi padre lo llamó, y el hombre, a regañadientes, pero también divertido, se acercó. Era grueso, se notaba que le habíamos levantado de la siesta, y llevaba puesto un delantal a rayas azules y verdes.

—¿Qué se le ofrece, don Julián? —saludó a mi padre, socarrón, y a mí me guiñó un ojo, tal vez porque, pese a que había entrado con mi padre, aprobaba mi aspecto.

—Aquí estamos, buen hombre —le respondió mi padre, siempre sonriente—. Ésta es Elena, que es un cielo, y queríamos un arroz con pollo, marisco, ñora y de todo. Por desgracia, la señorita tiene prisa.

Durante unos instantes el cocinero y mi padre se miraron, estudiándose. Mi padre debió de salir vencedor en el duelo, porque el cocinero sonrió y se fue a la cocina. Encendió desde allí la luz del comedor, y entonces la sensación de estar solos mi padre y yo se hizo casi sólida, agobiante. Él calló y empezó a jugar con los cubiertos, cambiándolos de sitio sin interrupción, y yo no sabía qué decir. Por suerte el cocinero nos trajo pan y una botella de vino.

—Espero que sea de su gusto —dijo, con simpatía, mirándome de reojo, y luego, añadió—. El arroz tardará media hora.

En cuanto se fue, volvió ese silencio que me ahogaba, y me di cuenta de que era incapaz de hablar. ¿Quién era ese tipo que tenía al lado? En realidad sabía muy poco. Durante mi infancia, ni mi madre ni mis tías, que tanto nos ayudaron, me hablaron jamás de él. Mis tías, las pocas veces que les pregunté, no me daban ninguna información, y se referían a él como «el ser». Recuerdo que un día, revolviendo entre las cajas que tenía mi madre en la parte alta de su armario, descubrí que una contenía su traje de bodas, de seda salvaje, blanco y brillante, precioso, lleno de volantes. El traje y yo teníamos doce años. Así es como supe que mis padres habían estado casados.

En casa no había fotografías, ni cartas, ni nada que recordara que allí había vivido mi padre. No conocí a mis abuelos, ni tenía primos, y mi vida se reducía a mi madre, mis dos tías solteras y mis amigas. Fueron muy pocos los hombres que entraron en nuestra casa, y mi madre, si tenía alguna aventura con alguno, la escondía tan bien que yo nunca la descubrí. Cuando alguien me preguntaba por mi padre, como yo no sabía nada, le decía que había muerto, y me inventé que había sido médico y que había fallecido al contagiarse cuando trataba de salvar a un enfermo de tuberculosis. Era absurdo, pero a la gente le daba mucha pena cuando se lo contaba, y me trataban muy bien. Además, tenía su apellido, que he conservado siempre: Ferrer. Según me dijeron después, era valenciano.

Un día, justo cuando cumplí veinte años, llegó una carta a casa dirigida a mi nombre, Elena Ferrer, con matasellos de Argentina y un remite ilegible. Era de mi padre. Decía: «Ayer dejé de fumar. Hoy dejo de beber. Mañana empiezo a trabajar. Besos, tu querido padre». Nada más. Se la mostré a mi madre y ella, sin consultarme ni hacer comentario alguno, la tiró a la basura. Yo la recuperé, y le reproché que no era justo que no supiera nada de mi padre. Ella sonrió de medio lado, sin ganas, y me preguntó si no tenía suficiente con aquella carta. Una vez más, fue imposible sonsacarle. Dio igual que le gritara, o que me fuera una semana a vivir a casa de mis tías para presionarla. Ellas, sus hermanas mayores, tenían un poco de miedo a mi madre y la respetaban mucho. Tampoco entonces se atrevieron a darme más información sobre «el ser». Tía Luisa decía:

—¿El ser? Nos hizo sufrir a todas. Nos peleamos por él. Pero ya se fue, el ser. Gracias a Dios que se marchó y nos dejó a todas tranquilas, ¿sabes, monina? Mala suerte para el Diablo si se lo encuentra.

Y tía Antonia asentía, muy seria, o apostillaba, santiguándose:

—¡Pobre del Diablo si le conoce, mi pequeña! ¡Que Dios le guarde en su ridícula maldad!

A mí, aunque ignorase casi todo sobre mi padre y lo único cierto que supiera fuera que me había abandonado, me molestaban sus ataques, exagerados y un tanto crípticos. Si trataba de defenderlo, tía Luisa daba por concluida la conversación siempre con la misma frase, acompañándola con una sonrisa victoriosa y ladina:

—Lo siento, la suma de los colores da negro...

Así, tía Luisa daba a entender que la vida era triste, y la gente, malvada, y que no me debía extrañar demasiado la baja catadura moral de mi padre. Supe que aquello lo había sacado de un cursillo de dibujo al que acudió con su inseparable hermana, y que se refería a la mezcla de tintas o pinturas de los colores sustractivos primarios, cián, magenta y amarillo, que daban como resultado el negro. No mejoró su opinión del mundo ni de mi padre cuando le expliqué a mi tía que, en el caso de las luces, si mezclamos los colores primarios aditivos, rojo, azul y verde, da blanco.

Tenía ya veinte años, y sólo había logrado reunir algunos datos sobre él: que nació en Villajoyosa, que con dieciocho años emigró a Madrid, que era muy guapo, que bebía mucho, que era un juerguista y que se aprovechaba de las mujeres. Nada más.

Dos años después llegó su segunda carta, tan escueta como la primera. Decía: «Sigo fumando. Sigo bebiendo. Sigo sin trabajar. ¿Y tú? ¿Sigues viva? Tu querido padre». Parecía querer establecer contacto conmigo, pero el remite era falso: «Grand Place n.º 15, Bruselas, Reino de Bélgica, Aptdo. de Correos M 15.141». El matasellos sí era belga, pero compré un plano y una guía de Bruselas y me di cuenta de que era imposible que viviera allí, en la famosa Grand Place... Supe que el apartado de correos era español, supuse que «M» se refería a «Madrid», y le escribí varias cartas, en las que le contaba mi vida y le hacía muchas preguntas, pero no obtuve respuesta.

Además, unos meses más tarde conseguí mi actual trabajo, con un buen sueldo, y me mudé a un pequeño estudio en la calle Farmacia. Si me escribió más cartas, no lo sé, porque estoy segura de que, en caso de enviarlas a casa de mi madre, ella no me iba a entregar ninguna. Hace quince días, de madrugada, recibí una llamada en el teléfono fijo. Era un hombre borracho. No entendía lo que me decía, y enseguida supe que era mi padre. Mi instinto no me traicionó: tres días más tarde recibí en mi estudio su tercera y última carta. Decía: «Julián Ferrer. 965 34 07 66. Tu querido padre». El teléfono pertenecía a una pensión de Alicante. Llamé varias veces, pero nadie lo cogía, ni había contestador para dejar un mensaje. Cuando supe que tenía que viajar a Alicante para llevar la oferta del concurso, probé otra vez. Me respondió una señora en valenciano, que también hablaba castellano, y tras unos segundos interminables, me pasó a mi padre. Respiraba con dificultad, y me aseguró que estaría encantado de encontrarse conmigo esa misma tarde. Le dije la hora a la que podría verle, y él propuso la terraza de aquel bar, Nou Manolo. Al despedirse, me dijo: «Recuerda, Elena: hoy tenemos una cita».

Así que ese hombrecito sentado a mi lado, que rehuía mi mirada, que bebía vino como si fuera agua y que debía de tener unos cincuenta años, aunque aparentara más de sesenta, era Julián Ferrer, mi padre. Mientras esperábamos el arroz, traté de entablar conversación, pero él se escabullía como una lagartija.

—¿Yo? —decía—. ¿Yo? ¡Qué más doy yo! Me he bañado en demasiados mares y he escuchado demasiadas canciones de amor como para que merezca la pena hablarte de mí, cielo. ¿Yo? ¿Tú? ¿Ellos? ¿Ellas? ¡Qué aburrido! Hablemos de otra cosa, ¿no crees?

Pero no hablábamos de nada. Cuando yo le contaba algo sobre mí, él parecía no escucharme, concentrado en beber vino a toda velocidad, como si temiera que fuesen a quitarle la botella. Cuando llegó el arroz, mi padre estaba completamente borracho, y toda esa alegría, toda esa extraña chispa que había mostrado desde el principio, se esfumó. Apenas probó bocado, y se sumió en un silencio culpable, con los ojos llorosos y la mirada perdida. Me entraron ganas de llorar, y antes de que me diera cuenta, era yo la que estaba consolándole a él, que se dejaba hacer, e incluso permitió que le acariciara la mejilla, en un gesto de debilidad mío que todavía no sé si me gusta o me repugna. Balbucía frases incoherentes, y cuando el cocinero regresó para llevarse los platos, casi llenos los dos, me entraron ganas de echarme en sus grandes brazos y confesarle que aquel borracho era mi padre, y que aquélla era la primera vez que le veía.

Pedí la cuenta, y cuando nos la trajeron, mi padre sacó con dificultad un billete arrugado de un bolsillo de su chaqueta, y lo dejó sobre la mesa. Lo cogí y lo alisé: era un billete de quinientos euros. Supuse que aquél sería su último fuego de artificio, su último truco, sacar un billete para el que casi nadie tenía cambio. Le devolví el dinero, que no tuvo reparo en guardarse, pagué la comida y le saqué del restaurante. Eran las ocho de la tarde, y comenzaba a oscurecer. Una vez más, no sabía qué hacer. Mi padre, más bajo que yo, y encima encogido, colgaba de mi brazo como un muñeco de trapo, y a mí me dio vergüenza salir a la calle con él. Vi que pasaba un taxi, le solté, lo paré y me metí a toda prisa. Estaba llorando, y tardé unos segundos en decirle al taxista que quería ir al aeropuerto. Pero justo cuando iba a arrancar, se abrió la puerta, y mi padre volvió a cogerme desprevenida. Se lanzó dentro del coche, y cuando el taxista se dio la vuelta, enfadado, yo me oí a mí misma decirle que lo sentía muchísimo, pero que mi padre y yo nos teníamos que bajar. Salimos del taxi entre improperios, y yo sujeté a mi padre del pecho, y traté de calmarme y pensar. De repente, cayó hacia atrás, logré a duras penas que no se derrumbase sobre la acera, y le acosté con cuidado.

—¿Estás bien? ¿Padre? —le grité—. ¿Padre? ¿Estás bien?

Una pareja se detuvo al ver la escena. El hombre se inclinó sobre él y comenzó a desabotonarle la camisa, pero de repente mi padre abrió los ojos y de un salto imposible se puso de pie.

—¡Ya estoy! —gritó—. ¡Ya estoy aquí, señores! ¡Calma y tranquilidad!

La pareja se fue murmurando algo, y yo me di cuenta de lo cansada que estaba, de lo surrealista de la situación, y de que ya no podía más. Pero mi padre no había terminado conmigo. Seguía borracho, pero de algún modo que no me explico se había recuperado, y ahora tenía un aspecto casi normal.

—¡Ay, cielo! —dijo, con su voz chillona—. ¡Qué aventuras! ¿Tomamos un café, o nos quedamos aquí, en tierra de nadie?

Yo no le respondí. Pero él me tomó del brazo y me llevó hasta la terraza de una pequeña cafetería. Nos sentamos. Yo seguía muy nerviosa, y le insulté. Él hizo como si no me oyera, y cuando salió un camarero, me hizo callar con un gesto de su manita y pidió dos cortados. Sin preguntarme. Dos cortados. Quise llamar a mi madre. Sé que es ridículo, pero saqué mi móvil del bolso y traté de hablar con ella. No respondió a la llamada, y no dejé recado.

—Hablar con ellos, con ellas, no tiene sentido —dijo él, otra vez muy alegre—. Tú y yo, cielo, tú y yo. Nadie más.

Pensé que estaba completamente loco, y él se debió de dar cuenta, porque dijo:

—Elena, no me mires así. Soy tu padre, compórtate. Sé que esto es duro para ti, y para mí, y para ellas y ellos, y para los demás, pero ya encontraremos nuestro rincón. No temas.

Llegaron los cafés y nos quedamos en silencio. Yo sólo quería llegar a mi casa y olvidarme de aquella cita. Qué lejos quedaba Alicante, aunque estuviera allí, qué lejos quedaba aquel viaje, qué lejos quedaba mi madre, qué lejos quedaba todo. Mi padre y yo, en esa terraza, sentados, tomando un café. En tierra de nadie. Mi padre y yo, que ahora sabíamos mucho más el uno del otro, aunque no supiéramos nada.

Dos niños de unos diez años se acercaron a nuestra mesa. Me ofrecieron una hoja para que firmara a favor de los refugiados de no sé dónde, poniéndomela delante de la cara, y yo los eché sin miramientos. Cuando ya se iban, mi padre saltó de la mesa y alcanzó al más alto. Forcejearon, y los niños salieron corriendo. A mí ya todo me daba igual. Mi padre volvió triunfante:

—¡Mira por dónde! —dijo—. Mira por dónde, ¿dónde está tu móvil?

Yo me reí, sin razón.

—¿Qué dices? —le pregunté—. ¿Qué dices de mi móvil?

Miré en la mesa, y no estaba. Tampoco en mi bolso. Entonces caí en que esos niños me lo habían robado. Otra vez me entraron ganas de llorar. Mi padre se acercó, me dio un abrazo, y me besó la cabeza. No dijo nada más. Se fue. Desapareció tras una esquina. Durante un rato me quedé paralizada. Al cabo, pagué los cafés y cogí un taxi al aeropuerto.

Al sacar el billete del bolso para dárselo a la azafata, toqué algo duro.

Era mi móvil.

Mi padre me lo había devuelto.

Con sus manitas rápidas y nerviosas.

Al abrazarme.

Entonces, supe que quería volverle a ver.

Aunque no sirviera de nada.

Aunque él sólo fuera «el ser» y yo, su hija abandonada.

Aunque jamás fuéramos a encontrar nuestro rincón.

Aunque el mundo fuera tierra de nadie.

EL HIJO

Mientras conducía en medio del espeso tráfico madrileño, avanzando unos metros para detenerme de nuevo poco después, mirando de reojo a los clásicos listillos que siempre se quieren colar y haciendo caso omiso de los insufribles bocinazos de los histéricos del volante, trataba de concentrarme en el engorroso anteproyecto que me ocupaba aquella semana.

Se trataba de un concurso público para la construcción de trescientas viviendas sociales en el Ensanche de Vallecas. El Ayuntamiento había propuesto un solar complicado que, unido a la rigidez del programa y al laberinto de la normativa, hacía casi imposible encontrar una solución clara y atractiva.

Al aparcar el coche cerca del estudio, mientras desahogadas viviendas de dos dormitorios se convertían en mi mente en otras más apretadas de tres, mientras la fachada de paneles prefabricados volvía a ser de ladrillo al recordar lo que es capaz de hacer una mala empresa constructora con un material menos común, o mientras recordaba alguna de esas intrincadas normas que parecen haber sido redactadas con el fin de producir insomnio a los arquitectos, miré el reloj del salpicadero. Las nueve menos cuarto. Demasiado pronto. ¿Cómo podía haber tardado tan poco en llegar? Pronto lo comprendí. Mi hijo de diez años me miraba con una mezcla de emoción, aprensión y felicidad desde el asiento trasero.

Me había olvidado de llevarle al colegio.

Nos encaminamos hacia el estudio y le pregunté algo enfadado por qué no había dicho nada. Su colegio está en Aravaca, alejado del centro de Madrid, mientras que mi estudio se encuentra en el Parque de Berlín, cerca del Bernabéu. Desde que vio cómo tomaba la autopista A6 en lugar de dirigirme hacia Aravaca, había estado más de media hora escondido tras su silencio, sin moverse, vigilándome desde su posición privilegiada en el asiento de atrás. Mi hijo, tras sonreírme nervioso, se justificó aduciendo que pensaba que le estaría llevando a algún sitio, y que se me había olvidado decirle adónde. Me pareció una excusa poco creíble y una respuesta demasiado vaga, y traté de que precisara dónde pensaba que podría haberle llevado. Pero ya habíamos cruzado la cancela de la calle y el pequeño jardín delantero del estudio, una clásica vivienda de la colonia en tres plantas y semisótano recientemente reformada. Antes de que me diera cuenta ya estábamos dentro, mi hijo no me había respondido y mi pregunta quedó olvidada cuando la secretaria, enfrascada en la aburrida tarea de fotocopiar unos documentos, me saludó con mayor efusividad de lo corriente al descubrir al pequeño.

Tras las frases admirativas de rigor, pero qué alto, que mono, qué cambiado está, pero si al natural es mucho más guapo todavía que en las fotos, comentarios recibidos por él con la natural vergüenza y bochorno, le pedí a la secretaria que llamase a un taxi para que le llevara al colegio, y que se quedara con él hasta su partida. No le conté la razón de que mi hijo estuviera allí porque sólo habría servido para que confirmara de una vez por todas que yo era un despistado o un idiota, y para que sospechase que el niño era un listillo o mudo. Besé al pequeño, le senté en un puesto de trabajo vacío, le proporcioné una caja de lápices de colores y un taco de papel de croquis, contesté a la primera llamada al móvil de la mañana y subí a la segunda planta para enfrentarme al anteproyecto.

Llevaba ya veinte minutos enfrascado en una discusión con mi socio y los otros componentes del equipo acerca de una nueva solución, cuando, de repente, al ver los trazos de colores de uno de los croquis, pensé en mi hijo. E inmediatamente llegué a la conclusión de que yo era un ladrón y un imbécil, y me levanté de la reunión balbuceando una excusa cualquiera. Pero ¿cómo podía yo ser tan torpe? Para mi hijo, sujeto como un adulto a la rutina de los días y las semanas y los meses que se suceden casi sin dejar huella, como si la vida fuera el sueño amorfo y ya olvidado de alguien todavía dormido, todo esto debía de ser algo excepcional, una anécdota infantil de aquellas que se graban en la memoria para siempre, una muesca en la monótona cinta del tiempo. Cuando fuera mayor una de las cosas que recordaría con nitidez sería aquella mañana en la que la confusión de su padre le regaló unos momentos inesperados de libertad. Y yo, mandándole en un taxi al colegio sin ni siquiera haber compartido con él la alegría de lo inusual, le estaba robando unos recuerdos mucho más importantes que unas lecciones más de conocimiento del medio, matemáticas o lengua. Para colmo, mientras bajaba las escaleras de cuatro en cuatro recordé que jamás le había enseñado el estudio, ni a qué dedicaba la mayor parte de mi tiempo.

La secretaria, asustada por mi histérico abordaje preguntando por mi hijo, me dijo con un hilo de voz que se acababa de ir, y yo, en el paroxismo de mi papel de padre con mala conciencia, grité: «¡Qué desastre!», lo que dejó a la pobre mujer al borde del llanto. Me lancé hacia la puerta y llegué a tiempo. Estaba a punto de subir al taxi en el momento en que oyó el grito desgarrador de su padre llamándole. En menos de diez segundos había logrado poner a todo el mundo al borde del infarto. Le solté un billete al taxista para que no me aburriera con sus quejas, y entramos de nuevo en el estudio.

Supongo que era el turno de las explicaciones, pero no podía decirle a mi hijo que había ido a buscarle para no convertirme en el ladrón de sus futuros recuerdos infantiles, y la secretaria ya tenía bastante con sus problemas como para que yo le largase un discurso sobre mis disparatados procesos mentales. Decidí no explicar nada, a riesgo de quedar frente a los dos como un psicópata. Era preciso dar alguna orden para que todo volviera a la normalidad. A la secretaria le dije que llamara al colegio para decir que mi hijo no iba a presentarse en todo el día porque tenía cita con el médico, y a él, que tenía los ojos como platos y no sabía si reír o llorar, le anuncié que iba a enseñarle el estudio, el lugar en el que papá pasaba casi cincuenta horas semanales. La interiorización del hecho de que era cierto que pasaba allí o en las direcciones de obra casi sesenta horas semanales me deprimió bastante, pero me sobrepuse al instante.

A mi pregunta de si le apetecía el plan, mi hijo respondió con un sí tan educado como poco entusiasta. Comencé por la sala en la que le había dejado, situada a la izquierda del distribuidor y ocupada por la secretaria de recepción y los aparejadores. Al ir a presentarlo, me dijo que ya lo había hecho él, lo que demostraba cierto conocimiento de los usos sociales —la educación debe sobreponerse a la vergüenza—, y tras mostrarle un plotter A0 en color y comenzar a alabar la calidad y la rapidez de impresión del aparato, me llamaron al móvil. Era el jefe de obra de la biblioteca de Oviedo, y la resolución a medias de sus casi infinitas dudas sobre asuntos tan nimios como urgentes me llevó casi un cuarto de hora. Cuando colgué, mi hijo lanzaba una sonrisa de circunstancias al aparejador más veterano, que le estaba haciendo unas muecas horribles, y pensé por primera vez que mi idea de retenerle en la oficina no había sido tan buena.

Continuamos por la cocina. Ya sé que una cocina no es lo más emocionante para un niño de diez años, pero mi objetivo era ofrecerle una lata de cocacola. Por desgracia, también me pidió un vaso con hielo, y ahora caminaba con las dos manos ocupadas, lo que dificultaba algo la visita: si quería tocar algo o saludar, debía dejar el vaso y la lata, acción que se debería repetir una y otra vez. Todas las semanas dedicaba una hora a intentar reducir la pérdida de tiempo, y la lata de cocacola, convertida en un problema, ocupó mi mente hasta que me esforcé en olvidarlo.

Le mostré la terraza ajardinada de la parte trasera del edificio, cubierta a su vez de la planta semisótano, y nos encaminamos a la otra sala de la planta baja. Saludó a los arquitectos y le enseñé las maquetas de varios edificios, realizadas en madera con gran detalle. La que más le gustó fue la de una vivienda unifamiliar de Aravaca, con su liviana y elegante fachada, equilibrada mediante una sucesión de ventanas de guillotina. Mi hijo simpatizó en seguida con dos de los arquitectos más jóvenes y parecía encantado con las maquetas y con unas vistas en tres dimensiones que le mostraron en el ordenador, mientras yo atendía nuevas llamadas al móvil.

Todo iba bien hasta que miré el reloj. Vi con horror que ya eran las once de la mañana pasadas y, con más horror aún, que mi socio entraba en la sala. Mi socio es cuarentón como yo, de mediana estatura, sería bien parecido si no fuera estrábico, usa gafas de montura de pasta, suele vestir de negro, es muy buen relaciones públicas y su mayor cualidad es que le gusta tanto la arquitectura como el dinero. Me preguntó con la mirada qué ocurría, o más bien, dónde narices me había metido, y al ver a mi hijo, o al «campeón», como él le llamaba, la expresión de su rostro se dulcificó y apareció la típica sonrisa de colega adulto dirigida a un chico despierto. Tras las correspondientes bromitas de macho a machito, mi socio me miró de reojo, su modo de preguntarme si había algún problema con mi hijo y si pensaba perder toda la mañana con él teniendo en cuenta que había que resolver varios asuntos urgentes.

Así es la vida. Cuando se está tanto tiempo con alguien, una simple mirada puede querer decir todas esas cosas y mucho más. Yo, que soy más verbal que él, le respondí que el «campeón» estaba de visita y que me uniría a él en cuanto acabara de enseñarle el estudio. Mi socio, todavía inquieto, invitó a mi hijo a pasar el fin de semana en su casa de campo sostenible de Ávila, con su gordezuela mujer y sus dos pequeños cafres, obligando al pobre a aceptar. Luego, me preguntó si había montado una reunión pendiente con una empresa constructora, a lo que contesté que sí, y salió disparado escaleras arriba.

Mientras le mostraba a mi hijo la segunda planta, consistente en una sala con ocho puestos, otra de reuniones y biblioteca, un baño y el despacho de mi socio y mío, comencé a agobiarme. Él, verdaderamente interesado, cocacola y vaso en mano, había comenzado a ametrallarme con toda clase de preguntas, ¿ésa es tu silla?, ¿cuántos gigas tiene tu ordenador?, ¿todos esos libros son de arquitectura?, ¿dónde guardas los planos?, y aunque ése era el objetivo de la jornada, no podía olvidar que estaba dejando de lado el dichoso anteproyecto y los otros asuntos pendientes, y que ya eran cerca de las doce.

Para colmo no hacía más que cruzarme con mi socio, que se hacía el enrollado pero no podía disimular su enojo ante mi conducta, y estuve a punto de abandonar a mi hijo con la secretaria sin ni siquiera haber subido al pequeño apartamento que teníamos en la tercera planta como zona de descanso para días especialmente duros. Pero los ojos del pequeño, brillantes de emoción, feliz por estar con su padre rodeado de mayores y en un lugar para él importante, me convencieron de que era una rata sin escrúpulos. Acabar la ronda en lo más alto del edificio, con mi hijo entretenido en ver la gran pantalla de televisión y el mueble bar *art noveau* con el instrumental y los ingredientes de coctelería, el sofá corrido, los cuadros y una máquina *flipper* antigua, supuso una liberación enorme. En parte, lo reconozco, porque ya había cumplido y podía retornar al trabajo.

Le dejé con la secretaria, él se puso a jugar en mi ordenador y yo fui recibido por mi socio con una sonrisa. Me zambullí en el anteproyecto, y en unos minutos la presencia de mi hijo en el estudio se evaporó de mi mente.

A la hora de comer mi secretaria me interrumpió para preguntarme si mi hijo iba a almorzar también con los ejecutivos de cierta empresa constructora de la obra de un edificio de oficinas, que estaban al llegar. Su tono impersonal, cuando ella era habitualmente muy agradable, denotaba su enfado por que yo hubiera dejado a mi hijo un par de horas solo, y la sospecha de que le iba a pedir que se ocupara de él durante mi comida. Había olvidado por completo tanto la cita como al pequeño, y me mordí el labio inferior para reprimir un exabrupto. Tenía planeado comer a solas con él en un agradable restaurante cerca del estudio, y el plan de llevarle con los contratistas me parecía algo arriesgado para mí, y muy aburrido para él. Pero quería zanjar el asunto de inmediato y le respondí a la secretaria que por supuesto mi hijo iba a almorzar conmigo. A oírlo, mi socio, ágil como nadie, me dijo que le cedía su puesto en la mesa, y que él se iba a resolver no sé qué lío con su mujer.

Cuando nos subimos en el Mercedes tamaño nave espacial de un directivo de la constructora, me volvieron a asaltar las dudas sobre la pertinencia y el éxito de mi proyecto de proporcionarle a mi hijo unos maravillosos recuerdos infantiles compartidos con su padre. Viendo su cara de póquer mientras el chófer y el directivo bromeaban ásperamente sobre el tráfico madrileño, temía fracasar.

Llegamos al restaurante, un clásico de la cocina cántabra. Al menos íbamos a comer bien. En la mesa nos esperaban el jefe de obra y un ejecutivo de la central. El objetivo de la comida, además de atiborrarnos de jamón de bellota y de marisco y de carne y de vino y de todo, era limar asperezas después de las discusiones y luchas que se habían producido entre ellos, por un lado, y el cliente y yo, por el otro, con motivo de un aumento sustancial en el precio de la obra.

El niño fue recibido como uno más y la naturalidad de mis comensales llegó hasta el punto de que los clásicos chascarrillos y chistes verdes, regados con copioso Rioja, fueron, y ya es decir, de los más bestias que yo recordaba en una comida de estas características. Mi hijo me miraba al principio de medio lado para saber si podía reírse o no, entre la vergüenza y la excitación, y al comprobar que yo me hacía el sueco, soltó unas risotadas que a duras penas lograban superar los gritos de los otros clientes. Cuando la conversación derivaba hacia asuntos de trabajo, mi hijo parecía concentrarse en su plato, con la cabeza hundida y en silencio, aunque yo sabía que en realidad estaba tomando buena nota de todo lo que decíamos, haciendo honor al apodo que le habíamos puesto mi mujer y yo: el espía.

Estábamos ya con los cafés y las copas, cuando llegó el momento de máximo protagonismo del pequeño. Ante mi sorpresa, sin hacerse demasiado de rogar y a petición del jefe de obra, contó un chiste verde. O mejor dicho, bastante asqueroso. Lo hizo con una sonrisa traviesa dibujada en los labios, sin mirarme en ningún momento, y con una desenvoltura que todavía hoy me inquieta. Caperucita va tan campante por el bosque, con su trajecito y sus coletas, en dirección al río, cuando se encuentra con el Lobo Feroz. El Lobo se relame y le pregunta: «¿Adónde vas, Caperucita?», y la dulce niñita le responde: «¡A lavarme el chocho!». El Lobo Feroz, escandalizado, se da media vuelta y exclama: «¡Coño, cómo ha cambiado el cuento!». Contado por él era más gracioso. Recibió como premio un buen coro de risotadas y tras la habitual discusión entre el directivo y yo sobre quién iba a pagar la cuenta, cuyo resultado, no menos corriente, fue que la acabó abonando él, volvimos al estudio.

Eran cerca de las cinco de la tarde, mi hijo y yo sufríamos los efectos del sopor producido por una comida larga, abundante y ruidosa, y a mí la perspectiva de entretenerle durante otras cuatro horas en el estudio, acosado por mi socio y las obligaciones laborales, se me hacía tan poco apetecible como entrenarme para correr el maratón por la Castellana. Nos abandonamos en sendas sillas de mi despacho, y yo, para eludir mi responsabilidad, hice uso de la manipulación, actividad en la que, como todo adulto, soy ducho: en lugar de sugerirle que debía marcharse a casa, le pregunté si le apetecía irse, confiando en que me respondería que sí. En ese caso mostraría una ligerísima decepción, le acompañaría a coger un taxi, estaría muy cariñoso y expresivo con él en la despedida, y la inusual jornada acabaría con un buen botín de recuerdos compartidos para ambos. Con mi despiste al traérmelo al trabajo, la visita del estudio y la comida, ya había bastante caldo de cultivo para que él de mayor recordara aquel día con cariño. No hacía falta estropearlo con unas horas más de convivencia forzada.

Pero mi hijo no acababa de responderme. Quizá temía decepcionarme si confesaba que le apetecía más reunirse con los juguetes de su cuarto que pasar el resto de la tarde a medias conmigo y con la secretaria, y a diferencia de mí, no contaba con el recurso de la experiencia, que le habría aconsejado devolverme la pelota preguntándome qué opinaba yo. Me miraba fijamente con los ojos muy abiertos y la mandíbula colgando, como si su respuesta estuviera a punto de salir de la boca pero no pudiera escupirla, atenazado por alguna oscura razón. Verle así me producía cierta angustia, como cuando estamos hablando con un tartamudo y se trabuca.

De pronto la secretaria me pasó una llamada de mi mujer, y olvidé mi pregunta y el bloqueo de mi hijo. Llamaba porque había sabido por nuestra alarmada y alarmista asistenta que el niño no había regresado a su hora del colegio, y por la directora, que no había ido a clase y que estaba conmigo en el médico. Me di cuenta de que romper la rutina, aunque resulte apetecible y gratificante, requiere tantas explicaciones que a veces no compensa. La voz de mi mujer, según escuchaba mis torpes excusas, pasó de la alarma a la inquietud, y de la inquietud a una adorable mezcla de rabia y diversión en cuanto confirmó que nuestro hijo estaba sano y salvo y que yo era el culpable de todo el desaguisado. En realidad le encantaba que yo hubiera podido hacer tantas tonterías en un solo día, y no hizo demasiada leña del árbol caído. Mi mujer y yo no éramos Romeo y Julieta, pero tampoco O. J. Simpson y la suya, que en paz descanse. Mientras me disculpaba por no haber informado del rapto de nuestro único hijo, y le hacía un resumen de nuestras actividades en el estudio, que no incluían por desgracia la preceptiva merienda ni las tareas escolares, busqué con la mirada al gran protagonista de nuestra conversación telefónica. Estaba al otro extremo del despacho, sentado a la mesa de reuniones, practicando una de sus aficiones, el dibujo.

Quizá por primera vez en todo el día, le miré. Quiero decir que antes le había visto, pero no me había detenido a observarle con detenimiento. En cierto modo, era como si le viera por primera vez, como si de repente hubiera aparecido ante mí y yo me estuviera diciendo: «Anda, mira, ¡si ése de ahí es tu hijo!». Vestía una camisa blanca de algodón y unos pantalones militares de color verde y calzaba unas botas de ante marrón oscuro iguales a las mías. Jamás había sido consciente de ese detalle: sus botas eran como las mías. Tenía las piernas cruzadas bajo la mesa, y balanceaba nervioso la derecha, que volaba sobre la izquierda, en un gesto de inquietud típico de la familia. Su cuerpo, menudo, se inclinaba sobre el papel. Dibujaba con la mano izquierda con trazos seguros, y la cabeza estaba apoyada sobre la derecha, con el codo sobre la mesa. Me pregunté qué estaría dibujando. Una moto deportiva, probablemente. O algún dinosaurio. Tenía el cabello castaño claro y largo, rizado en la nuca. En su rostro ovalado, de piel morena, destacaban unos ojos marrones oscuros, grandes, y quizá un poco tristes, salvo cuando reía; la nariz, recta, y la boca, grande, sensual. Era indudablemente guapo. O, al menos, eso pensaba yo al observarle mientras mi mujer me contaba por teléfono cómo le había ido la jornada en el trabajo. Y no sé por qué, en aquellos momentos recordé algo que me unía a él de una forma extraña pero cierta, algo que sabía yo, pero él ignoraba. Un secreto que jamás le había contado.

Durante tres semanas, cuando le dejaba en el colegio, al bajarse del coche y dirigirse hacia las aulas, mi hijo cojeaba ostentosamente. No le ocurría nada en la pierna. Tampoco tenía ningún otro problema grave, al menos del que me pudiera informar en el colegio. Simulaba la cojera para que yo lo viera y sintiese pena de él, ya que por un lado era el culpable de que fuera al colegio, y por el otro quien le podría salvar de una obligación tan desagradable. Aunque sólo contara entonces con cinco años de edad, él ya intuía que esa obligación se había convertido en indefinida, que, de un modo u otro, duraría toda la vida. Un adulto no va al colegio, pero carga con un sinfín de responsabilidades que no pocas veces le hacen cojear, aunque tampoco tenga la pierna rota. Comenzó un día cualquiera, sin previo aviso. Mi hijo cojeaba y yo sufría mirándole desde el coche, mientras se alejaba. No se lo conté a mi mujer. Tampoco hablé con él del asunto. Al cabo de tres semanas, una mañana, me dio un beso, descendió del automóvil y... ¡caminaba bien! Cuando se perdió de vista entre los otros niños, grité de alegría y aporreé el volante una y otra vez. Si me vio alguien, supongo que creería que estaba loco. Al llegar al estudio me bebí un güisqui para celebrarlo, el primero que me tomaba en mi vida antes de las siete de la tarde.

Pues bien, lo que nos unía de una forma extraña pero cierta, el secreto que no le había contado, es que yo de pequeño había hecho lo mismo que él: simular una cojera cuando mi padre me dejaba en clase los primeros días de un curso, a la vuelta del verano, con seis años. Probablemente lo hice por la misma razón que él, y también abandoné la simulación de repente. Sé, por mi padre, que él se lo contó a mi madre, que los dos me sermonearon al alimón varias veces, y que incluso mi madre llegó a darme un cachete para que dejara de fingir. Por la razón que sea, yo no recuerdo nada. Ni siquiera ver a mi hijo convirtiendo la cojera en tradición familiar me hizo recuperar la memoria. Lo que sé es gracias a mis padres. Pero aun así, esta anécdota un tanto triste repetida por padre e hijo estableció un vínculo entre nosotros, aunque por ahora fuera unidireccional, porque él ignoraba mi parte en la historia.

Justo cuando mi mujer me preguntaba por el teléfono cuáles eran mis planes, decidí que era el día indicado para desvelarle el secreto al pequeño. Le dije que esperara un momento y le pregunté a él qué le apetecía hacer. Dejó de dibujar, levantó la vista y me respondió que prefería volver a casa. Pero yo no le hice caso, y le dije a su madre que íbamos al cine y que llegaríamos tarde. Tenía un as en la manga, una historia que contarle que seguramente recordaría toda la vida, y ahora estaba seguro de que la jornada iba a merecer la pena. En cambio, si se marchaba a casa, recordaría con tristeza que había sido él mismo quien había decidido dar por finalizada aquella jornada de confraternización con su padre, y quizá de mayor tuviera algún ligero sentimiento de culpa.

Efectivamente, al cabo de un par de horas me escapé del estudio y fuimos al cine. Vimos dos películas: *Piratas del Caribe 4* y *Spiderman 5*. Nos entretuvimos, nos reímos y cenamos unas hamburguesas altas en colesterol charlando animadamente. Mientras tomábamos un helado de vainilla con sirope de chocolate, le confesé mi secreto. Él me escuchó atentamente, con los ojos fijos en los míos, sin dejar de comer helado. Al acabar, sonrió, y me dijo, quizá con cierta malicia, que él no se acordaba de haber simulado jamás una cojera. No sé si sería cierto. Puede ser que se hubiera olvidado, como me ocurrió a mí. Me dio igual, porque lo importante era que a partir de ese momento, mi secreto sería nuestro secreto.

Pero cuando conducía hacia casa, cerca de la una de la mañana, con él dormido en el asiento de atrás, una reflexión rompió el encantamiento del que había sido un día inolvidable en compañía de mi hijo. Pensé en mi cojera simulada, hace ya mucho tiempo, de pequeño, y en la más próxima de mi hijo, y en que ninguno la recordábamos, salvo por medio de otras personas, y me di cuenta de lo frágil y caprichosa que era la memoria. Me sentí como un imbécil al tratar de regalarle unos maravillosos recuerdos infantiles.

Lo más probable, pensé, es que cuando él me contara lo feliz que fue aquel día, yo, ya anciano, no lo recordase, por la razón que fuera. O que fuese él quien lo hubiera olvidado.

Los recuerdos compartidos no son para siempre.

Ni mucho menos.

EL PERRO

Eran cerca de las nueve y hacía una noche fresca, típica de mediados de septiembre, cuando la brisa por fin ha sido capaz de llevarse lejos el calor del verano. La rutina, poco a poco, había vuelto a la ciudad, y los hipermercados de las afueras estaban otra vez repletos de gente empujando sus carros y atiborrándolos de productos para llenar sus armarios, estantes y neveras.

En el aparcamiento de uno de ellos, Sandra, una mujer de treinta y cinco años, rubia, trajeada y con buen aspecto, estaba metiendo un par de bolsas y un voluminoso paquete en el maletero de su Nissan Pathfinder negro. De repente, su perro, un akita inu japonés de color negro, compacto y de hocico puntiagudo, comenzó a ladrar desde el asiento trasero.

—¡Calla, *Rufus*! Ya casi acabamos.

Cerró el maletero y, cuando se disponía a meterse en el todoterreno, una mano se posó en su hombro y le hizo dar un respingo.

—¿Sandra?

Era Patricia, su vecina de al lado en La Cabaña, una zona de Pozuelo de Alarcón en la que las antiguas y humildes casas de los años treinta del siglo pasado se estaban transformando en lujosos chalets con piscina y jardín. De edad parecida a Sandra y también rubia, Patricia lucía el mismo aspecto aseado, y vistas las dos desde cierta distancia, podrían pasar perfectamente por clones. Aunque habían sido buenas amigas, llevaban un tiempo sin verse, y Patricia era la última persona con quien Sandra deseaba encontrarse en esos momentos. Pese a ello, sonrió y se echó en sus brazos.

—¿Qué tal, Paty? ¡Cuánto tiempo!

—Tenía una reunión de trabajo por aquí cerca, y he aprovechado para hacer la compra. ¿Y tú?

—¡Un horror! —exclamó Sandra—. Mañana es el cumpleaños de Carlitos, y como voy como loca, todavía no tenía nada —y tras una pausa, añadió—: Te veo fenomenal.

—No creas, he ganado cuatro kilos en los últimos meses —dijo Patricia, haciendo una mueca.

—Pues no se nota...

Las dos amigas se quedaron calladas, sin saber qué decir, sonriéndose, hasta que Patricia se puso seria y comentó:

—¿Sabes? Luis y yo nos mudamos a Majadahonda hace casi tres meses.

—¡No sabía nada, de verdad! —exclamó Sandra, sorprendida. *Rufus*, el akita inu, no se sabe si inquieto por llevar tanto tiempo encerrado o, dado su carácter un tanto violento, molesto con la llegada de Patricia, comenzó a gruñir dentro del coche. Sandra aprovechó la coyuntura para tratar de escabullirse.

—¡Este perro nunca me va a dejar en paz! —dijo Sandra, nerviosa—. Es muy dulce, pero... Además, se me hace tarde. ¿Por qué no quedamos un día a cenar los cuatro y nos ponemos al día?

Pero Patricia no pensaba dejarla ir tan fácilmente.

—Siento que no os hayamos llamado en todo este

tiempo, pero... No te vayas, por favor —le rogó, con voz quebrada—. No sabes lo mal que lo he pasado últimamente. Vamos a tomar un refresco rápido, y te cuento.

Sandra, a quien lo último que le apetecía era tomarse un refresco con Patricia, por muy rápido que fuese, lo intentó una vez más:

—Es que Carlos y los niños ya están en casa, y...

—Por favor, Sandra. Por favor.

Patricia estaba a punto de echarse a llorar en medio del aparcamiento, y Sandra cedió. Cerraron sus todoterrenos, y mientras avisaban por el móvil a sus respectivas asistentas, fueron a pie a una cafetería de un centro comercial situado junto al hipermercado.

La razón por la que Sandra no quería ver a Patricia, y menos hablar con ella, la razón por la que se sentía muy mal, con una mala conciencia que le aguijoneaba sin darle descanso, era que creía saber perfectamente lo que le iba a contar su amiga y ahora ex vecina.

Una historia horrible.

Pero ella, Sandra, a diferencia de Patricia, conocía todos los detalles de esa historia.

Al menos, hasta la irrupción de Patricia y su familia en ella.

Porque los protagonistas habían sido ella, Carlos, su marido, y *Rufus*, el akita inu.

Ocurrió justo en junio, antes del verano, el primer fin de semana después de que los colegios hubieran dado las vacaciones a los niños, cuando los madrileños, armados de camisetas, pantalones cortos, falditas y chancletas se aprestaban a aguantar otro infernal estío y soñaban con abandonar la ciudad e invadir todas las playas y mares del mundo.

Era sábado por la mañana. Sandra y Carlos estaban desayunando en el comedor, que se abría al jardín mediante una gran puerta corredera. Su casa, en origen, era uno de aquellos antiguos hotelitos de La Cabaña, pero con la reforma, gracias a sus contactos en el ayuntamiento, habían logrado convertirla en un chalet grande, prácticamente nuevo, de estilo andaluz. Estaban solos, a excepción de Solita, la criada filipina. Bang, su marido, el mayordomo, había llevado a sus hijos a la clase de hípica, y no regresarían hasta la hora de comer. Se habían levantado tarde y disfrutaban del desayuno en silencio, todavía en pijama, Sandra abriendo el correo y Carlos leyendo un periódico deportivo.

Cuando Sandra bebió el último sorbo de su leche de soja, miró por el ventanal. Una pradera descendía hasta la piscina y, tras ella, el terreno, cubierto de pinos, se elevaba y continuaba en una suave ondulación hasta el seto que lo separaba de otra parcela. Hacía un día magnífico, y Sandra pensó que quizá podría subir a ponerse el bañador. Pero vio algo en el bosque de pinos. Una mancha negra unida a otra blanca, más pequeña, aparecía y desaparecía entre los troncos. Aguzó la vista. Era *Rufus*. Parecía estar jugando con algo. Sandra se levantó y abrió la puerta corredera. En ese momento *Rufus* salió del bosquecillo y entró en la pradera. Llevaba algo en la boca, pero como no paraba de dar saltos y de agitarlo, moviendo la cabeza de un lado al otro, no se veía muy bien qué era. Hasta que se paró, soltó lo que había atrapado, y miró hacia ella.

—¡Dios santo! —gritó Sandra—. ¡Carlos!

Carlos dejó el periódico, y al ver que Sandra se llevaba las manos a la cabeza, se asustó y corrió hacia ella.

—¡Es *Rufus*! ¡Creo que ha matado a *Frodo*!

Carlos salió al jardín y caminó hacia *Rufus*. El akita, al ver que su amo se acercaba, volvió a agarrar el bulto entre sus fauces, y comenzó a gruñir.

Carlos reconoció al perro.

Efectivamente, era *Frodo*.

El pequinés blanco de Patricia y Luis, sus vecinos.

Estaba muerto.

—¡*Rufus*! ¡*Out*! ¡Suelta eso! —le ordenó Carlos.

El akita bajó la cabeza, pero seguía sujetando el cadáver del pequinés. Carlos llegó hasta él y le dio un manotazo en la cabeza. *Rufus* soltó a *Frodo* y cuando Carlos le propinó otro mamporro, comenzó a gimotear.

—¡*Rufus*, *bed*! ¡Fuera de aquí!

El akita, con el rabo entre las piernas y la cabeza gacha, se fue hacia su caseta, pegada a la fachada de la casa. Carlos se puso en cuclillas: *Frodo* estaba cubierto de tierra, heridas y sangre.

El akita lo había destrozado.

—A quién se le ocurre... —susurró Carlos, mientras observaba el cadáver—. ¿No ves que eres enano y débil, pequinés? ¿Por qué te has colado en nuestra casa? ¿Qué te creías, que ibas a poder con *Rufus*?

Sandra se había quedado a unos metros, no quería ver el perro muerto de cerca.

—Y ahora, ¿qué hacemos? —preguntó.

Ataron a *Rufus* y metieron el cadáver de *Frodo* en una bolsa de basura. Volvieron al comedor, y discutieron el siguiente paso. Carlos propuso tirarlo a la basura, pero ¿y si lo descubrían los basureros? Había que deshacerse de él antes de que llegaran sus vecinos, que se habían ido el viernes a La Manga.

—¿Y Solita? ¿Habrá visto algo? —preguntó Sandra, asustada.

Fue a ver qué hacía la criada filipina, pero estaba en el sótano, planchando, y desde allí no había podido ver nada.

—No estaría bien deshacernos de *Frodo* así como así, Carlos —opinó Sandra, retomando la conversación—. Sabes cuánto lo querían Patricia y los niños.

—¿Y entonces? —preguntó Carlos, con ganas de resolver el asunto y olvidarlo cuanto antes—. ¿Qué propones? Ten en cuenta que si alguien se entera de lo que ha ocurrido, acusarán a *Rufus* y nos obligarán a sacrificarlo. ¿Es eso lo que quieres?

No, no era eso lo que quería Sandra. Pero había tenido una idea que dejaría a todos contentos, dentro de un orden, y que resolvería el embrollo de qué hacer con el cuerpo del pequinés. Carlos, al oírla, le dijo a Sandra que estaba loca, pero acabó por aceptar, y se pusieron manos a la obra. Lavaron con agua y jabón a *Frodo* en el fregadero, Sandra recuperó del garaje una cesta, metieron en ella el cadáver y lo cubrieron con una manta vieja. Carlos se coló en el jardín de sus vecinos y dejó la cesta en la puerta. Así Patricia y Luis sabrían que su perro había muerto y no lo buscarían durante meses.

Cuando sus hijos volvieron de la clase de hípica, fueron a comer todos juntos a un restaurante, y después a una sesión doble de cine. No querían estar en casa cuando Luis y Patricia llegaran a la suya. No volvieron a hablar entre ellos de lo ocurrido y, como por suerte no coincidieron con sus vecinos en todo el verano, ni ellos les llamaron, la historia cayó en el olvido hasta aquella noche en la que Sandra y Patricia se encontraron en el aparcamiento.

Así que Sandra creía saber más o menos lo que Patricia le iba a contar. Que ella regresó con Luis y los niños aquel domingo después de un maravilloso fin de semana en La Manga, en casa de los abuelos —que por cierto odiaban a los perros—, y que cuando iban a entrar en la casa se encontraron con la cesta. Sorprendidos, se preguntarían qué contendría, y quizá Luis hizo una broma, diciendo que cada vez tardaban más en entregar las cestas de Navidad. Luisito, o Sol, cualquiera de sus dos hijos, quiso levantar la manta, y los padres, de buen humor, se lo permitirían. Y entonces, la familia al completo debió de ponerse a gritar, espantada. Ahí estaba *Frodo*, su querido pequinés. Muerto. Cubierto de heridas. Luis, quizá, sería el primero en reaccionar, tapando el cadáver del pequinés, y la familia entraría en la casa sumida en un shock.

¿Quién puede haberle hecho esto al pobre *Frodo*?, se preguntarían, destrozados. Luis diría algo así como que si cogía al hijo de puta que había asesinado a *Frodo*, iba a matarlo, y Patricia trataría de que todos se calmaran un poco. Después Luis escondería a *Frodo* en el garaje, o en el lugar más apartado del jardín, y él y Patricia dejarían a los niños que hicieran lo que les viniera en gana —jugar a la Play durante horas, ver la televisión, no cenar— con tal de que se olvidaran durante un rato de *Frodo*. Después, con los niños ya dormidos, al meterse en la cama, quizá Luis y su mujer tuvieron una conversación un tanto tensa. Había que decidir qué hacer con la mascota. Patricia diría que los niños estaban terriblemente afectados, y que lo mejor sería llevarlo al día siguiente a la consulta del veterinario, y que allí se ocuparían del cadáver. Había que superar la muerte del perro cuanto antes. Luis aceptaría, pero añadiría que quizá estuviera bien reemplazarlo, comprar de inmediato otro pequinés que sustituyera a *Frodo*. Así, sería prácticamente como si nada hubiera pasado. Apagaron la luz, se dieron un beso y las buenas noches, y se durmieron sin hacer el amor.

Al día siguiente Luis, antes de ir a la oficina, llevaría el cadáver del perro al veterinario y, ya más tranquilo, al regresar a casa por la noche, se encontraría con que Patricia estaba llorando desconsoladamente en el salón, sola. Trataría de animarla, proponiéndole ir a la mañana siguiente a comprar otro perro, pero ella se negaría. Quizá Luis le preguntó qué era entonces lo que deseaba, y Patricia, entre sollozos, le dijo que mudarse. No quería vivir en una casa donde alguien había entrado para asesinar a su perro y dejárselo en una cesta, en la puerta. A Luis aquello le parecería un tanto exagerado. La casa era maravillosa, habían tenido que reformarla por completo, y sólo llevaban un par de años en ella. Pero Patricia se negaba a vivir allí. Tenía miedo, y los niños también. Discutirían, y sólo dejarían de gritarse cuando llegaran sus hijos. Quizá estuvieron unos días sin hablarse, hasta que Luis cedió. Patricia ya había comenzado a buscar otra casa, y al cabo de un mes, tuvieron suerte y pudieron mudarse a un adosado en Majadahonda, donde habían comenzado una nueva vida.

Sin perro, claro.

Al menos eso es lo que Sandra se imaginaba que podía haber ocurrido.

Pero no fue así.

Un detalle lo transformaba todo, haciendo la historia un poco más desagradable.

Ya en la cafetería, sentadas a la mesa con sus refrescos *light*, Patricia le contó cómo se encontraron a *Frodo* en una cesta a la vuelta de un fin de semana.

—Y el pobre *Frodo* —decía Patricia—, todo quietecito, con los ojitos cerrados… Pero ¿sabes lo más alucinante, lo más horrible?

—No, ni idea, ¿qué pasó? —dijo Sandra, curiosa.

—¡Que *Frodo* había aparecido muerto el viernes a la hora de comer, y que Luis y yo, sin que los niños se enterasen, lo habíamos enterrado en el jardín antes de irnos de fin de semana!

—¡Joder! —se le escapó a Sandra, sorprendida con la novedad.

—¿A qué jodido psicópata se le ocurre matar a un perro —decía Patricia, con lágrimas en los ojos—, para después desenterrarlo al día siguiente, destrozar el cadáver, lavarlo y dejarlo en la puerta de sus dueños?

Así que *Rufus* no había matado a *Frodo*, comprendió Sandra. Simplemente había entrado en el jardín de Patricia, había desenterrado el cadáver del perro, y había jugado con él. Sandra sintió cierto alivio. Pero algo no encajaba.

—Es horrible, Paty, de verdad —la consoló—. Pero no entiendo una cosa. ¿Por qué creéis que alguien mató a *Frodo*? ¿No estaría enfermo? ¿No pudo morir «naturalmente»?

—Mira, Sandra —dijo Patricia, todavía agitada—: *Frodo* no estaba enfermo ni nada. ¿Te acuerdas de lo alegre que era, de que no paraba quieto ni un momento? Nos lo encontramos como dormidito, en el jardín. Y pensamos que le había dado un ataque al corazón, o qué se yo. Pero hay algo más, algo que...

Sandra la animó con la mirada, pero Patricia no se decidía a acabar la frase. Sandra le acercó el vaso de cocacola, y Patricia, tras beber un trago, siguió hablando.

—¿No te das cuenta de que alguien tuvo que estar viendo dónde enterrábamos al perro? Nos estaban vigilando, Sandra.

—Pero ¿quién, Patricia? No seas paranoica, ¿quién os iba a vigilar?

—Alguien de vuestra casa, pero prefiero no hablar. De hecho, cuando te vi, me sentí fatal.

Sandra no sabía cómo reaccionar. ¿La estaba acusando? ¿Sospechaba de ellos? Nerviosa, trató de hacer pasar por loca a Patricia, lanzarle a ella la pelota.

—Toda esta historia es un poco rara, Paty —le dijo, sonriendo sólo con la boca—. Creo que habéis sobreactuado un poco. Un asesino de perros que luego os vigila, desentierra el cadáver y lo deja en una cesta frente a la puerta... Es inverosímil, ¿no crees? ¿Quién os va a odiar tanto cómo para hacer eso? Y si ocurrió, ¿por qué no fuisteis a la policía?

—¡Por miedo, Sandra! —gritó Patricia, que al darse cuenta de que había elevado demasiado el tono de voz, miró hacia ambos lados, aunque ningún cliente de la cafetería parecía haberse dado cuenta—. Por miedo. Si tú supieras...

Sandra se levantó. Patricia le daba pena, pero estaba confusa y no quería seguir aquella conversación.

—Bueno, Patricia —dijo, con aspereza—. Yo me voy. Tengo a mis hijos en casa y esta historia, la verdad...

Pero Patricia la detuvo, agarrándola del brazo.

—No te vayas, Sandra, por favor —le rogó, por segunda vez aquella tarde—. Está bien. Deberíamos haberos llamado hace tiempo y no lo hicimos por cobardes. Tienes derecho a saber quién fue.

Sandra, ahora picada su curiosidad, se volvió a sentar.

—Fue Bang, vuestro mayordomo filipino.

A Sandra le entraron ganas de reír, pero se contuvo. Por un lado le tranquilizó que Patricia no les acusase a ella y a Luis, y por el otro, aquella frase parecía de una comedia, sobre todo por el sonoro nombre de su mayordomo, Bang, que ya les hizo gracia a ellos nada más oírlo, el mismo día en que le contrataron.

—¿Bang? ¿Estás loca? —dijo Sandra, divertida—. Vale que sea un poco raro y arisco en ocasiones, y que cada día aparece con un reloj diferente, y que le regala joyas caras a Solita, y que le gustan las artes marciales, pero... ¿Bang? ¿Por qué iba a haceros eso?

—Porque nosotros habíamos visto algo —dijo Patricia, en voz baja—, y él se debió de enterar y nos envió un aviso.

—¿El qué, Paty? —preguntó Sandra, que ya no sonreía—. Creo que tú y Luis habéis visto demasiado «Los

Soprano». No te vayas por las ramas, suéltalo. ¿Qué visteis?

—Cómo se comieron a vuestro chow chow en Semana Santa.

Sandra ahogó un grito. Efectivamente, *Luigi*, su chow chow, había desaparecido sin dejar rastro en Semana Santa, mientras ellos estaban en Mallorca. Precisamente por miedo a que alguien hubiera entrado en su casa y se hubiera llevado al perro, decidieron comprarse un akita inu, un perro de guardia, un animal capaz de defenderles a ellos y de defenderse a sí mismo. Pero siempre pensaron que lo más probable, como opinaban Bang y Solita, es que *Luigi* se hubiera escapado, ya que era capaz de saltar el seto en las zonas en las que todavía era bajo.

—¿Qué coño estás diciendo? —preguntó Sandra, histérica— ¿Qué dices?

—Nosotros salíamos de viaje el sábado, y sabíamos que vosotros no estabais el viernes porque nos encontramos en la puerta cuando os marchabais, ¿te acuerdas?

Por la noche, contó Patricia, comenzaron a llegar filipinos a la casa de Sandra y Carlos. Montones de filipinos. Patricia y Luis cotillearon desde una ventana del piso de arriba que dominaba el jardín de sus vecinos. El matrimonio de servicio había montado una fiesta en toda regla: música, guirnaldas, baile y barbacoa. Sandra y Luis estaban alucinados. ¿Cómo se podía tener tanta cara? Iban a llamar a Carlos y Patricia, para ver si habían pedido permiso, cuando Luis se dio cuenta de que *Luigi*, el chow chow, formaba parte del menú. Estaba atado, sobre una mesa, junto a la barbacoa. Vieron cómo Bang lo sacrificaba, entre gritos de alegría de los invitados, y se apartaron de la ventana, horrorizados. Decidieron no decírselo a nadie, porque tenían miedo. Si los filipinos se atrevían no sólo a montar una fiesta clandestina en casa de sus empleadores, sino también a comerse su perro, es que debían de ser unos tipos de cuidado. Al día siguiente, Luis se atrevió a acercarse a la entrada de la casa de Sandra, y llamó a *Luigi*. Aunque lo hubiera visto morir con sus propios ojos, prefería pensar que se habían equivocado, que era una broma macabra. Pero *Luigi* no respondió.

—Fue la primera vez que hablamos de mudarnos —dijo Patricia, que hablaba en susurros, muy rápido—. Por eso, cuando ocurrió lo de *Frodo*, lo decidimos esa misma noche, aunque Luis decía que quizá no había sido Bang, pues él no nos habría devuelto el cuerpo, se lo habría comido. En el veterinario, cuando les contamos que nuestro perro había muerto y después lo habían desenterrado para ensañarse con el cadáver, nos miraron raro, y Luis les mandó a paseo y no les pagó la factura, o sea que tampoco sabemos de qué murió *Frodo* exactamente. Aunque yo estoy segura de que fue Bang. La noche de la fiesta vio luz en nuestra ventana del segundo piso, o directamente nos vio mirando, y nos mandó un aviso.

Sandra la había escuchado mirándola fijamente, sin poder reaccionar. De improviso vomitó sobre la mesa. Patricia la sacó de la cafetería, y cuando le dio el aire fresco de la noche, se recompuso un poco.

—Pero ¿cómo? —se preguntaba Sandra—. ¿Cómo pudieron comerse a *Luigi*? ¡Monstruos! ¡Hijos de puta!

Patricia trató de calmarla, y caminaron juntas hacia el aparcamiento. Le explicó que ella y Luis se habían informado en internet. Los filipinos, como los coreanos y los chinos, comían carne de perro. De hecho, la de chow chow era muy apreciada en China. Y había visto fotos horribles de perros en Filipinas a los que mantenían vivos, comiéndoselos por partes, un día una pata, otro otra, y así hasta devorarlos por completo. Era algo cultural.

—¿Cultural? ¿De qué coño me estás hablando, Paty? —gritó Sandra, cada vez más fuera de sí—. ¿Y por qué no nos lo dijisteis?

—Teníamos miedo, Sandra —se justificó Patricia—. El mayordomo sospechaba que podíamos contároslo todo, y nos mandó un aviso con *Frodo*, como en la mafia, ¿no lo entiendes?

Pero Sandra no comprendía nada. Estaban ya junto a sus automóviles, y explotó.

—¿Sabes, Paty? —le espetó, fuera de sí—. No fue Bang quien mató a vuestro pequinés. Fue *Rufus*, nuestro akita. Le estuvo mordiendo y arrastrando toda la tarde. Es cultural. Los akita inu son japoneses y muy violentos. Siento no habértelo contado, pero tenía miedo de que nuestro perro se vengara si le delatábamos.

Patricia se echó a llorar y, presa de los nervios, tardó en encontrar las llaves del coche en el bolso. Antes de subirse al todoterreno, lanzó una mirada llena de rabia a su ex amiga, que la observaba con una mezcla de desprecio y odio, y se marchó. Sandra se sintió mejor al ver cómo el automóvil se perdía de vista tras salir del aparcamiento. Ni siquiera se arrepintió de haber mentido a Patricia, diciéndole que el akita había matado a *Frodo*. Que se jodan, pensó, riéndose para sus adentros. Pero aquel bienestar un tanto malsano fue pasajero, porque en cuanto pensó de nuevo en *Luigi* y en Bang, una angustia incontenible la atenazó de nuevo.

Bang, pensó. Bang. Era un filipino de poco más de treinta años, delgado, todo aristas. Tenía el pelo lacio y negro, y su aspecto, con la piel cetrina, la frente amplia, el cráneo estrecho y la nariz aplastada y ancha, era muy peculiar. Ella y Carlos bromeaban a menudo llamándole «el muerto viviente». Bang, que les enseñaba palabras de tagalo a los niños. Bang, que hablaba un correcto español, pero con un acento extraño, sibilante. Bang, a quien Carlos, un día, al bajar al sótano, sorprendió practicando artes marciales con un cuchillo, y que contó que aquello era *kali*, una lucha filipina que realizaba a diario «para relajarse y defenderse en caso de un encuentro con gente mala». Bang, que desde aquel día, solía decirle a Carlos que como alguien tocase a los niños, se las iba a tener que ver con él, su «guardaespaldas». Bang, que no parecía dormir nunca, que siempre estaba disponible, que atendía al instante una llamada al móvil, a cualquier hora. Bang, que adoraba a Solita, su esposa, bajita, silenciosa, de piel cobriza, ojos rasgados, pómulos marcados y labios llenos, una mujer bella a la que cubría de regalos. Bang, que siempre estaba al tanto de todo lo que ocurría en La Cabaña. Bang, el mayordomo perfecto, al que nunca se vio una mancha en el uniforme. Bang, se dijo Sandra, el que se comió a *Luigi*... Sandra estaba aterrada. No se atrevía a volver a casa. Se quedó dentro del coche, sin saber qué hacer.

Eran las diez pasadas. El aparcamiento se fue vaciando, y ella y su todoterreno se quedaron solos en medio de la explanada de asfalto. Un guardia jurado se acercó a ver qué ocurría, y Sandra se disculpó, arrancó y salió de allí. Después, condujo hasta el centro de Pozuelo y llamó a su marido. Había tomado una decisión. Le contó a Carlos lo que a ella le había contado Patricia, y le dijo que cogiera a los niños y los trajera. No quería que su familia durmiera ni una noche más bajo el mismo techo que Bang y Solita. Carlos al principio discutió con ella, pero la encontró en tal estado de nervios, que accedió.

A los niños les dijeron que era una sorpresa, por el cumpleaños de Carlitos.

Durmieron en un hotel.

A la mañana siguiente, Carlos regresó a la casa y echó a Bang y a Solita.

«La señora prefiere ocuparse ella misma de la casa», les dijo.

El filipino ni siquiera protestó.

Estuvo muy educado.

Les dijo que iba a echarles de menos, sobre todo a los niños.

Y al perro.

Adoraba a *Rufus*.

EL FUNERAL

El golpe de luz, humo y ruido les paralizó. Gente que comía, reía, bebía, conversaba, fumaba, gritaba. Camareros limpiando, sirviendo, ordenando, cobrando. En cuanto se dieron cuenta de que estaban en un bar normal y corriente, despertaron de su letargo y se dirigieron a la barra. Encontraron un hueco, se sentaron en unos taburetes, y pidieron dos cañas. El primer trago de cerveza, fresco y espumoso, les devolvió al presente, a ese mismo instante, al acto de estar en una barra de un bar bullicioso bebiéndose una caña un jueves por la noche.

A Juan le hizo gracia la propuesta. ¿Ir a un funeral? ¿Él, ateo convencido, que la única vez que había pisado una iglesia fue en la boda de su hermana? Pensó que quizá fuera curioso escuchar el discurso del cura —¿se llamaba discurso?—, oír por una vez en directo las mentiras que se llevaban repitiendo durante decenas de siglos, observar la actitud de los fieles. Además, Ana se lo había pedido con una voz desvalida, triste, como si aquel funeral le importara de veras. Aceptó.

La primera caña desapareció rápidamente, y cuando el camarero les sirvió la segunda y les preguntó si querían algo de comer, se miraron cómplices y les entró una risa tonta, alegre. No, no querían nada de comer. Con la cerveza tenían de sobra.

¿Cómo se viste alguien para ir a un funeral? Con colores apagados, supuso Juan. Uno se viste triste. Y serio, con traje o chaqueta. Pero después iban a una fiesta. Eligió una camisa de rayas grises, unos vaqueros azul oscuro, una cazadora militar negra y unas deportivas también negras. Al ver a Ana caminando hacia él, en la calle, se fijó en que llevaba un abrigo azul marino abotonado hasta el cuello y zapatos de tacón negros. Cuando ella le pidió fuego y se inclinó para acercar el cigarrillo a la llama del mechero, Juan entrevió, por una abertura del abrigo, que debajo llevaba un traje de fiesta dorado.

Ya formaban parte del bar, de la luz y del movimiento. Ana se había desabrochado el abrigo. Las lentejuelas del traje, cuando ella bebía o se echaba hacía atrás riéndose, centelleaban. La boca de Ana era roja; sus ojos verdes y el cabello castaño claro. Juan pensó que era muy bella, bellísima, y se sintió joven, fuerte y feliz. Si él quisiera, pensó, si él quisiera podría soplar, y todos los demás clientes y los camareros y los taburetes y las mesas y los cubiertos saldrían volando y atravesarían la puerta y se romperían contra el suelo, como si fueran de cristal.

Al entrar, se llevó la impresión de irrumpir en un lugar secreto, prohibido. La iglesia era grande, estaba en penumbra, hacía frío y el murmullo de las conversaciones en voz baja, susurradas, invadía todo el espacio, envolviéndole. Nunca se había percatado del vacío inmenso que contienen las iglesias, de la cantidad de aire que atrapan. Allí dentro se sintió como un ladrón, o como un farsante. Fue Ana quien le sacó de su ensimismamiento. Tiró de él y le llevó hasta uno de los pocos huecos libres que quedaban en los bancos, repletos ya de gente vestida con ropa triste. Ana saludó con un gesto de cabeza y una sonrisa breve a algunos de los asistentes, y de repente el murmullo cesó, dando paso a un silencio opresivo, huérfano de voces, expectante.

Hablaron de la fiesta, de quién iría, de quién no. Juan, sin apetito, había hecho el esfuerzo de comerse los pinchos que les habían puesto, en parte porque eran gratis, y también para llenarse el estómago con algo y no emborracharse antes de tiempo. Pero Ana, que no había probado bocado, llamó al camarero y le pidió un vodka con naranja. Juan la miró, como diciéndole: «¿Estás loca?», y ella le respondió pidiendo un dyc con cocacola para él.

La entrada de los tres curas fue sobrecogedora. Porque eran tres, y no uno, quienes celebraban el funeral. Vestían casullas moradas, uno era joven, y los otros dos, ancianos. Andaban despacio, como si llevaran sobre sus hombros una carga enorme. Los rostros, quizá por la escasa iluminación, eran cenicientos. Se santiguaron y tras decir unas palabras que Juan no comprendió, cantaron un salmo a tres voces, con sentimiento, o al menos eso le pareció. Juan miró a Ana creyendo que ella estaba tan impresionada como él, pero cuando vio su rostro se dio cuenta de que estaba pensando en otra cosa, distante.

Juan dio el primer trago al güisqui y le pareció riquísimo. El güisqui le encantaba, y ahora no sólo bebía para emborracharse, como antes, sino que lo disfrutaba de verdad. Quizá, dijo, tener veinte años y ser mayor era eso. Mientras hablaba, Ana le observaba, sin escucharle, y cada vez estaba más segura de que estaba perdidamente enamorada de él. No era muy guapo, pero tenía una cara simpática, era listo y parecía muy seguro de sí mismo. Aunque quizá lo que más le gustaba de él era que la hacía reír, como ahora, que la acusaba de beber vodka para que sus padres no descubrieran en su aliento que bebía alcohol. Porque tú, le decía Juan, tú eres una borrachucia de veinte años, una lagarta, y nadie aparte de mí lo sabe, y Ana se reía y las lentejuelas de su vestido brillaban.

«Señor, ten piedad.» «Señor, ten piedad.» Juan se fijó en la viuda y los hijos del muerto, en la primera fila. De la viuda, que llevaba un sombrero negro con velo, sólo veía la espalda, algo encorvada. Los hijos eran tres, dos mujeres en la treintena, y un hombre de veintimuchos. Vestían de traje oscuro, y sus rostros, que Juan entreveía cuando hablaban entre ellos o se volvían buscando a algún conocido, mostraban cansancio y cierto estupor. A Juan no se le había muerto nadie cercano. Al mirarles sentía cierta grima, como si por observarles le pudieran contagiar la desgracia y el dolor.

Se besaron, con los ojos cerrados, y el mundo giró una y otra vez en sus mentes. Al abrirlos, algo mareados, les costó un poco aceptar que no estaban solos, sino rodeados de gente ruidosa. Ana se metió un hielo en la boca, se lo llevó con la lengua de un lado a otro, y cuando sintió demasiado frío, lo mascó. Juan consultó la hora. Eran las nueve y media pasadas. Podían salir de allí hacia las diez y media para llegar a la fiesta a las once, cuando ya estuviera animada.

Había algo misterioso en el rito, en cada gesto de los curas, en cada una de sus intervenciones, en la respuesta mecánica de los fieles. Allí delante se estaba representando una obra muy antigua, puesta en escena millones de veces en cientos de miles de lugares. Juan pensó que aunque en ocasiones pareciera falsa e invitara a la risa, también daba miedo. Por un momento llegó a la conclusión de que todo aquello merecía cierto respeto y, arrepentido, desechó ese pensamiento y lo lanzó lo más lejos de sí mismo de lo que fue capaz.

Ana se levantó y sintió un vértigo repentino. Tengo que beber un poco más despacio, pensó. Se dirigió hacia la escalera que descendía a los servicios y sintió que los ojos de todos los hombres se clavaban en su espalda, en su nuca, en su culo, en sus tetas. Le gustó, y más aún pensar que seguramente alguna mujer también la estaba mirando con envidia. Bajó la escalera apoyándose en la pared, y cuando llegó al baño de señoras se confirmaron sus temores: estaba asqueroso. Se asomó al de los hombres sin demasiada convicción, pero, ante su sorpresa, estaba más presentable. Mientras cubría el protector del retrete con papel higiénico, le vino a la mente la imagen de Fernando riéndose. De Fernando, el que fuera mejor amigo de su padre, que ahora también descansaba en un ataúd.

Uno de los curas, un anciano que lucía una tupida barba blanca y era algo histriónico en su interpretación, leía mientras sus compañeros se mantenían en un segundo plano, cabizbajos, aparentemente concentrados en la lectura. «Acoged al flaco en la fe, sin entrar en disputas sobre opiniones. Hay quien cree poder comer de todo; otro, flaco, tiene que contentarse con verduras. El que come no desprecie al que no come y el que no come no juzgue al que come, porque Dios le acogió. ¿Quién eres tú para juzgar al criado ajeno?» Juan coligió que él era un incrédulo, uno de aquellos flacos que se contentaban con verduras, y la metáfora no le molestó. Echó un vistazo alrededor, y vio que muchos de los fieles parecían aburridos, como si alguien los hubiera desconectado. Ana jugaba con un botón de su abrigo. Probablemente él era el único asistente al funeral que estaba atendiendo con los cinco sentidos a la misa. Se sonrió al pensar que estuvo mucho más disperso en el concierto de la semana anterior, y eso que Coldplay era uno de sus grupos preferidos.

Cuando Ana regresó a la barra, le esperaba otro vodka con naranja. Sintió cierta repugnancia y lo apartó a un lado. Juan la miraba con cara de pillo. «¿Estás ya borracha?», le preguntó. Ella no se dignó responderle. Cogió un puñado de almendras y se las comió. Después, miró fijamente a Juan, y le preguntó a bocajarro: «¿Qué te pareció el funeral?».

La lectura del Evangelio de San Juan le dio a Juan qué pensar. El texto versaba sobre la conversación que tuvo Jesucristo con Marta poco antes de resucitar a Lázaro. Juan decidió que tenía que leer la Biblia, porque una cosa era ser ateo y otra no tener ni idea de la cultura a la que pertenecía. Además, le habían dicho que la Biblia estaba muy bien, o al menos partes de ella. Miró a Ana y vio que tenía los ojos llorosos.

Juan respondió con evasivas. No podía confesar abiertamente su opinión. Ella quería al difunto, y le había seguido viendo de vez en cuando tras la muerte de su propio padre, hacía dos años. Y una muerte trae el recuerdo de otra. Hablar del funeral era terreno minado, pero ¡cuánto le apetecía! ¡Dios! Se tenía que morder la lengua, las palabras saltaban, gritaban dentro de su boca. Bebió un trago de güisqui y miró a Ana, deseando que le insistiera, que le obligara a hablar.

Era alucinante. Los tres curas ya no eran los tres curas. Ahora eran los tres tenores. Se distribuían el escenario con una soltura digna de profesionales del mundo del espectáculo. Cantaban abriendo los brazos y mirando al cielo, desafinando de lo lindo, pero sin darse por enterados. Cada uno, en su estilo, se esforzaba por ganarse la atención del público, como si se tratara de un concurso televisivo en el que su suerte dependía de una puntuación popular. El joven era el más exagerado. A los dos ancianos, en cambio, todavía les quedaba un resto de dignidad, eso sí, apolillada. Juan pensó que su histrionismo era su modo de transmitir cuán cercanos se sentían al muerto. Ana le había dicho que el tal Fernando era rico, y los ricos tienen derecho al espectáculo del recuerdo y el dolor fingido por los siglos de los siglos.

Ana se sintió muy triste. ¿Sería, quizá, porque se acababa de acordar de la última vez que vio a su padre con vida? Se sintió sola, y la gente de aquel bar le resultó agresiva. Le ofendía que estuvieran riéndose, que se divirtieran, que comieran como animales, que tirasen las servilletas de papel y los huesos de aceituna al suelo. Juan, en cambio, estaba pensativo. Él sí me comprende, se dijo. Él sí.

¿Cómo es que la Iglesia no se había dado cuenta de que podría cobrar lo que le diera la gana por la asistencia a funerales como ése? Juan, que no tenía precisamente mucho dinero, habría pagado cien euros sin rechistar. Miraba alrededor, y no podía comprender cómo los demás no lo estaban viviendo como él, como un espectáculo de primer orden, un lujo. Uno de los tres tenores, el anciano de barba blanca, había hablado en la homilía de su amistad con el difunto. Parece ser que en los últimos meses de la enfermedad su fe se había tambaleado. Ya no creía en Él. Habían platicado —¿quién coño «platica» en el siglo XXI?— durante horas y horas, pero no había manera de hacerle regresar al rebaño. Después, quizá para no dar la sensación de que habían sido menos amigos, hablaron los otros dos tenores. Recordaron paseos, un viaje a Jerusalén y tardes tomando pastas, bebiendo café y conversando sobre esto y aquello en el chalet del difunto. Defendieron su fe inquebrantable y dejaron en mal lugar al primer tenor, que la había puesto en entredicho.

Ana alcanzó el vodka con naranja y dio un trago largo. Pensar de otro modo, se dijo, eso es lo que tengo que hacer. La vida sigue. Juan le estaba acariciando la mano, y ella la retiró, sonrió y le dijo: «Venga, Juan, no te cortes. A mí el funeral me ha parecido rarísimo, como un *reality show* o algo así, ¿no?».

¿Quién da más? Juan estaba tan excitado que no podía evitar morderse las uñas de vez en cuando. Ana ya le había dado algún toque de atención. Habían salido a hablar dos de los hijos, y sólo quedaba la viuda. Una de las hermanas, bajita, gorda y nerviosa, subió con los ojos enrojecidos al escenario —o a la tarima, o como narices se llame, pensó Juan—, la voz temblorosa. Casi no llegaba al micrófono, que estaba montado sobre un atril. Definió a su padre como «un hombre raro», y habló de él con cariño, pero reconviniéndole, como si hubiera sido un poco travieso. Lo terrorífico es que bromeó sobre su facilidad para atraer a las mujeres, y llegó a decir algo que se podía considerar escandaloso dadas las circunstancias, o al menos eso le pareció a Juan. Sugirió que si había algún otro hijo de su padre en aquella iglesia, en aquel funeral, un hijo natural, que a ella le encantaría conocerle, porque seguro que iba a ser tan «interesante» como lo había sido su padre. Y algunos de los asistentes rieron por lo bajo, conteniéndose, incómodos.

Juan le dijo que le había parecido sorprendente y muy entretenido, sobre todo teniendo en cuenta que él no había ido a misa jamás. Ana confesó que ella también estaba bastante alucinada. Aunque era agnóstica, había ido a misa con frecuencia de pequeña, y seguía yendo de vez en cuando a alguna boda o a algún bautizo. No había sido una ceremonia normal. Era muy raro ver a los familiares y a los curas contando intimidades del muerto. Aquello no era precisamente respetuoso. Comentó que cuando José —así se llamaba el hijo— reconoció que él no tenía tanto éxito con las mujeres como su padre, abundando en las insinuaciones de Carmen —la hermana mayor, la gordita—, no pudo evitar ponerse roja de vergüenza ajena. «¿Y los curas?», preguntó Juan, que ya iba por el tercer güisqui. «¿Qué te han parecido los tres tenores?» A Ana le entró un ataque de risa cuando oyó que Juan llamaba a los curas así. Ya no estaba triste. Se reía con la descripción de Juan del funeral, plagada de ocurrencias, y estaba realmente animada. Quería más.

La viuda lo remató. Era una de esas mujeres que, aun caminando encorvada, era terriblemente estirada. Cuando subió se hizo un silencio solemne, se oían crujir las telas de los abrigos, y apenas sonaron un par de incómodas toses. La viuda quería defenderlo todo, su matrimonio, a su marido y a ella misma. Tomó el micrófono con sus garritas de manicura, y con voz dura y bien modulada, aseguró que Fernando había sido, seguía siendo y sería por siempre un soldado de Cristo, un defensor de la fe. Que nadie pensara, dijo, que Fernando vivía en su mundo, que nadie creyera que sólo le interesaba su colección de mariposas. Fue, dijo, un empresario creador de riqueza, un buen padre, amigo de los amigos y un marido perfecto. Nadie podía dudar de que por donde ella caminaba, él iba besando el suelo. Ella, la viuda, había sido su única mujer, su única pasión. La viuda dio así el tema por zanjado, pero Juan se sonrió pensando que lo único que había logrado aquella señora era abrir más interrogantes sobre el difunto. Mientras regresaba al banco, Juan miró de reojo a Ana y por la expresión de su cara, contraída, tensa, dedujo que la viuda no era precisamente de su agrado.

«¿Y la familia? ¿Qué te ha parecido la familia?» Juan dijo que Carmen era la típica gordita fea, acomplejada e insegura, vocinglera y basta, una verdadera bomba de relojería. La otra hermana, Silvia, le pareció más normal, y en cuanto a José, tan poquita cosa, tan buenín, le había dado pena cuando contó que no se comía una rosca en comparación con su padre, porque no había sido ninguna broma, se notaba que lo había dicho en serio, el pobre. «Qué malo eres, Juan. Los has clavado», dijo Ana, pero lo dijo riéndose, y después le preguntó por la viuda. «Una zorra», respondió él. «Hay que ser hija de puta para decir de tu marido muerto que comía de tu mano. Eso deja a cualquiera a la altura del betún, sobre todo teniendo en cuenta cómo eran ella y sus manos.» Ana se partía de la risa.

«Cordero de Dios, que quitas el pecado del mundo, ten piedad de nosotros. Cordero de Dios, que quitas el pecado del mundo, ten piedad de nosotros». Tras los fuegos artificiales de los discursos, vuelta al rito, a los cánticos, a los tres tenores esforzándose por dar a su querido difunto un funeral sonado, los ojos mirando al cielo y las bocas abiertas en muecas imposibles. Y el milagro. Porque Juan, eso sí, sabía que en cada misa se produce un milagro —sí, nada menos que un milagro—, la transubstanciación del pan y el vino en el cuerpo y la sangre de Cristo. La carne de Cristo masticada e ingerida por los fieles, la sangre bebida por el sacerdote. Comenzó el desfile de los fieles para recibir la comunión y, ante su sorpresa, Ana le pidió paso y se unió a los demás creyentes. Pero ¿no era agnóstica? ¿Qué hacía? Juan vio cómo Ana se inclinaba ante el tenor de barba blanca, que le sonrió beatífico, y cómo tomaba en su lengua rosada y puntiaguda la hostia consagrada.

Había vuelto la calma. Ya no se reían. El bar estaba casi vacío y ahora los ruidos sonaban el doble, herían, eran tristes, como si algo se estuviera acabando o ya hubiese terminado. ¿Había menos luz o eran imaginaciones suyas? Juan le preguntó a Ana por qué había comulgado. Ella le miró fijamente y después se arregló el vestido, sin responder. Cogió el vodka y se lo acabó de un trago. Juan repitió la pregunta, y a ella le molestó su insistencia. «¿Y a ti qué te importa?», le espetó. «Soy contradictoria, jodidamente contradictoria, ¿aún no te has enterado, o qué?» A Juan le sobrevino una tristeza profunda, le entraron ganas de recuperar la risa, de volver a divertirse con ella, de reír juntos, y decidió que tenía que seguir con el funeral.

El pasillo central estaba repleto de gente esperando para dar el pésame. Ana llevó a Juan de la mano por uno de los laterales, y avanzaron bastante rápido. Sólo tenía cuatro personas por delante de ellos. Los hijos de Fernando ora se mostraban ausentes, ora prorrumpían en sollozos. Se abrazaban a sus familiares y amigos, y hablaban en susurros, cabizbajos. La viuda estaba más entera; apoyada en un banco, despachaba a quienes se acercaban con celeridad casi militar, sin entretenerse. Ana logró hacerse un hueco y Juan se quedó en un segundo plano, observando. Contra todo pronóstico, la viuda se echó en los brazos de Ana y le dio dos sonoros besos. Los hijos también estuvieron especialmente efusivos. Carmen se echó a llorar, y José apenas fue capaz de balbucear un saludo. Cuando Ana regresó con Juan, por sus mejillas resbalaban dos lágrimas brillantes.

Juan había recuperado su toque ingenioso, ácido. «Retrato de un hombre muerto», dijo. «Retrato de Fernando Satrústegui, a partir de su funeral.» Ana se reía, pero había algo amargo en su risa, era una risa muerta. Juan dijo que Fernando se había casado por conveniencia, que había sido un hombre atractivo, buen conversador, con sentido del humor, aunque no gracioso. Su matrimonio, que aguantó durante más de cuarenta años, había sido una pesadilla bien llevada, un sutil tormento controlado mediante silencios interminables y habitaciones separadas. Era mujeriego, y no había podido o querido contenerse. «Fernando fue un gran follador», sentenció Juan. Se había acostado con rubias, morenas y pelirrojas. Había acariciado pechos planos, redondos, turgentes y caídos. Quería a sus hijos, aunque ellos, como su mujer, jamás le comprendieron. Le veían como un «raro» por su afición a las mariposas, que le permitía evadirse, y porque en su casa a menudo se mostraba ausente. Había estado muy solo, y había muerto solo, sin Dios, sin nadie. «Porque Fernando», dijo Juan, «nunca creyó en Dios.» Y al final, ya enfermo, por joder un poco a los curillas que siempre estaban en su casa, atiborrándose, confesó su ateísmo. Entre sábanas y medicinas, les dijo a los tres tenores y a su mujer y a sus hijos que podían meterse a su Dios por el culo. Y todos se asustaron, qué cosas tiene, don Fernando, qué cosas tienes, papá, qué cosas tienes, Fernando. Pero ése fue su modo de decir que estaba solo, y que solo se iba. Juan hablaba sin parar, sin darse cuenta de que Ana no le sonreía, de que le miraba sin reconocerle, de que estaba deseando darle una lección.

Salieron a la calle, y el frío les hizo agachar la cabeza y meter las manos en los bolsillos. Se quedaron en la acera, dando saltitos, indecisos. Hasta que Ana echó a andar, y Juan le preguntó que adónde iban. «Necesito beber algo», dijo ella. A Juan le pareció una buena idea. Caminaban muy rápido, como si llegar a un bar les fuera a salvar de algo. Pero en aquella calle no había bares. Pasaron junto al muro de un colegio, junto a varios edificios de viviendas, junto a una farmacia. Nada. Entonces, Juan vio una luz en una bocacalle y se dirigieron hacia allí. «Es un bar», dijo entre dientes, pegado al ventanal. Ana se adelantó, abrió la puerta y entró. Él la siguió.

Juan no sabía cómo reaccionar. ¿Por qué narices le había contado Ana toda esa mierda? Bien, ella y Fernando habían tenido un lío hace unos años, durante unas vacaciones familiares, cuando ya se sabía que su padre sufría una enfermedad mortal. Pero ¿por qué contárselo? ¿Por qué confesarle que fue ella quien se ofreció a él? ¿Por qué darle tantos detalles, por qué describirle los polvos entre una jovencita y un viejo, por qué ser tan desagradable?

Juan trató de conservar la dignidad, y para ello no se le ocurrió otra cosa mejor que darle la espalda a Ana y pedir otro güisqui. Mientras llamaba la atención del camarero, Ana se levantó y se fue.

Al día siguiente Juan supo por sus amigos que ella había ido a la fiesta.

Había bailado sin parar.

Lo había pasado en grande.

Y la había llevado a casa un tipo con un pendiente en la oreja.

EL INFORME

INVESTIGACIÓN SOBRE LA ACTIVIDAD QUE SE DESARROLLA EN LA SÉPTIMA PLANTA DEL INMUEBLE DEL NÚMERO 12 DE LA CALLE PROFESOR WAKSMAN DE MADRID.

A petición del cliente, P. Abogados, despacho contratado a su vez por la Comunidad de Vecinos del inmueble anteriormente citado, se ha realizado durante los días 20, 21 y 22 de julio de 2008 una investigación en la séptima planta del mismo, con el objetivo de esclarecer cuál es la actividad que allí se desarrolla.

A continuación se exponen, con la objetividad y rigor característicos de los trabajos de Detectives Milano, los resultados de la investigación.

Martes 20 de julio de 2008:

A las 12.19 horas se llama mediante teléfono público al número 914 438 045, tomado de un anuncio publicado en la sección local de los periódicos *El País*, *El Mundo* y *ABC*. A continuación se muestra dicho anuncio, escaneado con proporción 1:1.

Masajes
Turgencias
Fantasía

MTF

¡NUEVA APERTURA!
30 señoritas, variedad, masajistas.
Servicios desde 80 €. Book desde 300 €.
Hoteles, domicilios, viajes, cenas...
Horario: 12.00 a 22.00 horas de lunes a sábado
English spoken. VISA.

En el transcurso de la conversación, mantenida en castellano con una mujer de voz sugerente, el detective queda citado por la tarde en la calle Profesor Waksman n.° 12, séptima planta.

A las 15.30 horas del mismo día, el detective se persona en el lugar. Le abre una mujer según ella misma llamada Salomé, de unos 50 años de edad, 1,60 metros de estatura aproximadamente, con pelo rubio teñido, rizado y corto, gafas con montura de plástico rosa, maquillada y de complexión gruesa. Viste una blusa blanca algo apretada, una falda larga y unos zapatos negros de tacón bajo.

Es la mujer de la voz sugerente.

La mujer, a partir de ahora Salomé, hace pasar al detective al recibidor, sobrio y discreto, con una reproducción de un grabado de una escena de caza colgado en la pared frontal. Después, acompaña al detective hasta una salita de espera, y le invita a sentarse en un sofá con espacio para acoger a tres personas. Las paredes están tapizadas con una tela burdeos satinada, y dispone de dos mesitas con ceniceros de cristal.

Salomé, que trata al detective con suma educación, se retira y regresa a los dos minutos. Se sienta al otro lado del sofá e informa al detective de que su local comprende toda la séptima planta del inmueble, lo que da, según dice, una idea de la amplitud y la calidad de los servicios que se ofrecen en MTF.

Los servicios ofrecidos son: «básico o manual relax», «griego», «francés», «masaje a cuatro manos», «completo», «sado dulce», «sado hard», «disciplina», «lésbico húmedo», «a tu libre imaginación», entre otros. Los precios oscilan entre los 80 € de un «básico o manual relax» y los 700 € de un «a tu libre imaginación», de una hora de duración.

El detective informa a Salomé de que desea contratar un «básico o manual relax». A continuación, desfilan por la salita diez mujeres de entre 18 y 40 años de edad, la mayoría jóvenes. Cada mujer entra, sonríe, se presenta, saluda con dos besos y sale. Tres de las mujeres son caucasianas, rusas o de alguna de las repúblicas de la extinta Unión Soviética, muy jóvenes, delgadas, dos de ellas rubias y altas, la morena normal de estatura, las tres con muy buen aspecto. Tres son españolas, dos maduras y una joven, dos de complexión fuerte y una delgada, de aspecto normal. Una es negra africana, muy alta, de complexión atlética, unos treinta años, con muy buen aspecto. Las dos últimas son indias venezolanas, una de estatura normal y otra muy baja, de complexión delgada una, y fuerte la otra, de muy buen aspecto una, y normal tirando a regular la otra.

El detective informa a Salomé de que ha elegido a la que atiende según ella misma por el nombre de Ninoschtka, una de las caucasianas rusas, la morena. Salomé le acompaña a una habitación y le dice que se prepare. La habitación, de 2 × 3 metros, comprende una camilla cubierta con una sábana de papel, una mesilla de noche azul y un taburete. Está enmoquetada. Una puerta da a un reducido servicio con plato de ducha, un bidé, váter y lavabo. Los materiales son nuevos.

El detective toma unas fotos digitales y pone en marcha la grabadora. Llega Ninoschtka y le pide que utilice el bidé para asearse. El detective le pregunta cuánto lleva en el club, y ella responde que dos meses, que antes estaba en Murcia. Le pregunta si va a hacer cosas guarras, y ella responde «que para eso estamos, para hacer cosas guarras a los niños guarros». Después puntualiza que el detective «sólo ha contratado una cosa guarra, una paja», o lo que es lo mismo, una masturbación. El detective pregunta si ese local es una casa de putas, y la rusa se ríe. Después, añade que «ese tipo de casas es el único que conoce desde que salió de Siberia, con trece años». Ninoschtka, mientras se lava las manos, solicita al detective que se desnude y que se tumbe en la camilla. El detective obedece. Ninochstka se desnuda, quedándose en tanga o braga breve. Con el fin de sacarle más información, el detective le dice que prefiere hablar. Ninochstka ríe, se sube encima del detective y se restriega. El detective le pregunta sobre los dueños del club, y Ninochstka le responde que se calle y disfrute. Tras el masaje corporal con aceite, Ninoschtka le masturba. Al acabar, le limpia con un kleenex, se viste, sale, le trae una copa y le dice que espera «como loca» verle de nuevo.

Se adjunta resguardo del pago efectuado con tarjeta VISA, que comprende el servicio «básico o manual relax» y la copa, por importe de 110 €. Al detective no le habían informado de que si se abona con tarjeta de crédito, la casa carga un 7% suplementario.

Se adjunta tarjeta de visita de MTF, escaneada con proporción 1:1.

Masajes
Talasoterapia
Fisioterapia

MTF

Calle Profesor Waksman n.º 12 - planta 7.ª
Tels. 914 438 045 - 914 438 050

Se adjunta la cinta de audio con las grabaciones efectuadas.

Miércoles 21 de julio de 2008:

Para pasar más desapercibidos, otro detective acude a las 13.00 horas a la séptima planta del inmueble objeto de la investigación.

El detective lleva grabadora y minicámara de vídeo.

Es recibido por una mujer madura que habla con acento argentino y que atiende al nombre de Salomé.

Salomé le lleva a una salita recibidor, amueblada con un sofá y decorada con un espejo. Allí le informa de los servicios y sus respectivos precios. Un «masaje manual relax» acabado en «francés» se paga a 100 €. Un masaje con «relación completa» son 180 €. La madame informa al detective de que en los servicios más económicos no está permitido que el cliente toque a la mujer que los realiza, y que ésta sólo lleva «un tanga mínimo», que no se le puede quitar. También dice que «hay un book disponible con estrellas de la TV. Verlo cuesta 300 €, aunque después no se contrate ningún servicio. Esas mujeres son diosas, se lo digo yo. Está a su alcance pasar un rato inolvidable con una famosa». Y sigue: «Masaje y erotismo son dos palabras que se aman, que se comprenden y compenetran, ¿sabe usted? Manos y lenguas expertas para darle placer. Si quiere darse una alegría, olvídese de todo y le organizamos una fiestecita en jacuzzi, con botella de champán y todo. Clase y distinción, ¿sabe usted? Clase, distinción... y ¡mambo!».

Salomé hace pasar a seis mujeres, de una en una, que se presentan. Van vestidas con batas de enfermera cortas de color blanco, salvo una de ellas, que viste vaqueros y blusa.

El detective selecciona a una de ellas y abona el servicio

contratado («manual relax», 80 €, el más barato) en un mostrador con ordenador, en metálico.

Salomé le acompaña hasta una habitación con camilla, taburete, espejo cenital y aseo con ducha y bidé. Salomé dice «que todas sus señoritas son diplomadas en masaje, profesionales de primera, con unas manos milagrosas». También dice que «si se desea ampliar el servicio al comprobar las prestaciones de la señorita, que es una diabla, debe avisarme».

Salomé se retira y entra la señorita, que procede a realizar el masaje, finalizado con una masturbación. La señorita trata de que el servicio dure lo menos posible, y lo realiza sin pasión. Durante el servicio, la señorita dice, entre otras cosas —y con manifiesta desgana—: «Vamos, papacito, córrete»; «Mira qué contenta se ha puesto tu pollitaaa»; «¿Seguro que no quieres metérmela? ¿Seguro que no quieres tocar lo que hay debajo del tanga?; «Las tetas se miran pero no se tocan»; «¿Estás triste?»; «Tú eres de los que viaja en metro, ¿no?»; «Si vuelves, que sea el día de paga».

Como se aprecia en las imágenes grabadas, las señoritas de MTF van casi con el trasero al aire, sin sujetador y sin bragas (con tanga).

También se aprecia que el local no está dedicado exclusivamente a masajes, y que los masajes que se proporcionan tienen un componente claramente sexual.

Se adjunta la cinta de audio grabada durante la visita.

Se adjunta la cinta de vídeo grabada durante la visita, de unos siete minutos de duración.

Se adjunta nota de gastos (sin recibo, para no despertar sospechas).

Jueves 22 de julio de 2008:

Con el fin de hacer una última comprobación y tomar datos definitivos, el primer detective, pese a la extrema delicadeza de la tarea encomendada a Detectives Milano, se persona de nuevo en la séptima planta del número 12 de la calle Profesor Waksman.

El detective dispone de una grabadora.

A las 18.35, Salomé le abre y le acompaña a la salita de espera. Ha reconocido al detective, y le pregunta si le gustaría repetir con la señorita según ella misma llamada Ninoschtka. El detective, para no contrariarla, le responde que sí. Salomé le dice que la última vez escogió «un servicio con el que uno queda satisfecho a medias», y le propone que contrate un completo. «Así podrá relajarse, acariciar a Ninoschtka, culminar dentro de ella, y quedar plenamente satisfecho». El detective finge que duda, y Salomé le ofrece por el mismo precio (180 €), una «relación completa» de media hora, «en la que se puede repetir». El detective, con el fin de dejar probado que en el local se realizan coitos bajo el disfraz de masajes terapéuticos, acepta. Salomé le dice que «ha hecho una gran elección» y le acompaña a la caja, donde el detective abona los 180 € estipulados, más un recargo del 7% (ver recibo adjunto de tarjeta VISA; el detective no llevaba dinero en efectivo).

Salomé le deja en una habitación en la que, además de una camilla, hay una cama de dimensiones un tanto extrañas, no estándar, entre la individual y la de matrimonio.

Salomé le pide al detective que se vaya preparando, y cinco minutos después, aparece la señorita rusa que atiende por el nombre de Ninoschtka. La prostituta parece contenta, aunque simula no reconocer al detective, y le dice que «lo van a pasar en grande».

Ninoschtka le entrega una de las toallas que ha traído consigo, y le ruega que tome una ducha. El detective obedece, aunque no haya jabón. Una vez duchado, la señorita, en tanga, le da un masaje, durante el cual el cliente no la puede tocar (Salomé no le había informado de ese detalle. En los clubs de alterne es muy habitual que la información sea falsa a medias, incompleta o totalmente falsa).

Ninoschtka habla al detective mientras realiza su trabajo manual. Le dice que «en N., la ciudad minera de Siberia en la que nací, hace tanto frío y hay una niebla tan espesa que las personas, al andar, cavan túneles en la niebla, y se puede seguir el recorrido de una persona hasta que se cierran de nuevo». También le dice que perdió la virginidad a los once años, a manos de un tío suyo minero. De Siberia, Ninoschtka emigró a San Petersburgo, y de allí a Valencia. Ha estado también en Murcia, y de allí a Madrid. En España ha trabajado siempre para los dueños de MTF. Ninoschtka realiza, según ella, «unos siete servicios diarios, a veces hasta diez», y dice «estar muy contenta, porque aquí hay mucho trabajo». El detective le pregunta qué parte del precio le corresponde. Ella responde que «la mitad». El detective le pregunta cuál es su horario de trabajo, y ella contesta que «seis días a la semana, diez horas, aunque si tengo un problema, puedo cogerme unas horas libres». Al detective le sorprende el buen uso del castellano de la señorita, aprendido en tan sólo dos años. Cuando acaba el masaje, sólo quedan diez minutos de la media hora contratada.

El detective y Ninoschtka realizan el coito, lo que prueba el carácter sexual y no estrictamente terapéutico de los masajes en el local investigado. Al terminar, Ninoschtka le trae una copa, y al despedirse, le confiesa que su sueño es comprarse un apartamento en Torremolinos y poner un bar ruso.

Se adjunta la cinta de audio con las grabaciones efectuadas.

Dando, pues, por satisfecho el objetivo de la investigación, se hace entrega del presente informe al cliente, P. Abogados, con domicilio en calle profesor Waksman n.º 12 de Madrid, manifestándoles que en Detectives Milano estamos a su disposición para cualquier aclaración que requieran, o para continuar con la investigación y aportar más pruebas y datos.

Madrid, 28 de julio de 2008

Pablo Sebastián
Detective Privado
Licencia n.° 859
DETECTIVES MILANO

NOTA: A los efectos de colaborar en la consecución del objetivo del cliente, es decir, el abandono o la desaparición de la actividad que se desarrolla en la séptima planta del inmueble, Detectives Milano, a título puramente informativo, y según su contrastada experiencia en casos de esta índole, se permite hacer una sugerencia: contratar a un guardia jurado y ubicarlo junto a los ascensores, para que tome los nombres y el número del Documento Nacional de Identidad de todo aquel que confiese su intención de subir a la séptima planta (es decir, de los presuntos clientes de MTF). Los resultados, según nuestra experiencia, son inmejorables, dado que el cliente tipo de los servicios de relax tiene en altísima estima la discreción, y abomina de la publicidad de sus actos por considerarse socialmente indecorosos y ser susceptibles de crear disputas familiares.

EL AMIGO

Lucas y yo estamos completamente borrachos. Es ya cerca de la una de la madrugada y a la botella de Ron Negrita le queda todavía un cuarto. No creo que vayamos a ser capaces de acabárnosla. Aunque nos hemos aislado junto a unas casetas de obra, detrás de unos sacos de cemento, oímos retazos de conversaciones y algunos gritos y risas de la gente que ha convertido los Jardines del Arquitecto Rivera, en Barceló, en una especie de fiesta al aire libre, sin música. Hace unos seis meses Lucas y yo no veníamos por aquí, preferíamos hacer *skate* con unos amigos, o quedar para charlar, o qué sé yo. Fumábamos porros muy de vez en cuando, no íbamos a discotecas, no robábamos motos, no teníamos novia, ni hacíamos el bestia.

Y hasta hoy, él era mi mejor amigo y yo era su mejor amigo.

Ahora Lucas está concentrado en liar un porro y yo estoy pensando en cómo empezó todo, al menos para mí. Fue en el colegio, en un recreo entre clase y clase. Segarra, uno de los malotes y un auténtico *jackass*, trató de impresionar a un grupo de chicas. Se subió en un pupitre, y fue saltando de uno a otro, haciendo una fila entera, hasta que se tiró al suelo en el último, fingiendo que se caía. No era la primera vez que hacía burradas. También le habíamos visto comerse su propio vómito. Hubo un par de aplausos, varias risitas estúpidas y algún insulto entre dientes. Miré a Lucas, esperando por su parte una seña de complicidad, algo que viniese a decir «este tío es subnormal», pero en lugar de eso mi amigo saltó sobre un pupitre y recorrió todas las filas a saltos hasta que, cuando iba realmente rápido, perdió el equilibrio y se estampó contra una pared. El timbre de llamada a clase interrumpió un murmullo de verdadera sorpresa. Lucas se levantó aparentemente ileso, pero todos pudimos ver que se había hecho sangre en el labio.

Ése no era Lucas.

Lucas y yo éramos dos chicos de la clase, el más alto y el más bajo, el más fuerte y el más delgado, que íbamos a nuestro aire, no tratábamos de impresionar a nadie y precisamente por eso, por marcar cierta distancia con el resto, todos nos respetaban. Éramos gente relajada, y nuestras vidas, dentro de un orden, eran relajadas. No nos interesaban demasiado las modas ni las broncas, nos llevábamos en general bien con todo el mundo, y nos gustaba ser independientes.

Segarra se acercó a Lucas, impresionado, y le comentó que era una pena que nadie hubiera grabado en vídeo su caída. La clase se fue llenando de gente y María, una de las chicas, morena y bien desarrollada, le dijo a Lucas que estaba rayado, que se podía haber matado. Lucas le respondió que eso era imposible. «¿Por qué?», preguntó ella. «Porque soy inmortal.»

Tampoco me obsesioné con el incidente, todos nos comportamos de un modo extraño de vez en cuando. Pero lo cierto es que a partir de esa mañana las cosas cambiaron. Dos fines de semana después fuimos a una fiesta que hizo Lucía, la *top*, cualquiera se puede imaginar por qué la llaman así. Tiene un ático en Cava Baja muy... muy *top*. Sus padres estaban fuera, habían viajado a China para preparar la adopción de un niño. Pincharon mucho pop, El Canto del Loco y así, precisamente la música que Lucas y yo no soportamos, estaba todo el mundo, había bastante bebida y, pese a la música, fue una gran fiesta.

Yo estuve poco tiempo con mi amigo porque, ante mi sorpresa, Sonia, una chica de la clase, neohippie y tirando a guapa, se me lanzó al cuello. Me confesó que me había fichado hacía tiempo, que era un tipo muy atractivo y gracioso y, bueno, el caso es que nos enrollamos. No voy a entrar en el asunto, pero estuve toda la fiesta con ella, dale que te pego, y cuando se hizo tarde y busqué a Lucas para marcharnos —somos casi vecinos— le encontré con Segarra y los demás, fumando en una habitación en la que había tanto humo que apenas se reconocían los rostros. Le pregunté si nos íbamos, pero él me dijo que prefería quedarse un rato. «Nos vemos, *man*». «Cuídate». Al día siguiente, chateando en el *messenger*, me enteré de que Lucas, que sabe conducir porque le enseñó su hermano el verano pasado, le había robado el coche a sus padres y se había saltado la noche con Segarra y otros.

Ése tampoco era Lucas.

Cuando quedamos para patinar y le pregunté por la fiesta, Lucas, tan lacónico como siempre, me confirmó que lo del coche era verdad. Sin dar muchos detalles, me contó que habían estado haciendo trompos y que había rozado el coche de su madre. Cuando le pregunté qué pensaba hacer al respecto, respondió: «Nada». «¿Y tus padres?» «Llegan hoy, se fueron a una boda en Zamora». «¿Y el coche?» «Bah, mi madre no se va dar cuenta. Ya sabes cómo son los viejos». «No, ¿cómo son?» «Viven en otro planeta». Le advertí que se había pasado un poco, y él se rió al recordar los gritos que pegaron Segarra y los otros cuando se metió en dirección prohibida por una calle del centro. «¿Sabes una cosa? Se las dan de valientes, pero son unos cobardes. Segarra vomitó, pero menos mal que fue por la ventanilla». Le comenté que no me hacía demasiada gracia su historia, y él se encogió de hombros, y me aseguró que tampoco tenía pensado repetirla. «No te agobies, Mateo, estoy mejor que nunca. ¿No lo sabías? Soy inmortal». Y me dio un abrazo de oso.

Fue la segunda vez que le oí decir que era inmortal.

En apenas un par de meses, Lucas se convirtió en una especie de líder. Digo «especie» porque a mí, que no soy mitómano, me parece un poco triste el asunto de los líderes. Los líderes son esas personas, normalmente gilipollas, con quienes, si te aburres, piensas que es culpa tuya. También son, más que ejemplos a seguir, personajillos a los que adorar. Y alrededor de ellos la gente se vuelve más idiota de lo que ya es de por sí, o lo que es lo mismo, aumentan el índice de idiotez mundial, que ya es bastante elevado. En el caso de Lucas, naturalmente, yo no pensaba que él fuera imbécil. Era mi mejor amigo. Pero le veía raro, y no sabía bien qué estaba ocurriendo. ¿Era algo transitorio, o es que Lucas era ya ese otro Lucas, y no había vuelta atrás? ¿Había muerto el viejo Lucas? En el colegio y más allá se había corrido la voz de las proezas de Lucas y ahora todos le cedían el sitio en la cola del comedor. Y sus caras de póquer, y su carácter desprendido, y la serenidad que transmitían sus ojos grises, y sus medias sonrisas, y sus frases inteligentes y lapidarias, y su gran altura, y su pelo rizado, y su ropa holgada de *skater*, y sus manos grandes, aunque no fueran nuevos, ahora adquirían carácter de leyenda, sobre todo cuando la gente se enteraba de lo que era capaz de hacer cuando se rayaba.

Lucas molaba mazo, era el más *cool*, el más enrollado, el mas *in*, un puto dios.

Como yo era el mejor amigo de Lucas, me tocaban las sobras de su celebridad. Me mandaban más mensajes de texto en el móvil que nunca, las chicas se me quedaban mirando con cara de ratitas nerviosas, Segarra y sus malotes me palmeaban la espalda cuando pasaba junto a ellos, la pirada de la clase me grabó un cedé de country, y uno de otro curso vino a devolverme un pantalón de gimnasia que me había robado. A mí todo me traía sin cuidado. Es más, me sentía realmente incómodo, y se lo confesé a Lucas. Él fingió que no se había dado cuenta de cuánto habían cambiado las cosas, sonrió, y me tranquilizó asegurándome que todo seguía igual: «La misma mierda de siempre en la televisión, las mismas discusiones con los viejos, los mismos profesores coñazo, los mismos políticos corruptos... Nada nuevo bajo el sol, *man*, no te agobies».

A veces acompañaba a Lucas en sus correrías, aunque notaba que a él no le gustaba que le observara o que estuviera presente cuando hacía el bestia. Un sábado salimos en grupo por Moncloa, éramos unos quince. Hicimos botellón en una plaza y luego unos cuantos se pusieron a tirar los cubos de basura al suelo. Lamentable. Lucas les dijo que parecían lerdos, y ante las críticas de su ídolo, entraron en razón. Pero Segarra vio una cabina de teléfonos nueva, cogió una barra de hierro que había por allí y se lió a golpes con la cabina. Todos estaban nerviosos por si nos descubría alguien, pero nadie dijo esta boca es mía. Lucas suspiró, condescendiente, como si estuviera viendo al atontado de su sobrino pequeño haciendo una trastada, se dio media vuelta y se fue en silencio. Yo me uní a él, de hecho también pensaba marcharme. Caminamos hasta la parada del autobús, quedamos para patinar al día siguiente, y yo por un momento pensé que quizá todo volvería a la normalidad. Pero me extrañó algo que me dijo al despedirme: «Segarra es tonto. Se cree que él también es inmortal, pero no se entera».

Fue la primera vez que Lucas dio a entender que los demás no éramos inmortales.

Como sospechaba, aunque no lo quisiera reconocer, nada volvió a la normalidad. Para cuando robó la moto, Lucas empezó a salir con Lucía, la *top*. He de reconocer que yo, si hubiera podido, habría hecho lo mismo. Me refiero a la chica, no a la moto. No voy a describirla. No hace falta. Cualquiera que la conozca sabe a qué me refiero. Además, se la quitó a un tipo que estaba en primero de carrera, enhorabuena, *man*. Así, Lucas rompió una de nuestras reglas: no liarse en serio con ninguna chica. Ya sé que la regla era una completa idiotez, pero era una regla, y mi amigo siempre cumplía lo que decía, porque es un hombre de palabra. Habría bastado con haberme avisado de que esa regla se anulaba.

Como a Lucía no le gustaba el *skate* —un pasatiempo de niñatos, según ella, qué sabrá la pobre—, yo me iba solo a patinar. Acudía a los lugares de siempre, al puente de Juan Bravo, a Colón o a la Gran Manzana de Alcobendas. No era lo mismo, aunque seguía pasándolo bien con los conocidos, gente de todo tipo, algunos bastante viejos, buena gente. Y los fines de semana Lucas recogía en la moto a Lucía e iban a una discoteca, a la sesión de tarde. Es curioso: cuando mi amigo tuvo moto, yo no tenía asiento. Alguna tarde quedaba con ellos, pero en esa época estaba enrollado con Sonia, la neohippie —se puede decir que casi fue mi novia durante tres meses, no técnicamente, pero de facto—, y ni a ella ni a mí nos gustaban las discotecas, y menos aún a la que iban, *But*, en Barceló. El plan consistía en beber en la plaza y luego en seguir emborrachándonos en la discoteca. Aunque las camareras no servían alcohol, por la prohibición, la petaca de Lucas sí que nos servía. Se había convertido en un tipo con petaca, todo un tipo. Allí dentro todo el mundo quería dar la impresión de que era amigo suyo. Los relaciones públicas le invitaban a los refrescos, le pasaban chinas y le ofrecían pastillas. Incluso las camareras, que son mayores y más estiradas que mi bisabuela —que en paz descanse—, flirteaban con él, hasta el punto de darle el móvil y algún chusco pirata cuando las saludaba. Sonia y yo, en cambio, íbamos más tranquilos. Bailábamos, ella me besaba, yo le metía mano, no participábamos de la histeria colectiva, qué se yo.

Tampoco quiero dar la impresión de que Lucas y yo nos hubiéramos distanciado, o de que no hablábamos de casi todo. Por ejemplo, él me contaba lo de su relación con Lucía, algo tormentosa, todo hay que decirlo, y yo lo de la mía con Sonia, cada vez más psicótica. Llegábamos hasta los detalles, aunque con cierta nobleza, sin pasarnos, cosa que, según tengo entendido, no hacen las chicas. Ellas son muy indiscretas, capaces de contar a sus amigas que hiciste manitas en el cine, o que es la primera vez que te la chupan. También hablábamos de qué nos gustaría hacer de mayores —durante esos meses, él quería ser médico y yo, diseñador gráfico—, y de millones de cosas más.

El caso es que Lucas se metía también en broncas, y una vez se pegó con unos neonazis. Como era zurdo, se rompió los nudillos de la mano izquierda, por lo que supongo que no sabía cómo dar un buen puñetazo. Yo no lo presencié porque jamás asistí a las peleas de Segarra, Lucas y los demás contra fascistas o bandas de otros colegios. En todo lo que fuera peligroso, Lucas destacaba, y lo hacía como si no le importara, cuando surgía, sin perseguirlo, sin aspavientos. Su fama de valiente crecía y crecía, y él continuaba coleccionando anécdotas y hazañas. Pero cuando me preocupé de verdad fue cuando vi en el *messenger* que había cambiado su alias.

Antes era Rodney, por Rodney Mullen, el *skater* estadounidense.

Ahora era «El inmortal».

Una tarde que no habíamos quedado con las chicas y Lucas se vino a mi casa a jugar una partida de ajedrez, le pregunté por segunda vez sobre su extraño comportamiento y sobre el asunto de su inmortalidad, pero me salió con evasivas: «No me ocurre nada, Mateo, no te comas la cabeza. Y además, tienes que comprender que hay cosas que uno debe guardarse para sí mismo. Son... secretos, cosas que nadie debe saber, ni siquiera uno mismo. Son cosas que no deberían haber pasado, o que... Da igual, tú tranquilo, ¿vale? ¿Acaso tú no tienes secretos?» Sí, le contesté, yo también guardaba secretos, pero no para él. Naturalmente había cosas que no le contaba, pero ninguna que no le contaría si él me lo pidiera. En eso, en parte, se basa la amistad. Dos en uno, para siempre. Y más aún si había problemas, porque si los amigos no se ayudan mutuamente, ¿qué es la amistad? ¿Que alguien te invite a una fiesta, o a las Bahamas? ¿Que te preste la moto? Insistí, pero él acabó por violentarse, me dijo que me metiera en mis asuntos, y después perdió la partida de un modo ridículo y se marchó.

No volví a sacar el tema, pero comencé a obsesionarme. ¿Por qué era inmortal? ¿Por qué actuaba como si lo fuera, olvidando la prudencia, metiéndose en historias cada vez más raras y, lo que sospechaba, haciéndose daño a sí mismo? Quería ayudarle, pero no sabía cómo.

Un mes más tarde, cuando yo ya lo había dejado con Sonia —quería quedar a todas horas; me llamaba veinte veces al día, incluso en el colegio; compraba condones de sabores; se hizo un tatuaje con un sol, o sea, yo, en una nalga—, llegó la noche fatídica.

Eso sí que cambió algo para siempre.

Fue la noche de un sábado, el 23 de febrero de 2008. Íbamos en cuatro motos, yo de paquete en la de Lucas o, mejor dicho, en la de un pobre chaval que se había comprado una moto y que, cuando la recuperara, no la iba a reconocer, de los rayajos y abollones que tenía. Habíamos quedado en ir a una fiesta, habíamos bebido e íbamos como tiros, entre coches, por la Gran Vía. Llovía. Todo eran luces rojas y amarillas y naranjas y bocinazos y risas y frenazos y nervios y las aceras llenas de gente.

Todo estaba en movimiento.

Pero de repente, el universo se detuvo.

Segarra iba delante, solo. Cuando iba a adelantar a un 4x4 negro, el todoterreno cambió de carril y la moto embistió contra el lateral, cayó y se deslizó sobre el asfalto hasta que chocó con otro coche.

Las otras tres motos se pararon y nos bajamos corriendo. Segarra estaba tendido en el suelo, en la acera.

No tenía cabeza.

Lucas dejó su moto aparcada y nunca más la volvió a coger.

A partir de entonces Lucas se fue apagando como las brasas de una hoguera, poco a poco. Dejó de salir por la noche. Lucía, la *top*, le dejó. Ya no le colaban en el comedor. No chateaba con los amigos. No robaba motos. No hacía el bestia.

Sus días de líder se habían acabado.

Apenas salía de casa y no sé a qué se dedicaba. Conmigo quedaba de vez en cuando para hacer *skate* y, como le insistía mucho, venía a verme a casa una vez por semana. Hablaba menos que antes y se le veía ausente, taciturno, perdido. Cuando nos poníamos un deuvedé, se quedaba dormido, y daba igual que fuera *Gladiator,* o *Algo pasa con Mary*.

Ése Lucas tampoco era Lucas.

Y cuando le preguntaba, una vez más, qué le ocurría, era de las pocas veces que sonreía, aunque no soltaba prenda. Eso sí, se notaba que el asunto de haber dejado de ser una leyenda le importaba muy poco. Los demás le habían encumbrado, él no había hecho nada ex profeso para destacar. No sabía cuál había sido la razón, pero aquellos meses de locura eran cosa suya, sólo suya.

Pensé en pasar página, en no entrometerme más y dejar que las aguas volvieran a su cauce, como quien dice. Pero una tarde, mientras paseábamos de vuelta a casa, con las tablas bajo el brazo, algo doloridos de nuestras infinitas caídas, se produjo un incidente que excitó aún más mi curiosidad. Él caminaba un metro por delante. Para cruzar una calle con el símbolo para peatones en verde intermitente, echó el monopatín al suelo, se subió y, cuando iba a darse impulso, se detuvo en seco, como paralizado. Miré si venía algún coche, pero sólo vi una furgoneta que circulaba lentamente, a unos treinta metros. Lucas recogió el monopatín, regresó a la acera y esperó a que el peatón se volviera a poner verde para cruzar. Había pasado de la temeridad extrema a una prudencia excesiva. No hizo falta que le preguntara nada. Él comentó: «Hay que andarse con ojo. A la mínima, la palmas, ¿a que sí?». De ese modo, por pequeños detalles, fui observando que Lucas, más bien, se había convertido en un cobarde.

Ya no era inmortal.

Y por todo esto estamos aquí Lucas y yo, borrachos, quemándonos la garganta con un ron que tampoco nos gusta, fumándonos un canuto que no nos apetece. Alguien dijo que una buena amistad debe comenzar o acabar con una buena borrachera. Supongo que estaba en lo cierto. Estamos aquí, también, porque yo no me he podido aguantar la curiosidad, porque no me gustan los secretos, porque creo que aunque duela decir las cosas, hay que hacerlo. Hace media hora el misterio de la inmortalidad de Lucas se resolvió. Para todo hay explicaciones, sirvan de algo o no, sean ciertas o no, se las crea uno mismo o no. Jóvenes, viejos, marujas y hasta futbolistas, todos adoramos las explicaciones, nos dejan muy tranquilos, aunque normalmente no solucionen nada. Ahora sólo quedamos él y yo, dos ex amigos borrachos, dos tipos de quince años que no se van a su casa, aunque les apetezca, porque no pueden levantarse. O porque no les apetece tanto como para levantarse, o porque, aunque hicieran el esfuerzo, sólo serviría para darse cuenta de que no les ha quedado dinero para el autobús porque se lo han gastado todo en los chinos, en alcohol, y entonces, sólo de pensar en la caminata que les queda, se volverían a tumbar en el suelo hasta el amanecer.

Hace tres cuartos de hora, ya borracho, le exigí a Lucas que confesara su secreto y él, a cambio, me dijo que sólo lo haría con una condición. Si me lo contaba todo, desde ese momento dejaríamos de ser amigos. Yo sabía que Lucas mantendría la palabra, ya he comentado que no es de los que rompe las promesas, pero me pudo la curiosidad. Además, era una condición extraña, cuando menos, y no me gustó ese pequeño desafío que incluía. Como si yo no pudiera vivir sin él. ¿Que no quieres que seamos amigos? Pues adelante, le espeté, desembucha. Al fin y al cabo, si por contarme su secreto, su lado débil, dejamos de ser amigos, es que ya no lo éramos. Él clavó sus ojos grises en los míos y empezó a hablar con un tono monocorde, impersonal, aunque al fondo, en esa zona que sólo conocen los buenos amigos o la familia, se notaba que había un ligero temblor en su voz.

Desde hacía ocho meses su padre se estaba muriendo de cáncer, y a su madre la tuvieron que ingresar por depresión por un periodo de algo más de un mes. Mientras la madre estuvo internada, Lucas y su hermano se ocuparon del padre. No voy a entrar en detalles, sólo voy a decir que hay enfermedades tan duras que te arrebatan no sólo la vida, sino la dignidad. Y cuando la madre regresó a casa era la sombra de su madre. No había aire, ni luz, ni futuro, ni nada. Entonces Lucas pensó que no podía ocurrirle nada malo, que no tenía derecho a preocupar más a sus padres, y llegó a la conclusión de que él era inmortal. «Sólo mueren los otros». Hiciera lo que hiciese, no podía morir, porque el destino no permitiría que las cosas fueran todavía peor en su familia. Poco a poco fue convenciéndose de que efectivamente era inmortal. La prueba final la realizó una noche, a las cinco de la madrugada. Lucas y su familia viven en un cuarto piso de un inmueble de la calle Presidente Carmona que tiene una cafetería con un toldo naranja en el bajo. Lucas salió al balcón, se puso de pie sobre la barandilla y saltó al vacío. «La vida en un instante, en un *flash* interminable». El toldo amortiguó la caída, y lo increíble es que Lucas ni siquiera se rompió un hueso. Algunos rasguños y magulladuras que, cuando las descubrí en clase de gimnasia, él atribuyó a una caída patinando, y nada más.

En cierto modo, tenía razón.

Era inmortal.

Después vinieron las locuras, el desprecio por el peligro, la sensación de que los demás, los otros, no estaban hechos de la misma pasta que él, de que, en cierto modo, eran inferiores. Y sí, hubo algo que mereció la pena, el sexo con Lucía. Y así hasta el día que miró al suelo y vio la cabeza de Segarra con el casco todavía puesto. Entonces, no me explicó por qué mecanismo mental, se dio cuenta «de que el suelo estaba realmente duro, y de que hay objetos que cortan, y de que el cuerpo sangra y la vida se extingue». Nadie era inmortal. De hecho, a su padre no le quedaban más de dos meses de vida, y su madre le dijo que pensaba varias veces al día en el suicidio.

Ya está.

Misterio resuelto.

Él ya no es Lucas.

Yo ya no soy Mateo.

Tengo ganas de vomitar.

LA CLÍNICA

Ya no estaba solo. A su lado se había sentado una mujer contrahecha, y enfrente, una pareja joven. Guardó el mapa, en el que había marcado con un portaminas el camino desde la clínica hasta el hotel, y observó disimuladamente a los jóvenes. Parecían niños, probablemente no contaban ni con dieciocho años de edad. Él, nada más llegar, había cogido de la mesa una revista de coches y la hojeaba aparentemente muy interesado, pero se le notaba nervioso, fuera de lugar. Era corpulento y llevaba una chaqueta demasiado grande, una chaqueta que quizá fuera heredada y que se había puesto por primera vez aquella tarde, y unos zapatos que probablemente estuvieran relucientes cuando salió de su casa, pero que ahora estaban manchados de barro. Era pelirrojo, tenía los ojos claros y esquivos, la cara cuadrada, y su piel, casi rosa, le hacía parecer aún más joven, como un saludable lechón.

Se lo imaginó sin la chaqueta, vestido con una camiseta azul del Chelsea, borracho, eufórico, en Stamford Bridge, cantando un gol de su equipo y haciendo ondear la bufanda. El típico *hooligan*, pensó. Pero también era cierto que en cuanto veía a un niño o a un joven inglés, suponía que se comportaría como un *hooligan* o como un lord, sin término medio. No era capaz de matizar, no conocía en profundidad la sociedad inglesa. Sólo había viajado a Londres unas pocas veces como turista, y en alguna ocasión por trabajo, y su visión se alimentaba de tópicos. Quizá el chico no fuera seguidor del Chelsea, sino del Arsenal, o del Tottenham. Quizá odiaba el fútbol y prefería el rugby, o jugar al *snooker*. Quizá, pensó, pese a su aspecto, aborrecía los deportes, era aficionado al modelismo y tenía las estanterías de su cuarto repletas de maquetas de aviones de la segunda guerra mundial. Miró las manos del joven: eran algo bastas, con los dedos gruesos. Salvo que le interesaran las maquetas escala 1/1, en su caso se podía descartar el modelismo.

Ella, en cambio, con sus dulces ojos grises y su rostro ovalado y sus labios rojos sin pintar, era atractiva, y eso a pesar de que mascaba chicle sin descanso. Delgada, vestía un corpiño negro algo escotado, unos vaqueros y unas zapatillas de deporte plateadas. Al contrario que a él, se la veía a sus anchas, segura de sí misma, como si aquella impersonal sala de espera fuera el salón de su casa. Cuando se cruzaron las miradas, ella le había sonreído brevemente, y él no pudo menos que devolverle la sonrisa, o su mejor sonrisa, para ser más exactos. Se esforzó por no mirarla demasiado, para que ella no notara que aquel cuarentón fantaseaba con un buen revolcón en una coqueta habitación de un *bed & breakfast*. No comprendía cómo podía estar con el zafio lechón, hasta que la joven recolocó sus pechos en el corpiño con un gesto descarado y provocador, después bufó, afeando su rostro, más tarde se sacó el chicle de la boca, hizo con él una pelotita y, al no ver un cenicero o una papelera a mano, lo tiró dentro de su bolso, sin ni siquiera envolverlo en un papel.

Qué basta, pensó él.

Qué desagradable.

Instantáneamente, perdió todo interés por la joven. Pero el gesto de ella agarrándose los pechos le hizo pensar en su propia hija adolescente, en qué haría cuando salía los fines de semana con sus amigas y regresaba cerca de las doce de la noche, y se revolvió en su asiento, incómodo. Trató de tranquilizarse pensando que su hija era todavía una niña, que seguramente jamás habría pasado de besarse con algún chico de su edad, pero al recordar lo que había descubierto un amigo, que la suya salía de casa vestida normal, pero llevando en el bolso el maquillaje y la ropa de guerra que se ponía para la discoteca, se volvió a agobiar. ¿Por qué no era capaz de aceptar que su hija era ya casi una mujer, y que era ley de vida y hasta saludable que se interesara por el sexo? Quizá porque todo iba demasiado rápido, porque hacía apenas un par de años, cuando él regresaba del trabajo, ella se sentaba en su regazo, le preguntaba qué tal le había ido la jornada y le pedía que vieran juntos por enésima vez *La princesa prometida*.

Mecánicamente, sacó el paquete de tabaco del bolsillo de su americana, pero cuando se dio cuenta de que la mujer de ojos de búho le miraba escandalizada, lo volvió a guardar y balbució primero una disculpa en español que le hizo sentirse un poco ridículo, y otra después en un inglés con acento norteamericano que le hundió un poquito más.

Al rato llegó una enfermera que se llevó a la joven. El chico hizo ademán de levantarse y decirle algo a su novia, pero ella desapareció antes de que le diese tiempo, y se quedó allí, ni sentado ni de pie, con una sonrisa boba e insegura dibujada en sus labios, hasta que se dejó caer en el asiento y volvió a su revista. El espantoso reloj de pared marcaba las cinco de la tarde. De repente, estar en aquella sala de espera se le hizo insoportable. No era su aire impersonal, ni que la calefacción estuviera demasiado alta, ni las flores falsas, ni la luz blanca de las lámparas, ni el estampado triste del papel que cubría las paredes, ni la moqueta probablemente infestada de ácaros y bacterias, ni la compañía, ni la razón por la que estaba allí. Era otra cosa. No tardó en descubrirlo. Aquella sala de espera no olía a hospital, no rezumaba aquel olor tan característico a medicinas, enfermos y desinfectante, aquel olor algo desagradable, pero que al menos indicaba dónde te encontrabas.

No olía a nada.

Aspiró profundamente y buscó algún olor que acompañase al del perfume de las dos mujeres, al de la colonia del joven, al de una habitación cerrada con gente dentro. Nada. Nada más. Sintió ganas de vomitar, se levantó y salió de allí. Pasó junto al mostrador de recepción a toda prisa y, ya en el exterior, no pudo contener una arcada.

Era una tarde lluviosa de noviembre. Ya era de noche, y el golpe de frío le hizo sentirse mejor de inmediato. Se puso la gabardina, calculó que todavía le quedaba una hora de espera, abrió el paraguas, encendió un cigarro y decidió dar un paseo.

Caminó sin rumbo por aquel barrio del que jamás había oído hablar, Wandsworth, situado al sudoeste de Londres, al sur del río Támesis. Fue Elsa quien había elegido aquella clínica, por consejo de una amiga. Pasó junto a unos almacenes de ladrillo, y llegó a una zona residencial con adosados que disponían de pequeños jardines bien cuidados. Algunas ventanas estaban iluminadas, y se cruzó con un hombre vestido con un mono de trabajo que acababa de aparcar la furgoneta y se disponía a entrar en su casa. Era un barrio de clase media baja, pero sorprendía la limpieza de las calles, la pulcritud del paisaje urbano. Daba la impresión de poso de riqueza, de civilización, aunque todo lo que veía no era precisamente lujoso, ni particularmente antiguo.

Al doblar una esquina se encontró con un campo de fútbol con los focos encendidos en el que unos niños jugaban un partido a las órdenes de su entrenador, que ejercía de árbitro. Los niños, con el rostro congestionado por el esfuerzo, corrían como posesos bajo la lluvia y se disputaban con saña el balón. No gritaban. La única voz que se oía era la del entrenador, que ladraba de vez en cuando y se ayudaba de un silbato para llamar la atención de los pequeños futbolistas. El césped, verde brillante y cortado a ras, era perfecto. Con aquellos campos, parecía imposible que los profesionales ingleses fueran tan mediocres. Observó un rato el juego, fumando, pero como no vio ninguna jugada de interés, salvo una buena patada que le propinó un niño rubito a otro moreno, apagó el cigarrillo y continuó su deambular, eso sí, fijándose en los nombres de las calles para recordar el camino de vuelta.

La lluvia caía mansa, fina, y le entraron ganas de que le mojara el cabello y el rostro. Cerró el paraguas, y cuando resbalaron las primeras gotas sobre su frente, una sensación de bienestar le recorrió todo el cuerpo. Ahora estaba en una calle más comercial y concurrida, con algunas tiendas, una panadería y un pub, el Old Sergeant. Pensó en tomarse una cerveza negra, pero decidió no hacerlo porque tampoco tenía tanto tiempo, y beberla con prisa le quitaba todo el encanto. Junto al pub había un restaurante indio, y se acercó para mirar el menú. Había descubierto la comida india hacía poco, cuando un cliente del despacho le había invitado al Annapurna, según él, el mejor indio de Madrid. Él y Elsa quizá podrían cenar allí, aunque a ella no le hacía demasiada gracia probar comidas exóticas y quizá prefiriera quedarse descansando en el hotel. No obstante, tomó nota del restaurante, cruzó la calle y, al ver una papelería, se le ocurrió llevarle algún regalo a su hija.

Nada más entrar, se fijó en una gran caja de lápices abierta sobre un estante. Era de madera y contenía unos sesenta lápices, ordenados por colores, en una gama maravillosa. Su hija dibujaba muy bien, aunque hacía tiempo que no le enseñaba nada nuevo. Era una pena que lo estuviera dejando. Compró la caja, algo cara, y pidió que se la envolvieran para regalo. La dependienta iba a pegar sobre el papel un lacito con el nombre y la dirección de la papelería, pero él le rogó que no lo hiciera. En teoría no estaba en Londres, y le hizo gracia pensar que una de las ventajas de la globalización era que podías comprar casi cualquier producto en cualquier ciudad o país sin que ello indicara que habías estado en esa ciudad, o en aquel país.

Al salir, se dio cuenta de que no iba a ser tan cómodo pasear con la caja a cuestas, pero la alegría de llevarle un regalo a su hija aligeró la carga. Ya eran las seis menos cuarto, y regresó a la clínica exactamente por el mismo camino por el que había venido. El campo de fútbol seguía iluminado, pero estaba vacío, y ahora había más coches aparcados frente a las casas. La lluvia había empapado su cabello, que llevaba peinado hacia atrás, y se sentía bien caminando solo y en un día de diario por aquel barrio desconocido de Londres que probablemente nunca volvería a pisar, casi tan bien como cuando se saltaba una clase en la época de estudiante. Pero esa enérgica placidez, del todo irreal, desapareció en cuanto llegó a la clínica. Elsa le esperaba afuera, en la calle, bajo un paraguas. Era una mujer morena, de treinta y cuatro años, ni guapa ni fea y bien conservada, aunque en los últimos meses había ganado algo de peso y ahora lucía unas ojeras que la avejentaban. Él se acercó y la besó en la mejilla. Quiso apartar el paraguas y abrazarla, pero ella le rechazó con cierta brusquedad.

—Estás empapado.

—Lo siento, me dijeron que no saldrías hasta pasadas las seis.

—Ya sabes, los ingleses son rápidos con estas cosas.

—¿Qué tal todo?

Ella, en lugar de responder, hizo un gesto con la cabeza y señaló la bolsa.

—Es para Carla, son unos lápices. ¿Vamos al hotel dando un paseo?

Elsa le dijo que había pedido un taxi, y él sospechó que si el taxi hubiera llegado antes que él, ella se habría marchado sola. El taxi granate los recogió, y durante el recorrido fueron en silencio, cogidos de la mano. Al llegar al hotel, le volvió a irritar que Elsa hubiera preferido uno cerca de la clínica, fuera el que fuese, en lugar de alojarse en alguno de los que le había recomendado un amigo, más céntricos y agradables, sobre todo teniendo en cuenta que les quedaban un par de noches más en la ciudad. El Brewers Hotel era un edificio de ladrillo de tres plantas, en esquina, con un exterior aparente y grandes ventanales en el bajo, pero con un interior lúgubre y recargado. La habitación, diminuta, con la sempiterna moqueta oscura, las lámparas horribles, los grabados clásicos y las colchas floreadas, era agobiante. Nada más entrar, encendió un cigarrillo mientras Elsa se quitaba el abrigo.

—¿No te has fijado en el cartel? Lo dice bien claro: «Non smoking room».

Él no hizo caso, abrió la ventana y fumó echando el humo afuera. Elsa se metió en el baño para hablar por el móvil, y él, cuando acabó el cigarrillo, cerró la ventana y se tumbó sobre la cama, sin quitarse los zapatos. Le habría gustado secarse la cabeza, quitarse la sensación de suciedad que le daba su pelo húmedo sobre las sábanas, pero sabía que a ella le iba a molestar que irrumpiera en el baño.

La habitación estaba en penumbra y, sin saber por qué, el sonido apagado de la voz de Elsa que llegaba hasta sus oídos a través de la puerta acabó por deprimirle. Tengo que hacer algo, se dijo. Pero ahora había regresado todo el cansancio del viaje, toda la tensión. No se veía capaz ni de encender la luz para que esa oscuridad opresiva que le rodeaba desapareciera. Cerró los ojos e intentó dormir, pero no lo consiguió. A la media hora Elsa salió del baño, encendió la luz y al verle así, tumbado sobre la cama, vestido, rígido, sonrió con cierta malicia.

—Cualquiera diría que al que han operado es a ti.

—Estoy cansado, nada más.

Él se incorporó, y decidió darse una ducha. Al pasar junto a Elsa, la abrazó, y ella dejó caer todo su peso sobre él, como si le fallaran las fuerzas.

—Voy a darme una ducha.

La apartó de sí con cierta dificultad, la besó en la frente y entró en el baño. Tras la ducha caliente, se afeitó y se hizo un buen corte en la mejilla. Un hilo de sangre se deslizó hasta la barbilla, y allí se detuvo hasta que una gota aguada cayó sobre la loza del lavabo. El espejo reflejaba la imagen de un hombre de cuarenta y tres años con pelo cano en las sienes, sangrando. Buscó una tirita en el neceser de Elsa y se la puso sobre la herida. Cuando volvió al dormitorio, ella ya estaba metida en la cama. Vestía un pijama de rayas blancas y azules que le había regalado él haría seis o siete años.

—¿Qué tal te encuentras, cariño?

Elsa le miró fijamente durante unos segundos antes de responder.

—Hacía años que no me llamabas cariño.

A él esa frase le resultó ridícula. Tampoco tenía claro que aquello fuera verdad, pero no tenía muy buena memoria, y tampoco era cuestión de discutir.

—Estoy un poco cansada, pero bien —dijo ella, y después, tras echar un vistazo alrededor, añadió—. No entiendo por qué elegiste este hotel. Es deprimente.

Él comenzó a vestirse.

—No lo elegí yo, cariño. Fuiste tú la que quiso un hotel cerca de la clínica.

Ella creyó que él le había llamado *cariño* con segundas.

—Eso es cierto, pero no quería un hotel *horrible* cerca de la clínica. ¿No íbamos a intentar hacer planes, disfrutar? Tú decías que debíamos tomárnoslo como un fin de semana normal en Londres, ¿no?

Él acabó de vestirse mientras ella le observaba inexpresiva.

—¿Vas a algún sitio?

Él respondió tratando de ocultar la rabia que sentía.

—Depende de ti. ¿Te apetece ir a cenar a un indio aquí cerca? Tiene muy buena pinta, y así salimos de aquí y nos olvidamos de todo.

—¿Olvidarnos? Tú no tienes que olvidarte de nada. Yo sí.

Él suspiró y se sentó sobre la cama junto a ella. Le acarició la mejilla y cogió su mano.

—Venga, Elsa, vamos a tratar de no sacar las cosas de quicio. ¿Salimos, o qué?

Elsa retiró la mano.

—No sé si tengo ganas de salir.

Él decidió armarse de paciencia.

—¿Prefieres entonces que nos suban la cena a la habitación?

Cogió el directorio y la carta del restaurante del hotel, y le echó un vistazo.

—Tienes «Freshly made soup of the day», es decir, sopa fresquita del día, «sole», o sea, lenguado, «lamb», o sea, cordero, «chicken», o sea, pollo... —bromeó él, que le traducía aun sabiendo que ella hablaba un inglés aceptable. Como vio que no sonreía, añadió otra broma, esforzándose por relajar el ambiente—. Todo, incluso la sopa, viene con patatas hervidas, con judías hervidas, con pepinos hervidos y con jalea de menta hervida.

Elsa hizo una mueca de disgusto.

—Déjalo, no te esfuerces. No voy a cenar.

Se hizo un silencio espeso y ella, sin consultarle, apagó la luz. Desde la calle llegaba el melancólico sonido del tráfico, y la luz que se colaba por entre las cortinas de la ventana caía sobre la moqueta azul y la cama, dibujando una línea que llegaba hasta el rostro de Elsa, que tenía los ojos abiertos. Él volvió a encontrarse terriblemente cansado. Sintió una punzada en el estómago y cayó en la cuenta de que no había comido nada desde el desayuno, en el aeropuerto.

—Tengo hambre. ¿Prefieres que pida la cena aquí, o que salga a tomar algo?

Ella tardó en hablar, y el sonido de una bocina irrumpió en la habitación como si fuera un aviso, o el inicio de algo.

—¿No puedes decidirlo tú mismo? Nunca he entendido por qué tengo que decidirlo todo, por qué eres incapaz de hacer nada sin consultarme. Eres como un niño.

Ese comentario, oído mil veces, no le molestó demasiado. Tampoco se sentía especialmente irritado. Pero algo se resquebrajó en su interior, una presa se derrumbó y el agua inundó todo su cerebro. Se quedó pensando durante un rato, y ahora, por primera vez en años, en muchos años, creyó que tenía las ideas claras, que las líneas de su pensamiento no se quebraban, que en su mente flotaban palabras que se organizaban en frases cuyo significado comprendía.

—¿Sabes, Elsa? Yo no entiendo por qué soy yo el que está en esta habitación, en lugar de tu marido. Al fin y al cabo el hijo era seguramente suyo, no mío. Tampoco comprendo por qué llevamos *siete* años siendo amantes, cómo somos capaces de tragar tanta mierda. Estamos solos, Elsa, aunque siempre estemos acompañados. Tú no estás con tu marido, ni conmigo, y yo no estoy contigo, ni con mi mujer. No vamos a ningún lado con ellos, ni tampoco por nuestra cuenta. Nadie nos espera. ¿No es así?

Ella no le respondió, y él se giró y vio que tenía los ojos cerrados.

—¿Elsa? ¿Me oyes?

No hubo respuesta. Se había quedado dormida, o había dado por concluida la discusión antes de empezar.

Salió del hotel. Había quedado una noche agradable, sin lluvia y no demasiado fría. Mientras consultaba el plano, un botones le ofreció un taxi y él aceptó. Compró el *Time* y cenó mientras lo leía en el Akash Tandoori, aquel indio que había descubierto por la tarde, en una mesa situada en una esquina de una sala vacía. Pidió unos *daals*, *peshwari gosth tikka* con arroz blanco Basmati y *naans*, y *gulab jamun* de postre. Dejó una buena propina, olvidó la revista y regresó caminando.

El paseo fue muy diferente al de la tarde. Aunque las calles estaban tranquilas, sin apenas tráfico ni paseantes, no lograba conectar con aquello que veía. Todo le resultaba agresivo, se sentía confuso, como un completo extraño, como el protagonista de un sueño que no iba con él. Ya no sentía la placidez del primer paseo, ni esa claridad que tuvo al hablarle a Elsa en el hotel. En una ocasión, cruzó una calle sin mirar y un coche tuvo que dar un frenazo para no atropellarle. Evitó pasar junto a la clínica, y dio un rodeo. Pensó en Elsa, y se la imaginó despierta, llorando en la habitación a oscuras. Aunque también era muy posible que ella no hubiera escuchado nada de lo que le dijo, y que estuviera durmiendo plácidamente. Entonces, sería como si el destino le hubiera regalado la posibilidad de elegir. Podría volver con Elsa y continuar como si nada hubiera ocurrido.

O no.

Al llegar al hotel tomó una decisión.

Al día siguiente, por la mañana, cogería el primer avión para Madrid.

Tenía ganas de regalarle la caja de lápices a su hija.

Ya en el ascensor, se sintió un poco más tranquilo.

EL DISFRAZ

El tal Luis me dijo que estudiarían mi petición, se levantó, me dedicó una sonrisa de circunstancias, le estreché la mano y me fui. Mientras conducía la moto, ya de camino a casa, todavía estaba furioso. Para colmo, un Audi se saltó un stop y no me mató de milagro. Al llegar al semáforo, me puse a su lado y le saqué los cuernos. El conductor era un padre de familia. Iba con su mujer y dos niños pequeños que me miraban asustados, como si yo fuera el demonio. Me calmé, pero el padre, en lugar de disculparse, bajó la ventanilla y me gritó aquello de: «¡Es que vais como locos!», y yo no tuve más remedio que mandarle a la mierda. Él hizo ademán de bajarse del coche —abriendo la puerta lo justo como para poder cerrarla rápidamente en caso de que yo fuese a por él—, yo le grité cualquier burrada, y por suerte el semáforo se puso verde y cada uno se fue por su lado, bien calientes los dos, y muy satisfechos de haber dado a los niños una clase gratuita de educación.

Llegué a casa y Bea estaba dándose el baño de sales de los viernes. Nunca pude entender por qué se bañaba a las tres de la tarde. Nada más verme, supo que yo estaba de mal humor y cometió el error de ser simpática y preguntarme qué me ocurría. Le conté que había aprovechado uno de los pocos momentos de tranquilidad en el trabajo para comprobar los extractos del banco, y que seguían cobrándome comisiones en las operaciones que efectuaba por internet. Un euro por aquí, otros dos por allá, menudos hijos de la gran puta. Me había puesto a despotricar a viva voz en la oficina, y como mis compañeros me mostraban su solidaridad de un modo excepcionalmente entusiasta, decidí aprovechar esa energía positivamente negativa y hacer una visita a mi agencia bancaria. Le comenté al jefe que tenía un asunto que resolver en el banco —«¿Una hipoteca? ¡Qué bien!, ¿te vas a comprar una casa?», me dijo el muy idiota, como si yo tuviera el mismo sueldo que él—, cogí la moto y, después de sortear un millón de coches bajo un sol cegador, aparqué frente a la agencia.

Mi agencia bancaria es todavía más repugnante que las de los demás, aunque parezca mentira. Siempre está llena, los ordenadores no suelen funcionar —«¡Huy, lo siento, se ha caído la red!»—, la decoración es casposa, hay una máquina para los clientes con libreta que es sumamente deprimente, los bancarios parecen salidos de una película de Pajares y Esteso, la directora es tan enrollada como ineficaz... Pero que nadie se preocupe: el Banco S. dobla los beneficios en cuanto se lo propone, y da muchas becas para artistas muertos de hambre. Y las comisiones ayudan a pagar los sueldos de la tripulación del velero del presidente (esto no se lo conté a Bea, porque ya me lo había oído en más de una ocasión, y no era cuestión de arruinarle *totalmente* el baño. Lo que sigue sí forma parte de la narración junto a la bañera). Entré, hice una cola de media hora, y por fin me recibió Luis, el típico pesado que te llama por teléfono cuando hay que colocar acciones o un fondo de inversión para pobres, pero que no te hace ni caso cuando le necesitas. Luis tenía entradas y una incipiente calva, gastaba un traje de corte clásico barato y, aunque al estar sentado no podía ver bien si tenía barriga o no, todo indicaba que era dueño de una pancita de treintañero acabado. Su rostro cetrino y alargado me sonaba de algo, pero llegué a la rápida conclusión de que lo que ocurría, sencillamente, era que poseía unos rasgos tan comunes que uno podía llegar a creer que había sido compañero suyo de pupitre durante unos meses en el bachillerato.

Fui directo al grano. Le dije que seguían cobrándome comisiones en las transferencias y que, si continuaban amargándome la vida, iba a cancelar la cuenta. Aduje que yo no visitaba la agencia jamás —prefería no arriesgarme a una urticaria—, que hacía mis operaciones por internet, y que era el cliente perfecto, porque no iba a pasar la mañana en el banco, como otros, y señalé disimuladamente a dos pobres ancianas que debían de llevar allí desde Navidad esperando a que las ayudaran. No pareció demasiado impresionado. Mirando por encima de mi hombro la cola de infelices que deseaban verle, para darme a entender que estaba haciendo perder el tiempo a mis conciudadanos, me aseguró que estudiaría mi caso. Tras ayudar a las ancianitas a introducir su libreta en la máquina —querían saber si les habían ingresado la pensión—, me fui de allí.

Hasta aquí, lo que le conté a Bea (incluí también mi casimuerte en moto, no me pude resistir), a voz en grito y con una riqueza gestual que me dejó agotado. Bea se hundió bajo el agua, desapareció su rostro de nariz aguileña, y cuando regresó a la superficie, como si fuera una sacerdotisa que se ha bañado en la fuente de la sabiduría, ya tenía una pregunta que resumía toda la situación de un modo práctico. «¿*Realmente* quieres cambiar de banco?», dijo, con su dulce vocecita. Y yo *realmente* no quería cambiar de banco, sino que no me fastidiaran más de lo habitual. Le lancé una mirada llena de odio —por tener razón, cuando lo único que pedía era un poco de solidaridad—, y me preparé algo para comer.

Cocinar relaja —incluso cuando uno se limita a descongelar unas verduras en el microondas y pasarlas por la sartén, acompañadas de un filete de ternera a punto de pudrirse—, y pronto comenzaron a entrarme sudores fríos al pensar que quizá me iban a echar del banco. Yo era un pobre hombre con un sueldo medio bajo, no tenía ahorrado ni un solo euro, mi patrimonio era inexistente, y mi ultimátum era la oportunidad perfecta para deshacerse de un cliente molesto y sin futuro. Poco a poco mi rabia se transformó en inseguridad. Al fin y al cabo, el Banco S. no era peor que los otros, ya me conocía al dedillo la página web, tampoco es que yo efectuara demasiadas transferencias, y el cambio de las domiciliaciones y de las tarjetas iba a ser un engorro. Por culpa de una rabieta infantiloide iba a perder no sé cuanto tiempo en interminables papeleos.

La imagen del tal Luis, el comercial del banco, comunicándome con una media sonrisa que lamentaban profundamente que les abandonara, casi me hizo quemar las verduras, y mientras comía, ya en la salita, mis pensamientos no podían ser más sombríos. Traté de pensar en alguna solución digna y llegué a la conclusión de que lo mejor sería acudir al banco el lunes a primera hora para solicitar una chequera y aprovechar para retirar mi alocada exigencia, aunque también es verdad que los bancos no sueltan a sus clientes así como así. Bea se asomó para decirme que se iba a echar una siesta y, no sé por qué, volvió a mí la imagen del comercial, aunque esta vez sólo su rostro.

Y entonces, me acordé. Efectivamente, yo conocía a Luis. Él fue la rana en la Cabalgata de Reyes de Móstoles de 1990, en la que yo era Espinete. Regresaron a borbotones los vívidos recuerdos de aquella tarde, y no tardé en darme cuenta de que había sido uno de los días más excitantes de mi vida. Fui corriendo a buscar el manuscrito —sí, había escrito un relato, ya casi olvidado—, y lo encontré en mi caja de los tesoros. Lo escribí porque entre la documentación que exigía una empresa de embutidos para participar en unas prácticas no remuneradas, pedían una redacción del día más especial de tu vida. No me volvieron a llamar, pero, dado el esfuerzo que supuso escribir el relato, lo guardé. Fui a dárselo a Bea para que lo leyera, pero ya se había dormido.

RELATO DEL DÍA EN EL QUE FUI ESPINETE

Hemos quedado en la puerta del Asador de la Villa. En las calles de Móstoles, todavía con los adornos y la iluminación navideños, se respira ambiente de fiesta, y ya hay muchos padres paseando con sus hijos. Cuando llego, ya están casi todos. Somos unos veinte, todo hombres. Sólo reconozco a los del grupo de teatro aficionado de Ciempozuelos. Juan, uno de ellos, con el que me he ido de juerga varias veces por su pueblo, es el que me ha conseguido el trabajo. También fue él quien me presentó a Teresa, mi actual novia.

El dueño del restaurante, acompañado por un ujier del ayuntamiento, nos acompaña al almacén del local, habilitado como vestuario. Entre cajas de cartón cerradas y zumbantes neveras, sobre unas mesas de madera, los disfraces parecen siniestros envoltorios. Hay cabezas enormes con los ojos desorbitados para los zancudos, monos insolentes, lobos con los colmillos ensangrentados, gallinas despellejadas, perros de razas irreconocibles, un cerdo bien cebado y una simpática rana. Son disfraces baratos, de baja calidad. El único famoso es el de Espinete, el genial puerco espín rosa de Barrio Sésamo, aunque se trate de una burda imitación.

Sin previo aviso, diez de los nuestros (los más talluditos) se desnudan y escogen sus disfraces. No entiendo tanta prisa por desnudarse, con el frío que hace. Tampoco que nadie haya elegido a Espinete. Me desvisto, imitándoles, y me quedo el puerco espín, adelantándome a un tipo que se había acercado al disfraz sin demasiada convicción. Me hace mucha ilusión convertirme en uno de mis referentes de la infancia. Se nota que el disfraz lleva muchas batallas en su haber: huele a rayos, el rosa está tan descolorido que parece gris, algunos de los pinchos están rotos, y uno de los ojos, a punto de desprenderse, necesitaría una puntada. Es normal: Espinete está un poco de capa caída, ya no es el rey de la televisión infantil, como cuando yo veía Barrio Sésamo, en los ochenta. Resuena en mis oídos la voz aniñada de Espinete, probablemente la de una mujer en falsete. Espinete era vecino de Don Pimpón, aquel jardinero enorme, vestido con peto azul y gorro, con una pelota naranja como nariz y mirada de loco. Eran muy divertidos. Entre los teleñecos españoles también recuerdo a la Gallina Caponata y, después, a los clásicos norteamericanos: la rana Gustavo, el reportero más dicharachero; la cerdita Peggy, una *starlette*; Tricky, el monstruo de las galletas; el Conde Draco, el de «helado de piña para el niño y la niña»; y, cómo no, los inefables Epi y Blas.

Ahora comprendo por qué los demás se quedaban en calzoncillos: nada más ponerme el traje, estoy chorreando sudor. Veo a través de una rejilla a la altura del cuello de Espinete y, aunque la visión no sea perfecta que digamos, es suficiente. El ujier, muy sonriente —«Así que tú eres Espinete, ¿no?»—, me proporciona el equipo de animador infantil: una bolsa enorme de caramelos y una botella de agua de litro y medio.

Se acerca la hora y nos encaminamos hacia la salida de la cabalgata. Es muy gracioso vernos a todos disfrazados de monstruos y animales. Los zancudos son verdaderos profesionales. Se me acerca un mono espantoso, con la boca abierta y la lengua enorme: es Juan, mi colega de

Ciempozuelos. Intentamos darnos un abrazo, pero mi panza me lo impide. La gente se para a mirarnos, nos sonríe, saluda y anima. Estoy encantado. Es como si estuviese dentro de una película y fuese uno de los protagonistas. De repente, alguien le da una colleja a Espinete que casi me hace caer y, cuando me vuelvo, veo a la Rana y al Cerdo partiéndose de la risa. Algunos de los muñecos, en cambio, van en silencio. Probablemente son los de los «veteranos», como ha definido Juan al grupo de abueletes que nos acompaña.

Por fin llegamos a la salida. Es en una plaza moderna con una fuente sin agua, en la que ya hay vecinos esperando tras las vallas, además de músicos, grupos de mujeres vestidas con trajes regionales o disfrazadas de enfermeras o enseñando la tripa, carrozas decoradas para la ocasión y policías municipales. Juan me informa de que la banda de música abrirá la cabalgata, después irán las carrozas con los Reyes Magos, tras ellos las asociaciones de mujeres y, por último, nosotros. Aunque todavía queda casi media hora para que comience el desfile, el ujier nos avisa de que a partir de ese momento debemos llevar el disfraz completo. Todos protestamos, menos los veteranos.

Cuando se marcha el ujier, los veteranos se quitan las cabezas, sacan unos bocadillos enormes y se los comen en silencio y sin ofrecer. Juan, la Rana, el Cerdo y yo, nos acercamos a un grupo de niños de unos diez años y les hacemos bromas. Quieren que les demos caramelos, y cuando les decimos que todavía no podemos repartir, uno de ellos, el más bajito, se me lanza como histérico, gritando: «¡Espinete, cabrón!», y trata de arrebatarme la bolsa. Juan le agarra de la camiseta y la Rana me lo quita de encima, pero el enano me ha dado un susto de muerte. Llega su padre y empieza a insultarnos. El niño dice que yo le he pegado, y no se monta una trifulca de milagro. Nos vamos de allí y regresamos junto al resto del grupo, a resguardo. Los veteranos, que han visto la escena, nos aconsejan que nos lo tomemos con calma y que bebamos agua.

Comienza la cabalgata. Los Reyes Magos van subidos en una carroza enorme que es un elefante pintado de colores. Melchor es el concejal de Medio Ambiente; Gaspar, una modelo de Móstoles finalista de Miss España, y Baltasar, el cantante de «A joderse tocan». A continuación, las asociaciones de mujeres. Son por lo menos veinte, con trajes regionales y disfraces muy vistosos, música a todo trapo e incluso alguna coreografía obscena. A nosotros, los verdaderos protagonistas de la cabalgata, los más esperados por los niños, se nos hace eterno. Juan y yo nos entretenemos tonteando con dos chicas muy simpáticas de la Asociación de Mujeres Consumidoras, que van vestidas de enfermeras. Juan queda con ellas para vernos después, y por fin salimos.

Tomamos una calle ancha con vallas protectoras a ambos lados. Las aceras están repletas de gente, sobre todo familias con los niños subidos a hombros de los padres, o encaramados a las vallas. Rápidamente queda clarísimo que soy el rey de la cabalgata. Los chicos vociferan: «¡Espinete, Espinete, aquííí!», y soy con gran diferencia el más solicitado. Saludo, corro hacia ellos y reparto caramelos a puñados, aunque también me los quitan. Es muy emocionante. También hay niños llorando, padres que me agarran y madres que me lanzan besos. Los chavales se creen realmente que soy Espinete y yo, por momentos, también. Es decir, trato de hacerlo bien, de actuar como él, y de satisfacer a todos los chavales, aunque sea imposible.

Pero cuando tomamos otra calle, mucho más estrecha, el escenario varía: ya no hay vallas protectoras. Metido en el disfraz, que es una especie de caja, con la visión reducida y los movimientos limitados, soy presa fácil de los histéricos. Si me detengo, me zarandean, me lanzan niños por los aires, me insultan sin piedad, se ríen de mí. Es agotador, y más de una vez estoy a punto de perder los nervios. Lo peor llega cuando se me acaban los caramelos. Los padres se indignan —«¡Espinete, rata! ¡Maricón!»—, los niños lloran y las madres se transforman en monstruos vociferantes. Más que caminar, troto torpemente, a saltitos, tratando de alejarme de todo ser viviente. Aun así, oigo algunos gritos cariñosos, y mis compañeros, sobre todo los veteranos, me animan: «Ya queda poco, chaval. ¡Aguanta!». Ahora comprendo por qué nadie quería el disfraz de Espinete. Tengo una sed terrible, y la botella de agua ha desaparecido. De repente, en un tumulto, me doy de bruces con Teresa, mi novia. El encuentro dura apenas tres segundos, yo trato de quedar cuando termine la cabalgata, y ella, que no me reconoce, se ríe en mi cara de la desfachatez de Espinete. Me sacan de allí a empujones y continúo mi extraño calvario. Sí, extraño, porque, pese a todo, estoy disfrutando de la experiencia. Ahora sé lo que es realmente ser Espinete.

La cabalgata se me pasa volando, pese a que el recorrido —me lo dijeron después— sea de dos kilómetros. Al final, ya de noche, con las calles iluminadas y una sensación aún mayor de irrealidad, llegamos al final del trayecto, en una plaza similar a la de la salida. Los veteranos, nada más llegar, se quitan las caretas y se escabullen entre el gentío. Yo, tras recibir las últimas patadas en el culo y oír los últimos insultos dedicados a mi personaje, logro escapar por una calle perpendicular. Corro a saltitos, alejándome de la plaza, y sólo me incomodan tres niños de unos ocho años, que me siguen a una distancia prudente. Al doblar la calle, me atacan. Se me cuelgan del disfraz, y yo me veo obligado a lanzar mamporros. Logro desembarazarme de ellos lo justo como para que me dé tiempo a quitarme la parte superior del disfraz. Cuando me ven el rostro, se paran en seco, y yo aprovecho para preguntarles, con una voz de pito digna del verdadero Espinete, dónde esta el Asador de la Villa. Los niños me escupen y salen corriendo, pero una anciana que me ve agachado, limpiándome la saliva del rostro —«No haga caso, es la edad»—, me indica el camino.

En el Asador se produce el reencuentro con mis compañeros. Se mueren de risa al ver que tengo el cuerpo lleno de moratones, sobre todo Juan, que se ha pasado toda la cabalgata ligoteando con las chicas de la asociación que nos precedía. Me doy cuenta de que mi experiencia ha sido única, nadie ha pasado por lo mismo que yo. He debido de sudar varios litros, estoy deshidratado. Bebo agua como un camello, y todos celebran mis anécdotas, que relato con la voz ronca. El disfraz, húmedo y maloliente, está tirado en el suelo, y parece muerto. Me pregunto quiénes lo habrán llevado antes que yo. Al cabo, cuando ya estamos todos cambiados, aparece el ujier y nos va entregando un sobre a cada uno con la paga. En el mío se lee: «Para Hespinete». En el interior hay quince mil pesetas, la misma cantidad que en el de los demás. Comento en voz alta que me parece una injusticia, y el ujier, por decisión propia —«Una decisión unipersonal, unilateral, y que no salga de aquí»—, me regala un par de botellas de sidra que había requisado en la bodega. Juan y yo nos hacemos una foto, disfrazados otra vez, como si Espinete y el horrible mono estuvieran bebiendo sidra a morro.

Exhausto, sudado y feliz, con el dinero en el bolsillo y una botella en cada mano, me quedo esperando un rato en la puerta a mi novia, pero no aparece. Juan me convence para que recojamos en su coche a las dos chicas de la asociación y nos vayamos a Ciempozuelos. En el camino, mientras vuelvo a contarlo todo, entre trago y trago de sidra, las chicas no pueden parar de reírse a carcajadas. En Ciempozuelos, tras beberme cuatro copas, me quedo dormido en un bar. Un par de horas después Juan me despierta para preguntarme dónde pienso dormir. Le digo que en su casa, dónde si no, y me invita, un poco a regañadientes. De camino a su piso, me dice que me he perdido lo mejor, que se ha enrollado con una de ellas, y que la otra estaba muy enfadada conmigo. Pero a mí me da igual: él no ha sido Espinete en la Cabalgata de Reyes de Móstoles de 1990.

En cuanto Bea se levantó de la cama, le enseñé la foto en la que aparecemos Juan y yo disfrazados, y le di el relato. Bea leyó mi historia con una media sonrisa irónica que de vez en cuando se convertía en una risa sincera, y me dijo varias veces aquello de que soy muy tierno. Cuando acabó, le conté que Luis, el bancario, era el chaval que se había interesado por el disfraz de Espinete, aunque yo fui más rápido. En la cabalgata iba disfrazado de rana, y fue uno de los que me ayudó cuando sufrí el primer conato de agresión. Bea y yo hicimos el amor, y después me quedé dormido con la sensación de que cada cosa estaba en su sitio, de que todo parecía encajar, y las preguntas por una vez tenían respuesta.

El lunes, a primera hora, volví a la agencia bancaria. Tras hacer la cola, Luis me invitó a sentarme. Sin darle tiempo a que me preguntara a qué se debía mi visita —seguramente habría olvidado la anterior—, le refresqué la memoria sobre la tarde de la cabalgata. Me reconoció y pareció realmente contento de que yo me acordara de él. Resulta que era y es un fan absoluto de Espinete. Aquella tarde no se atrevió a coger el disfraz, pero al año siguiente lo logró (por otro lado nadie lo quería), y él fue Espinete tres años seguidos, hasta que retiraron el disfraz porque ya no tenía éxito. Luis colabora con una página web especializada en programas antiguos de televisión, y se encarga de las fichas y textos de Barrio Sésamo y de otros muchos clásicos. Me contó, indignado, que hay varias páginas web en las que critican ácidamente a Espinete. En una dicen que era yonqui, y que la rana Gustavo le daba por el culo, y que Epi y Blas eran gays. Pero en cambio, está muy orgulloso de que gracias a Espinete se introdujo en el castellano la expresión «llevar el pelo pincho» cuando se lleva de punta. Además, Barrio Sésamo sigue vivo. Parece ser que el gobierno de Estados Unidos, a instancias de una mujer genio de la publicidad, viene utilizando el programa para mejorar su imagen en países islámicos e inculcar los valores norteamericanos de convivencia, y con ese fin subvenciona su emisión en dichos países. De hecho, se vio en las noticias que en Bangladesh, hace unas semanas, los manifestantes exhibían carteles con fotografías de Epi y Bin Laden juntos. Y en Barrio Sésamo se anunció que iba a aparecer en el show un personaje seropositivo femenino, lo que demuestra cuán concienciados están sus creadores con los problemas sociales.

Luis me confesó que podría estarse horas hablando de Espinete, pero los clientes de la cola estaban molestos por la tardanza de mi consulta y aproveché para ir al grano. Le recordé que había solicitado la supresión de las comisiones en las transferencias, y me dijo que lo sentía muchísimo, pero que no tenía poder suficiente como para decidir por su cuenta. Le tranquilicé, asegurándole que de todos modos no pensaba dejar el banco, y nos despedimos como dos viejos amigos. Hemos vuelto a vernos un par de veces para ir al cine y tomar unas copas, pero no le cae muy bien a Bea, con lo que supongo que no nos veremos más.

Aun así, gracias a Luis he recuperado la experiencia de la cabalgata.

Ahora, cuando hago una transferencia y veo que me han cobrado una comisión escandalosa, me acuerdo de Espinete.

Y pienso que no merece la pena enfadarme tanto.

LA REUNIÓN

Eva estaba jugando al fútbol en el cuarto de juegos, usando como portería un sofá de tres plazas. Tenía diez años, era morena y delgada, llevaba el pelo recogido en una coleta, y sus ojos, grises y oblicuos, daban fiereza y atractivo a su rostro. La habilidad que mostraba para hacer paredes lanzando la pelota contra los armarios, rematar a la media vuelta, o evitar golpear los cristales de las ventanas que daban al jardín, se debía tanto a su facilidad para los deportes como a las muchas horas que jugaba en su campo de fútbol imaginario, de apenas cuatro por cuatro metros de superficie. Justo cuando acababa de romper la cintura a un defensa —una silla—, y se disponía a elevar suavemente la pelota sobre el inexistente portero para marcar el gol de la victoria en la final del Mundial, que enfrentaba a Brasil y a una más que sorprendente España, la puerta de la habitación se abrió e irrumpieron dos de sus primos, Juan y David, acompañados de su madre, la tía Ana.

Eva disparó a puerta con violencia, saludó con alegría a su tía, que era una de sus dos preferidas, y después a sus primos, que le dieron dos besos rápidos, casi furtivos. Tía Ana estaba pálida y vestía de negro, y Eva se acordó de que esa misma tarde era el entierro del abuelo, muerto hacía dos días. Por eso los primos iban de traje y corbata, estaban muy serios y envarados, y ninguno se había lanzado por la pelota, que se había detenido en medio del cuarto. Tía Ana le dijo a Eva que estaba muy guapa, aunque iba en calcetines y vestida con una camiseta y unos pantalones de deporte largos, y les pidió a todos que no fueran al salón bajo ningún concepto, pues los mayores iban a reunirse y, por una vez, querían estar tranquilos.

Cuando Tía Ana desapareció, los niños se quedaron en silencio, sin saber muy bien qué hacer. Juan, el mayor, tenía diez años, como Eva, y era rubio, alto y fuerte. Una ceja partida le confería cierto aire bravucón. Su hermano David, dos años menor, llevaba gafas y era moreno y delgado, como su madre. Eva preguntó por los otros primos, pero ni Juan ni David sabían nada de ellos. Echó a correr hacia la pelota y se la lanzó de tacón a Juan, pero éste no hizo ni amago de seguir el juego. Decepcionada, Eva se sentó en el sillón haciendo un gesto exagerado de cansancio, y miró por la ventana: llovía, el cielo estaba cubierto de nubes gris marengo, y los árboles del jardín, sin hojas, tenían cierto aspecto fantasmagórico tras la cortina de agua.

Los primos seguían de pie, plantados como autómatas en medio del cuarto, junto a la pelota, inmóviles, como si alguien los hubiera desconectado. Eva no entendía nada. No se veían desde el verano, que pasaron juntos en Santander, pero su actitud era muy extraña. ¿Estaban enfadados con ella, o qué? Se levantó de un salto, cogió la pelota y empezó a dar toques con la pierna izquierda, manteniéndola en el aire. «¿Jugamos?», les preguntó. David miró de reojo a su hermano Juan, y respondió con voz atropellada. Se notaba que repetía frases de su hermano mayor. El abuelo había muerto y eso era una tragedia. No era un buen momento para jugar. Había que tratar de oír cómo su espíritu subía al cielo para descansar. Afuera llovía porque el cielo estaba triste.

Eva se quedó perpleja, se despistó y la pelota cayó al suelo. De un toque, la volvió a elevar y pensó en su abuelo. Por lo que había oído en casa, el abuelo tampoco fue un santo, precisamente. Había abandonado a la abuela hacía ya muchos años y para colmo no se portó bien con ella después. Según su madre, ésa fue la razón de que la abuela muriese de pena sólo unos años más tarde, y de que ella, Eva, no la llegara a conocer.

Eva había visto muy poco al abuelo. La última vez fue dos años atrás, en una boda familiar en la que estaban todos los primos. Era grande y gordo, con una inmensa panza que el cinturón apenas podía sujetar. Estaba sentado en un orejero, y no se levantaba ni para saludar, atendido por Louise, su joven enfermera francesa. Siempre estaba rodeado de gente sonriente, y cuando a Eva la empujaron hacia él, le dio un par de cachetes muy molestos en los mofletes, de esos que pican, y un beso áspero, de labios resecos. Recordaba su voz, potente y aguardentosa, y sus ojillos verdes, muy vivos, como dos cristales incrustados en la carne fláccida y arrugada. Era un hombre jovial y bromista, «un cachondo», según decían sus sirvientes y casi todos los mayores, aunque aquella vez Eva no comprendió la broma que le hizo, algo de una pantera y su presa, y fue la única que no la celebró.

Eva seguía dando toques al balón, y sus primos la miraban, por un lado envidiosos, porque ya llevaba más de veinte, y por el otro esperando que dijera algo. Como seguía en silencio, aparentemente embebida en el juego, Juan avanzó, metió el pie y le estropeó la serie de toques. «¿Qué haces, Juan?», le preguntó Eva, fulminándole con la mirada. No tenía miedo a su primo, aunque fuera más fuerte que ella. Juan, pasando por alto el enfado de su prima, trató de transmitir una expresión de infinito pesar. Su rostro, tenso y contraído, con la ceja rota más baja que la sana, los morros adelantados y los ojos entornados, más que trágico, era cómico. «Es que el abuelo era *muy rico*, Eva», dijo Juan. Sus palabras se apoderaron de la habitación, como si su eco resonara entre las cuatro paredes. Eva se quedó pensativa. Sí, aquel era un dato importante en el que no había reparado. Juan seguía hablando, y su aspecto imponente, como de mayor, vestido de traje y corbata, dotaba a sus palabras de mayor empaque: «El abuelo tenía una casa inmensa, mayordomo, un velero inmenso, chófer, una finca inmensa, una enfermera joven, casas de verano inmensas, un avión privado, cuadros valiosos e inmensos... Era *muy rico*». Eva pensó que si el abuelo era tan rico, merecía que todos estuvieran al menos un poco tristes. Juan y David tenían parte de razón.

Su muerte quizá no fuera una tragedia, pero sí un acontecimiento importante.

Ahora los tres primos hacían muecas de tristeza, solos en el cuarto de juegos, rodeados de juguetes, con la lluvia repiqueteando contra los cristales. Juan logró que le cayera por la mejilla una solitaria lágrima, y David prorrumpió en sollozos. Pero Eva, por mucho que se esforzaba, no conseguía emocionarse. En cuanto trataba de recordar al abuelo y quererle, le venía a la cabeza la imagen de sus labios resecos, contraídos en una línea sonrosada, y su tacto frío al besarla, y sólo sentía asco. Recordó también cómo esa mañana, la de la boda de un primo lejano, había discutido agriamente con su madre, que la había obligado a ponerse por primera vez un traje rosa horrible, de esos llenos de lacitos y volantes, comprado para la ocasión. Aquel traje no le pegaba, no tenía nada que ver con su forma de vestir, ni con la de sus padres, y además le iba muy justo, y le rozaba en el costado derecho, bajo la axila. Lloró antes de la boda, en el baño. Lloró de rabia, odió a su madre, y se sintió completamente humillada e incomprendida. Eva cerró los ojos y se concentró en recordar esa sensación tan espantosa. Al punto brotaron las lágrimas y ahora sí le subió una corriente de calor y tristeza desde el estómago hasta la cabeza. Se puso a llorar a moco tendido y, a la vez, sonreía, satisfecha de ser tan buena, de que pareciera que estaba muy afectada por la muerte del abuelo, feliz de no ser la prima rara y desalmada.

Cuando por fin paró de llorar y abrió los ojos, se encontró con que Juan y David la miraban expectantes. «Tengo hambre, Eva. Quiero un Actimel», dijo David. Era una buena idea, pero el problema es que Tía Ana les había dicho que no aparecieran por el salón, y no lo podían pedir. «¿Y si lo cogemos nosotros solos?», propuso Juan. Los tres se rieron nerviosos ante la perspectiva de tamaña aventura, y Eva tomó el mando del grupo. Salieron de la habitación, recorrieron un largo pasillo tenuemente iluminado por dos lucernarios, y cuando pasaron junto a la puerta corredera que daba al salón, donde estaban reunidos los mayores, aceleraron el paso y entraron en la cocina. Mientras Eva abría la nevera, Juan y David cogieron una espumadera y un cucharón, se convirtieron en piratas armados de espadas y se pusieron a luchar. No había Actimeles, y cuando sus primos se quejaron, como si aquello fuera una ofensa, Eva les dijo que el próximo día se los podían traer de casa. Les dejó un poco confundidos. ¿Lo decía en serio, o se estaba riendo de ellos? Con su prima, siempre tan seria, no se sabía a qué atenerse, pero lo cierto era que jugaba a todo, era valiente, y le tenían un poquito de miedo.

Al cabo de un rato estaban de vuelta en el cuarto de juegos. Comieron chocolate y bebieron unas cocacolas con cafeína —prohibido—, abrieron una bolsa de ganchitos —prohibido a esas horas—, y los primos comenzaron una guerra usando las patatas fritas como armas arrojadizas —prohibidísimo—, pelea que Eva tuvo que detener. Pero se aburrían. «¿Y la *Play*?», preguntó Juan. Eva tuvo que confesar que desde hacía un mes era su padre quien guardaba la consola, y que sólo le permitía jugar con él presente, y a juegos no demasiado violentos. Sus primos convinieron que su tío era un nazi, pero Eva les explicó que estuvo enganchada a un juego de *arcade*, y que su padre la pilló jugando a las cuatro de la mañana. Intercambiaron información sobre juegos y sobre las fases que se pasaba cada uno, y discutieron sobre cuáles eran los mejores, pero como no podían jugar, que era realmente lo que les apetecía, la conversación fue languideciendo.

Juan y David se acercaron a la estantería que cubría la pared opuesta a la de las ventanas, y curiosearon entre las cajas llenas de muñecas y marionetas, juegos de mesa, disfraces, raquetas y juguetes de todo tipo. Ellos tenían en su casa igual cantidad de juguetes, pero la novedad hacía que les pareciesen mucho mejores los de su prima, exceptuando las muñecas y otros que eran demasiado femeninos. Mientras, Eva se había puesto a jugar al fútbol sola. A Juan, además, no le pasó desapercibido que su prima tuviera cuatro baldas repletas de libros, aunque no le comentó nada para que no le restregase aquello que le repetía su madre cada dos por tres, que Eva era «una gran lectora». David se quedó abriendo cajas y sacando juguetes, pero Juan se quitó la chaqueta, la corbata y los zapatos, y se unió a su prima. «¿Jugamos?»

Jugaron un uno contra uno a diez goles con tan sólo una regla especial: para poder meter gol, el jugador tenía que haber «pasado de campo» antes, es decir, haber golpeado con la pelota la pared opuesta a la portería, la de los armarios. Aunque Juan no era torpe, Eva era mejor y, además, jugaba en casa. Para cuando Juan comenzaba a hacer uso de las paredes como apoyo, Eva iba ganando 9-3. Juan, picado, propuso otro partido, y Eva aceptó fingiendo que lo hacía a regañadientes, pero en realidad encantada de meterle otra paliza a su primo. El segundo partido fue más disputado. Juan, más fuerte, agarraba a Eva de la camiseta, y un par de veces le propinó unas buenas patadas por detrás que la derribaron. Sudaban, soltaban tacos entrecortados, las caras estaban rojas de esfuerzo, y hasta lograron atraer la atención de David, que abandonó su batalla de felinos contra muñequitas y se debatía entre animar a su hermano, a quien quería mucho pero consideraba un abusón, o a su prima Eva, que le parecía muy guapa. Con 9-6, Juan empujó a Eva contra la pared antes de que pudiera marcar el gol definitivo. Eva pitó penalti, pero Juan le dijo que no fuera nena. Se insultaron. Cuando parecía que iban a llegar a las manos, Eva, que era bastante pilla, salió disparada a por el balón, lo controló y metió gol de tacón, con recochineo. Juan se enfadó y la insultó: «¡No vale, Eva, eres una tramposa de mierda!». «¿No decías que no había sido penalti? 10-6. Te fastidias».

David se desentendió de la disputa y se acercó a una ventana. Aunque afuera el día, típicamente invernal, era oscuro, en la habitación había todavía menos luz. Ya no llovía. El jardín estaba empapado. El suelo de gres de la terraza brillaba, el césped se veía de un verde apagado, había charcos sobre la lona negra que cubría la piscina, y de las ramas peladas de los árboles, que ahora se veían livianas, como si estuvieran suspendidas en el aire, todavía caían gotas de agua. En el cielo las nubes, de diferentes tonos grises, habían adquirido volumen. David pegó la cara al cristal, echó el aliento repetidas veces en una zona que quedó cubierta de vaho, y se puso a dibujar un tigre con el dedo. No quedó demasiado satisfecho y lo borró rápidamente con toda la mano. Miró a través del ventano que había quedado, y avistó un pájaro posado sobre una rama de un abedul, a unos quince metros. Aguzó la vista. Parecía una paloma, pero era muy grande. Avisó a los otros: «¡Juan, Eva, allí hay un pájaro enorme, mirad!». Juan y su prima se acercaron. «Eso que has visto es el espíritu del abuelo, mocoso», aseguró Juan, quien añadió: «Su alma está volando y se ha reencarnado en un pájaro inmenso». Juan apartó a David y miró a través del cristal. No vio nada, y le dio una colleja a su hermano por mentiroso. Eva también miró, con el mismo resultado.

David estaba muy ofendido y decepcionado. «Os juro que he visto una paloma gigante, joder.» Como seguían riéndose de él, se puso a mirar por la ventana, furioso, a ver si descubría algo interesante. De repente vio un pájaro negro que sobrevoló el jardín, cruzó al otro lado del muro y se posó en una rama alta de un pino de la parcela del vecino, algo lejos. «¡Otro pájaro! ¡Otra vez el abuelo!» Juan le hizo un gesto de complicidad a Eva, como diciéndole que su hermano pequeño era tonto, pero se avino a mirar. Sí, era cierto. Vio un pájaro negro, de tamaño mediano, con el pico naranja. «Esta vez el enano tiene razón. Allí hay un pájaro, ¿lo ves?» Pero Eva, por mucho que se esforzaba, no lo veía. Creyó que sus primos se estaban burlando de ella. «En esos pinos no hay ningún pájaro», aseguró, tajante. «Que sí, Eva, ¿no lo ves? Es negro, con el pico naranja, en la copa.» «¿Un mirlo?», preguntó Eva, que seguía sin verlo. «Yo qué sé. Es un pájaro y punto», dijo Juan, que estaba empezando a perder la paciencia. Pero David se fijó en que su prima entornaba los ojos al mirar, y lo comprendió todo. «¡Eres miope, Eva! ¡Por eso no ves el pájaro!», gritó. «¡Estás cegata perdida!» Eva se puso roja y lo negó. Ella veía perfectamente, lo que ocurría es que el pájaro se había marchado.

Juan y David, ahora aliados contra su prima, a quien en el fondo consideraban un poco engreída, habían encontrado una diversión inmejorable, y no pensaban abandonar la investigación. «Vamos a ver. En esa grúa del fondo, ¿hay algo?». Juan se refería a una grúa azul que se recortaba contra el horizonte, a lo lejos. Unos contenedores colgaban de un cable. Pero Eva ni siquiera veía la grúa. «¿Una grúa, Juan? Me estás tomando el pelo. Allí no hay ninguna grúa.» Los hermanos se mataban de la risa. «¡Ni siquiera ve la grúa! ¿Cómo quieres que la muy cegata vea las cajas?», gritaba David, que parecía no darse cuenta de que él también era miope y llevaba gafas. Hicieron más pruebas, y Eva falló en todas.

Estaba claro: era miope.

Eva se sentía terriblemente avergonzada y sus primos, que no paraban de celebrar el descubrimiento, le parecían verdaderos monstruos. ¡Miope! ¡Qué horror! Pensó en lo que se iban a reír de ella en el colegio cuando llevara gafas, y le entraron ganas de llorar. David se hacía el experto, repitiendo frases de su oculista: «¿A que ves todo borroso, Eva? ¿A que no distingues los contornos de los objetos?». Juan propuso que fueran a contárselo a los mayores, y a Eva aquella idea la animó un poco, porque supuso que sus padres la reconfortarían, se ocuparían de llevarla a un oculista para confirmar la miopía y, con suerte, quizá le harían algún regalo para que olvidara la funesta noticia.

Corrieron como liebres por el pasillo, y cuando llegaron a la puerta corredera que separaba el *hall* del salón, al oír los gritos de una acalorada discusión entre los mayores, se detuvieron en seco y se miraron, nerviosos. «¿Qué hacemos?», preguntó David en un susurro un tanto histérico. Eva y Juan le hicieron gestos de que se callara, y los tres aguzaron el oído. Al principio no reconocían las voces, pero no tardaron en poner rostro a cada uno de los mayores, entre los que se encontraban sus respectivos padres. Discutían a voz en grito sobre asuntos relacionados con la herencia del abuelo. A veces se insultaban, y la sensación de oír sus voces retorcidas por el odio, o por la excitación, sin verles las caras, otorgaba a la situación un tinte irreal, de pesadilla.

Cuando se elevaban las voces de sus padres, los niños se encogían y prestaban aún más atención. Al cabo de unos diez minutos, la discusión se apaciguó, y el tono de las voces, interrumpidas por largos silencios, volvió a ser casi normal. David, que estaba detrás, llamó a su hermano en susurros, pero Juan no le hacía caso, atento a las conversaciones del salón, ahora más difíciles de oír. «¡Juan! ¡Juan!», insistía David. Pero su hermano no le contestaba. Eva se dio la vuelta y lanzó una exclamación. Su primo pequeño se había hecho pis encima, y junto a sus zapatos de cuero había un charco. «¿Qué te ha pasado, David? Pobrecito, pobrecito pequeñín.» David, a punto de llorar, bajó la mirada y sonrió forzadamente. Juan, por fin, lo vio. «Pero ¿qué haces, mocoso? ¡Te has meado!» Eva abrazó a David, pero su primo, avergonzado, la rechazó. En ese momento se abrió la puerta y apareció el padre de Eva. Iba a reñirles, pero cuando vio a David, su expresión de enfado cambió instantáneamente a la de sorpresa, y después, haciéndose cargo de la situación, se acercó a su sobrino, le acarició cariñosamente la cabeza y le dijo que tenían que ir al baño para limpiarle.

Los mayores fueron saliendo al *hall*, todos vistiendo ropas oscuras y con los rostros crispados todavía por las discusiones. Los padres de David se fueron al baño con su hijo pequeño y Eva y Juan se quedaron respondiendo a las preguntas de los mayores, cabizbajos y temerosos de que les hubieran pillado espiando. Se tranquilizaron al comprobar que a los mayores sólo les preocupaba saber cuánto tiempo llevaban allí, y que cuando les dijeron que acababan de llegar, olvidaron el asunto muy satisfechos y sin que nadie hablase de castigo alguno. Entonces Eva recordó que era miope y le entraron ganas de llorar. Su madre se acercó a consolarla, pensando que estaba triste por David o por el abuelo, y Eva le confesó sus penas: «Soy miope, mamá». Uno de los tíos hizo un comentario socarrón, algo así como que los niños se habían confabulado para padecer todas las desgracias precisamente ese día, aunque nadie le rió el comentario. Juan contó la historia del descubrimiento de la miopía con evidente satisfacción, y a Eva le dolió que nadie pareciera demasiado interesado en la noticia. No eran más que unos brutos. Se enfadó, se echó a llorar y su madre tuvo que llevársela, también algo dolida.

Media hora después las aguas habían vuelto a su cauce. Todavía quedaba un rato para la comida. Sonó el timbre, y llegaron los tíos que faltaban, con sus dos hijos, de edades parecidas a las de sus primos. Tras los saludos, el padre de Eva le dijo a su hija que se fueran al cuarto de juegos, que ellos tenían que hablar, y los cinco primos se marcharon. Al llegar al cuarto, Eva cogió el balón. «¿Jugamos?», propuso. Juan y los recién llegados aceptaron.

Ganar a esos cobardicas era lo único que se le ocurría para olvidar durante un rato que era una maldita cegata.

Aquel partido fue el último que jugó con sus primos.

EL HERMANO

Es un joven de diecisiete años, moreno, con la nariz aguileña, fibroso. No se puede dormir. Es de noche, hace bochorno, está sudando y las sábanas se le han pegado al cuerpo. Por la ventana abierta entra el ruido de la televisión de un vecino y las agónicas toses y ahogos de otro, que parece que se va a morir, pero que por desgracia no se muere. Desde el interior del apartamento le llegan los ronquidos apagados de su padre y la respiración agitada de su madre.

Se destapa. Estira un brazo y coge una cajetilla de tabaco de la mesilla. Enciende un pitillo y hace aros con el humo. ¿Qué hora será? En torno a la una, se dice. Y mañana domingo ha prometido a su padre que irá temprano al taller, que está hasta arriba de trabajo, para ver si da salida a un par de motos. De repente se oyen unos alaridos cercanos cuyo volumen e intensidad aumentan rápidamente. El chico da un par de caladas seguidas al cigarrillo, lo apaga en el cenicero repleto de colillas, se levanta y entra en el cuarto contiguo. Su hermano mayor, acostado, grita en sueños. El chico cierra la ventana, se sienta en la cama junto a él, le sacude y le despierta. Es mongólico, y sus ojos, oblicuos, oscuros y brillantes, se mueven, indecisos, hasta que se encuentran con los del chico. Al reconocerle, sonríe.

—¿Qué haces, mano? ¿Por qué me despiertas? Eres un cabrón, estaba soñando con una churri.

Él no sonríe. Acaricia la cabeza húmeda de su hermano, y se queda con él hasta que se vuelve a dormir. Mientras le mira, piensa que no tiene por qué darle pena. Quizá su hermano sea más feliz que él, por lo menos a veces. No es ninguna tragedia ser mongólico, ni tener un hermano así, a muchas personas les ocurren cosas bastante peores. Para comprobar que está dormido le pellizca un moflete y regresa a su cuarto.

Enciende otro cigarrillo, va al salón y da la luz. Es un cuarto pequeño, repleto de muebles y cachivaches, presidido por una televisión. La pone sin voz y zapea un rato, sin detenerse demasiado en ningún canal. Pero ahora el hermano ha comenzado a gemir, y la apaga. Vuelve a su dormitorio, se enfunda unos vaqueros, se mete en un bolsillo un paquete de tabaco y un mechero, recoge una camiseta del suelo, la huele, se la pone, se calza unas zapatillas de deporte y sale de la casa sin hacer caso de los lamentos de su hermano.

En la calle no corre un soplo de viento. Parece detenida en el tiempo, aprisionada por el calor. No hay nadie, salvo un yonqui agachado junto a unos cubos de basura. Echa a andar y, al llegar a Fuencarral, la baja en dirección a la Gran Vía. Allí la noche está más animada. Por las aceras caminan numerosos grupos de jóvenes, algunos con la bebida en la mano, y también gente mayor que no soportaba el calor en sus casas. El chico camina sin prisa, observando a los transeúntes, sobre todo a las mujeres, hasta que dobla una calle y entra en una discoteca oscura, a la que se desciende por unas escaleras, llena y con música española a todo trapo. Se abre camino a empujones hasta la barra y le pide un güisqui con cocacola a un camarero que le saluda. Mientras le sirve la copa, el camarero le comenta que no ha visto a ninguno de sus amigos, que cree que no han venido, y él se bebe el güisqui en la barra, a tragos largos. Pide otro. Esta vez coge la copa y se da una vuelta. En la pista de baile hay veinteañeros dando botes, con aspecto de estar borrachos y aceptablemente alegres. Él se queda al borde de la pista, sin bailar. Se le acerca una chica que le conoce y le ofrece una pastilla, pero él la rechaza y le hace ver que no le apetece demasiado charlar con ella. La chica se marcha, algo decepcionada, y él se acaba la copa, siempre a tragos largos, siempre sin bailar. La deja en el suelo y se marcha de la discoteca. Son cerca de las dos de la mañana. Ahora camina más inseguro, apenas había cenado y el alcohol comienza a hacerle efecto. No regresa a su casa, sino que camina sin rumbo, aunque acercándose cada vez más a la Gran Vía.

Al doblar una esquina, tropieza con un hombre en una callejuela oscura. Ambos se paran. Es un tipo bajito, de unos cincuenta años, con gafas de culo de vaso, una bufanda de lana anudada al cuello y aspecto algo desastrado. Nada más verle la cara se da cuenta de que es homosexual. El otro se le queda mirando, y él mantiene la mirada. El gay le ofrece un cigarrillo, y él lo acepta. Entonces le dice que vive allí al lado, que le gustaría enseñarle su casa. Él le mira divertido, sin asomo de sorpresa, y asiente con una breve inclinación de la cabeza. El otro camina delante y se vuelve de vez en cuando, como si creyera que el joven fuese a desaparecer. Le dice que se llama Boni, y que por desgracia su casa no tiene aire acondicionado.

—Lo he pedido un millón de veces, pero no me lo quieren instalar.

Al llegar al portal de una casa estrecha con una fachada de ladrillo tapada por andamios, Boni busca nervioso las llaves en el bolsillo de su arrugada chaqueta. Por fin encuentra el manojo, sonríe aliviado, y le mira con una mezcla de deseo y miedo, mientras se lo muestra. El chico le observa inexpresivo, y Boni abre la puerta y entran.

El portal está en obras, con el suelo levantado. Hay sacos de material amontonados y todo está cubierto de polvo.

—Obras. No sé qué coño pretenden.

Boni le sonríe de nuevo y sube las estrechas escaleras de dos en dos, como un ratoncito que huyera de algo, o al menos eso es lo que piensa el chico. Al llegar al tercer piso, Boni le espera frente a una puerta de madera pintada de color granate. A los pies hay un felpudo en el que se lee «Welcome». Entran en el apartamento. La casa es como la cueva de un ratero demenciado. Hay montones de periódicos sobre los que descansan platos y tazas sucias, muñecos y figuras de plástico en sus envoltorios sin abrir, ceniceros, discos de vinilo, cajas de cartón, ropa tirada con la etiqueta puesta, libros, revistas porno, paquetes vacíos de tabaco, pósters de cine antiguo en las paredes desconchadas... No hay ninguna silla o sofá libre donde sentarse, y huele a rayos. El joven abre la ventana del salón, que da a un patio interior, saca la cabeza y respira una bocanada de aire caliente. Después, aunque tiene la garganta seca, enciende un cigarrillo y lo fuma asomado a la ventana. En el patio, un gato negro maúlla y se esconde tras un colchón tirado. Cuando el joven se da la vuelta, Boni está allí, frente a él, con un vaso de plástico en cada mano, mirándole.

—Es güisqui. Buen güisqui, escocés.

El joven coge un vaso y Boni le aparta de la ventana, casi sin tocarle, y la cierra de nuevo.

—Puede entrar frío.

El chico se bebe el güisqui caliente de un trago, y siente como si le fuera a estallar la garganta. Boni, en cambio, no bebe, y cuando se da cuenta de que el joven se ha acabado el suyo, le ofrece su propio vaso.

—Toma, te lo regalo. A mí el güisqui me sienta fatal.

El joven deja su vaso sobre una torre de revistas antiguas, y acepta el de Boni. A Boni, cuando le mira a través de esos cristales gruesos que los aumentan de tamaño, parece que los ojos se le van a salir de sus órbitas. Está en tensión, se diría que se va a abalanzar sobre él, pero no lo hace porque tiene miedo.

—¿Por qué no hablas? ¿Cómo te llamas? Yo me llamo Boni, ya te lo he dicho. Boni, de Bonifacio.

El joven no le responde que no le habla porque su voz es suya, y porque sólo quiere que la oigan los que él quiere que la escuchen. Boni baja la mirada.

—¿Quieres dinero? ¿Quieres que te regale un muñeco?

Como el chico sigue en silencio, mirándole fijamente, Boni, asustado, añade:

—No seas malo, anda. No seas malo con Boni. ¿Me vas a pegar?

Al joven le sorprende la pregunta de Boni, retrocede un paso y deja caer el vaso al suelo, todavía con algo de líquido. Boni, sin dejar de vigilarle, se agacha a recogerlo. Queda a la altura de su bragueta, y al principio de lado, como si no estuviera haciendo lo que realmente está haciendo, comienza a abrírsela con unas manos de dedos finos y temblorosos. El joven le observa desde arriba, con una expresión entre curiosa y perpleja, sin mover un músculo. Boni, ya de frente, saca el pene del chico, mira hacia arriba, trata de sonreír, aunque lo que asoma a su rostro es una mueca grotesca, y se mete el miembro flácido en la boca. Así están unos segundos, el joven mirando hacia abajo, como ido, y Boni tratando de hacerle una felación. De improviso el chico aparta con firmeza la cabeza de Boni.

—¿No quieres? ¿Prefieres otra cosa? ¿No te cae bien Boni?

El joven se abrocha el pantalón, mira a Boni por última vez, se da la vuelta y abandona el salón sin volver la vista atrás. Boni le grita algo que no entiende. Al pasar junto a una silla de la entrada sobre la que hay un montón de cajas de muñecos sin abrir, coge una, se la guarda en el bolsillo y abandona el apartamento. Baja los escalones de tres en tres, y cuando sale a la calle, aunque el aire siga estancado, lo encuentra puro y fresco en comparación con el de la casa de Boni. Echa a andar y, de pronto, al ver a una pareja que camina por la acera contraria, le da la sensación de que ha vuelto a la realidad, de que ha regresado de un sueño. Piensa en Boni, en su casa llena de periódicos, en sus gafas de culo de vaso, y se echa a reír. Pronto llega a la Gran Vía, a la altura de la calle San Bernardo. Está borracho y al principio camina lentamente, esforzándose por no hacer eses y no chocarse con la gente de todo tipo con la que se cruza. Hay negros, amarillos, marrones, grises, blancos, cobrizos, rosáceos. Hay turistas, madrileños, policías municipales, dementes, chinos vendiendo comida en las esquinas, borrachos tristes y borrachos alegres, chulos, mendigos y putas.

Una prostituta negra chasquea la lengua a su paso y él se detiene y la mira. Es guapa, casi una niña, le sonríe y antes de que se dé cuenta, se ha arrimado a él y le está magreando y susurrándole que se vaya con ella. Él también sonríe, primero Boni y ahora la puta, pero se zafa de ella, comprueba que su cartera sigue en su sitio y sigue su camino. Al llegar a una bocacalle, duda un instante y la toma. Con decisión, se dirige hacia la puerta de un bar y entra.

El local no está muy lleno, sólo hay algunos clientes acodados en la larga barra, y no hay apenas gente en el espacio entre aquélla y unas mesas bajas con sillones situadas al fondo. Es un bar tranquilo, para charlar, con la música baja. El joven busca a sus amigos con la mirada. Están sentados a una de las mesas, en animada conversación. Son unos diez, todos algo mayores que él. Va a unirse a ellos, pero de repente piensa que a pesar de que son sus mejores amigos y de que les ve a menudo, jamás han ido a su casa e ignoran que tiene un hermano mongólico, y duda qué hacer. Es como si fuera un fantasma, como si nadie le viera realmente tal como es. Mira a sus amigos y los ve muy lejos, como si efectivamente él fuera un ser que viviera en otra dimensión. Camina hacia ellos, pensando que es invisible y no le pueden ver, y se queda plantado a unos metros, observándoles. Ellos no se han apercibido de su presencia. Al fijarse en un chica con coleta que está de espaldas, reconoce a Clara. Con Clara, nueva en el grupo, se acostó la semana pasada, aunque luego no ha vuelto a verla ni a hablar con ella. Está enamorado. Recuerda su olor y el tacto de su labios, siente una punzada en el pecho, y entonces, justo cuando acaba de dejar de ser un fantasma, en ese preciso instante, ella se gira y le ve. Por un momento sus miradas se cruzan, y él se da la vuelta y abandona el bar a toda prisa.

Regresa a su casa caminando rápidamente. Ya no está tan borracho, tan sólo nota un ligero dolor de cabeza, la boca pastosa y hambre. Hace un alto en el camino para comprarse un bocadillo en un bar, y cuando llega a su portal está prácticamente sobrio. En el rellano, mientras saca las llaves, oye los gritos de su hermano. Entra y se dirige a su cuarto. La luz está encendida y su madre está calmándole, tumbada junto a él. Al ver a su hijo pequeño la madre le mira raro, quizá con cierto reproche, pero no le echa nada en cara.

—Otra vez las pesadillas —explica la mujer—. Está muerto de miedo.

El chico hace levantarse a la madre con delicadeza, la lleva fuera de la habitación, cierra la puerta, apaga la luz y se sienta en la cama. El dormitorio, con la ventana abierta, queda en penumbra. Su hermano mayor llora quedamente, gimotea, y él le acaricia la cabeza. Poco a poco, se va tranquilizando.

—¿Dónde estabas? Hueles, cabrón.

Él sonríe y se pregunta cómo le puede querer tanto, y cómo es posible que a la vez desee verle muerto, y la casa incendiada, bombardeada, convertida en un solar vacío.

—¿Has estado con alguna chica? ¿Has estado con la Trini?

La Trini es la cajera del colmado donde hacen la compra. Siempre le tira los tejos al hermano pequeño, y el mongólico está celoso porque ella le encanta.

—¿Ha preguntado por mí?

Él tarda en contestar.

—No, no he visto a la Trini, pero he conocido a un ratoncito asustado. Se llamaba Boni, y tenía la madriguera llena de regalos. Mira, me ha dado uno para ti.

El joven saca del bolsillo el muñeco y se lo da a su hermano que, al no poder abrir el envoltorio de plástico duro con las manos, lo muerde. El chico se lo quita.

—Me pregunto quiénes son los gilipollas que hacen estos envoltorios —dice el hermano pequeño, con buen humor.

Lo muerde a su vez, rompiendo el plástico, saca el muñeco y se lo da.

—¿Te gusta?

—¡Hostias, cabronazo! ¡Si es Superman!

Efectivamente, es un muñeco de Superman, con su mandíbula cuadrada, su capa roja y su colección de músculos. El hermano mayor comienza a jugar con él, haciendo como que vuela, y el chico se ríe.

—Venga, que pareces tonto. Es tarde, duérmete.

—¿Superman puede quedarse conmigo, mano?

—Claro, él es un superhéroe, hace lo que le sale de los cojones. Pero prométeme que vas a cerrar los ojos.

El subnormal cruza los dedos de la mano libre.

—Lo juro por mis muertos. ¿Y el ratón ése, me va a regalar más cosas?

Se oye un trueno, seguido de otro, y el joven se levanta, se acerca a la ventana y se asoma. El cielo está cubierto, el viento comienza a soplar con fuerza y se desata la tormenta. El chico enciende un cigarrillo y se queda un buen rato como embobado, viendo llover sobre la acera y el asfalto.

Cae al suelo la ceniza del pitillo.

Sube un olor fresco, agradable.

Un rayo ilumina la calle y el cielo.

Más truenos.

Otra noche más, piensa.

Gira la cabeza y mira a su hermano.

Duerme.

Ahoga un bostezo y sale del cuarto.

No, el ratón no le va regalar más cosas.

EL PERIÓDICO

Tengo treinta y nueve años para cuarenta. Si me preguntaran cuál es el mayor placer de mi vida, refiriéndose a uno corriente, no circunstancial ni extraordinario, respondería sin dudarlo: desayunar en un bar, a solas, leyendo el periódico, acompañado de un café con leche y un cigarrillo.

He cambiado numerosas veces de trabajo y cada vez he tenido que enfrentarme al problema de encontrar un bar adecuado cerca de la nueva oficina. Resolverlo no suele ser fácil, pero reconozco que la búsqueda se convierte en un modo agradable de hacerse con el barrio y de olvidar los inconvenientes de la incorporación al nuevo puesto de trabajo.

A mi última oficina llegué hará año y medio. Está cerca del estadio Santiago Bernabéu, en el paseo de La Habana. Es una zona difícil, con un horrible centro comercial en el que los bares están diseñados para que el cliente se quiera largar cuanto antes, y poco más. Tardé casi un mes en dar con mi bar, aunque esta vez la culpa fue mía, porque no empecé por lo más obvio en una zona tan tradicional, es decir, los clásicos. Estuve en varios que ofrecían periódico, un café aceptable, se podía fumar y eran baratos, pero también del tipo de bar en el que los camareros están orgullosos de hacer cuanto más ruido, mejor. Tropecé con otro recién abierto, que el primer día tenía periódico nacional y deportivo, buen café y pocos clientes, pero el inconveniente fue que no estaba suscrito a los diarios y a veces se olvidaban de comprarlos. En otro, muy agradable, la camarera —una mujer de mediana edad, mal llevada— se debía de sentir muy sola, y a partir del segundo día trató de entablar conversación conmigo. En el de al lado, eran los parroquianos los que querían hacer amigos. Sobre aquellos en los que la televisión está permanentemente encendida o no se puede fumar o en los que recluyen a los fumadores en áreas minúsculas con ceniceros de papel de aluminio, prefiero no extenderme.

Pero al final lo encontré. El bar, un clásico madrileño, cumplía todos los requisitos. Siempre había lugar en la barra, que era amplia y limpia. Los camareros saludaban, eran educados, diligentes, poco habladores y socarrones, como a mí me gustan. El café era excelente y la máquina no hacía demasiado ruido. Había pocos clientes, aunque los suficientes como para crear un buen ambiente de comienzo de la jornada. La decoración era sobria. Aparte de los camareros, nadie se dirigía a ti, salvo para disculparse en caso de un inoportuno pisotón, para pedirte fuego o para acceder a la barra si estaba algo más concurrida de lo habitual. Se podía fumar en todo el local. Disponía de un gran espejo detrás de la barra, en el que podía mirarme para corregir el nudo de la corbata o espiar durante un par de segundos a los otros clientes en busca de un rostro interesante. Tardaba sólo cinco minutos en llegar a la oficina. Y, naturalmente, había periódico de distribución nacional.

Pasé unos meses muy agradables. Cuando se ha incurrido en una familia numerosa, con una mujer que no es más que una presencia ausente y continua, y con cuatro hijos pequeños tan maravillosos como agotadores; cuando en la oficina se ha puesto de moda el trabajo en equipo, las comidas con compañeros y los fines de semana reunidos en hoteles para mejorar vaya usted a saber qué; cuando tus padres ya no existen o sólo les queda su cuerpo extenuado y una memoria caprichosa; cuando de los amigos cuelgan mujeres, niños y aburrimiento, entonces, uno aprende a disfrutar del único rato al día en el que está tranquilo, a solas consigo mismo.

Está el olor del café, y el ruido que hacen las cucharas al chocar con el platillo de loza, y los carraspeos, y las conversaciones pueriles sobre el tiempo, el fútbol u otros asuntos inocuos, y la mente que flota en una nube de humo —despertándose, sin prisa—, y el periódico que se muestra cada mañana con noticias diferentes, pero igual día tras día, al fin y al cabo. Empezar por la sección de deportes, saltar a internacional, ojear cultura, leer el editorial y alguna columna, echar un vistazo a nacional y, para acabar, la televisión. Da igual cuál sea el periódico, siempre y cuando sea de tirada nacional, redactado por «profesionales contrastados», como dicen los periodistas. Todos manipulan, y si lees uno, es divertido imaginar lo que habrá publicado el otro, qué sesgo le habrá dado a la noticia, si es que la han publicado. En eso no suelo fallar. Leer, pasar la página, dar una calada al cigarro, mirar en el espejo al que desayuna a tu derecha, volver al periódico, sonreír, dar un trago al café, una calada, otra noticia, otro vistazo al espejo, más periódico y más café y más tranquilidad y más cigarrillo.

Pero apareció ese tipo, y los días alegres se esfumaron. Al principio no reparé en él. Cuando el periódico estaba ocupado, me tomaba el café, dejando volar la imaginación, y me iba con la certeza de que al día siguiente sería mío.

Y lo era.

Hasta que una mañana, cuando llegué, Félix, el camarero más maduro, me indicó con un gesto sinceramente apenado que ya lo habían cogido. Y era el tercer día seguido. Contrariado, busqué con la mirada al ladrón. Era un tipo de mediana edad, con el rostro abotargado y pálido, pelo liso castaño, grueso, bajito, trajeado y con unos zapatos negros y brillantes de cuero de tercera, de esos que sólo dan el pego a quien, precisamente, no pretenden dárselo. Su cara no me sonaba. Le maldije mentalmente, y desayuné, sin darle mayor importancia. ¡Pobre de mí!

Ignoraba que la guerra había comenzado.

A partir de esa mañana —la recuerdo perfectamente: llovía, la ciudad era un caos y yo tenía una mancha de colacao en la corbata amarilla y un leve dolor de cabeza—, el hombre grueso me robó el periódico a razón de dos días de cada cinco. Félix me hacía su seña habitual —cada vez menos sincera, o puede ser que yo estuviese algo susceptible— y allí estaba él, acodado en la barra, con el diario abierto y miguitas de croissant pegadas a su camisa mil rayas. Me hervía la sangre, y el café me sabía amargo, por más azúcar que le echara. Comencé, incluso, a no disfrutar del desayuno ni siquiera los días que el hombre grueso se dignaba permitir que lo leyera. Decidí cambiar de horario, con el esfuerzo que supone levantarse más pronto —y las implicaciones en el frágil universo familiar—, y logré, durante una semana, recuperar el diario. Pero el hombre grueso contraatacó. Ahora sus ojos tiernos y acuosos monopolizaban el periódico entre cuatro y cinco días de cada cinco.

¿Qué podía hacer? Confieso que barajé la opción de cambiar de bar, pero soy algo orgulloso, y la deseché. Por lo mismo, también descarté comprarme el periódico en un quiosco y llegar con él bajo el brazo, sin que nadie pudiera quitármelo, un diario diferente al que ofrecía mi bar favorito, para dar envidia al hombre grueso. Pero, en lugar de abandonar, me inventé una excusa y mentí en el trabajo para que mi hora de incorporación no fuera fija —con una variación de cuarenta minutos, entre las ocho y veinte y las nueve—, y luché con esfuerzos renovados, convencido de que le vencería. Me equivoqué. Era un tipo extremadamente hábil, de excelentes reflejos, y, según deduje, con menos problemas de horario que yo. La idea de que el hombre grueso era más libre que yo, de que era un lobo solitario sin jefe ni familia, me dolió profundamente. Le otorgaba una aureola de eterna juventud que le emparentaba con el diablo.

Le odiaba.

Odiaba sus trajes azules de corte clásico, sus labios carnosos y brillantes, sus camisas sintéticas con el cuello blanco, sus dedos gordezuelos y avariciosos con la comida, el gesto con el que se echaba el flequillo hacia atrás, la manía de leer el periódico de atrás hacia adelante, las borlas de sus mocasines granates, la sonrisilla boba con la que celebraba algunas noticias, el placer que le producía demorarse en una página cuando ya había acabado de desayunar, su modo de ignorarme. Porque jamás me prestó atención, ni cuando entraba, ni cuando le lanzaba miradas furibundas, ni cuando le miraba con una mezcla de desprecio y satisfacción, las mañanas victoriosas.

La lucha duraba ya varios meses. Era una contienda sorda, de desgaste, como la guerra de trincheras de principios del siglo pasado. Las derrotas sufridas durante los desayunos incidían dramáticamente en el resto de la jornada. Me atolondraba en el trabajo —mi evaluación a partir de las notas de mis subalternos descendió del «muy bien» a un mísero «aceptable», y el rumor de mi ascenso se evaporó con la llegada de la primavera—, las discusiones con mi mujer se volvieron cotidianas —empecé a entrar al trapo de sus provocaciones—, me enfadaba con mis hijos —con razón, pero demasiado—, y mi carácter, ya algo huraño, se agrió. Pero las victorias no me producían mayor bien. Deseaba a mi mujer con toda mi alma —y tras acostarnos, me apartaba de ella asustado al oír sus gorjeos de placer satisfecho—, proponía cambios insensatos en el modo de proceder en mi departamento, coqueteaba sin precaución alguna con una secretaria que para colmo me tenía ojeriza, y los fines de semana llevaba a mis hijos a parques temáticos en excursiones que siempre acababan con disputa familiar en medio de un gran atasco.

Traté de ganarme a los camareros.

Una tarde convencí a Félix, tras insistirle una y otra vez, para que me acompañara a otro bar e invitarle a una copa de vino. No parecía demasiado entusiasmado con la idea —temía una reprimenda del dueño en caso de que apareciera durante su ausencia, y tampoco creo que irse a tomar algo con un cliente fuera su sueño inconfesable—, pero en cuanto vio que el vino era un reserva, sus defensas bajaron. Hablamos de esto y de aquello, de lo dura que es la vida y de cuánto nos mereceríamos un golpe de suerte en forma de herencia o boleto premiado de lotería, y cuando nos habían servido la segunda copa, saqué el único asunto que me interesaba en realidad.

Recuerdo que Félix me miraba con unos ojos que descubrí guasones —el vino sacó a relucir su verdadero carácter, escondido tras unas profundas arrugas—, preguntándose si la vehemencia con la que lanzaba invectivas contra el hombre grueso era parte de una broma, o no. Probablemente, cuando seguí insultándole otros diez minutos, se dio cuenta de que iba en serio. No me pude contener. Cuando me callé por primera vez, exhausto aunque un poco aliviado —era la primera persona a la que confiaba mi problema—, Félix me preguntó qué era exactamente lo que quería de él. Yo ni siquiera tenía respuesta para una pregunta tan obvia. Sin tiempo para pensarlo, le dije lo primero que se me vino a la cabeza: que le dijera que el periódico estaba reservado por un cliente —yo— que estaba en el baño porque sufría de estreñimiento. Como el estreñimiento se sobreentiende que es una molestia de carácter crónico, él podría secuestrar el diario con esa excusa todas las mañanas. Félix soltó una carcajada y me palmeó la espalda. «Qué gracioso eres», dijo. Le pregunté, nervioso, si me ayudaría. Dejó la copa de vino medio llena en la encimera, como dando a entender que esa conversación surrealista había llegado a su fin, y supe que no me iba ayudar. Suspiró, apesadumbrado, y me dijo que aquello era imposible. «¿Por qué?», le pregunté. «Porque no», respondió.

Para suavizar el efecto de su negativa, me contó que el hombre grueso era además el hijo de la presidenta de la comunidad de vecinos, con la que vivía desde que nació, sin interrupción, ni siquiera en vacaciones. Y la presidenta y su familia eran, en previsión de que surgiera cualquier problema entre el bar y los vecinos, clientes intocables. Así los definió: clientes intocables. Después, Félix también se liberó, y pasó a insultar a toda la familia, haciendo especial hincapié en la propia presidenta de la comunidad. Pero la conversación ya había acabado en lo que a mí se refería, y la figura del hombre grueso, pese al descubrimiento dulce de que vivía con su madre y por lo tanto no era el lobo solitario y libre que había imaginado, se agrandó.

Era inabordable.

Mis opciones se iban agotando. Durante un mes, más o menos, siguieron los escarceos, las pequeñas y espaciadas victorias, las humillantes derrotas. Por culpa de aquel hombre, y del periódico, me iba hundiendo cada vez más. Prefiero no entrar en detalles, pero estaba a punto de que el problema se solucionara indirectamente, aunque por mi mediación: si continuaba esforzándome para que me echaran del trabajo, pronto no tendría sentido desayunar en aquel bar.

Entonces, se me ocurrió una idea: amenazarle.

Nunca me había dirigido al hombre grueso. Ni siquiera habíamos intercambiado un saludo. Estoy seguro de que, pese a su estudiada indiferencia, me conocía tan bien como yo a él. Probablemente me habría espiado con sus ojos tiernos aquellas mañanas en las que yo había logrado coger el periódico. Sabría que lo leía a saltos, que mis camisas eran de algodón, que nunca llevaba mocasines, que mis dedos eran largos y finos, que no tenía migas de croissant pegadas a la camisa mil rayas porque mis camisas eran lisas y no desayunaba bollería, que no sonreía al leer ninguna noticia y que no me echaba el flequillo hacia atrás. En suma, que no era como él. Eso sí, no conocía mi nombre, profesión, dirección, o cualquier otro dato personal. Pensé en esperarle una mañana junto a la puerta del bar, seguirle y abordarle en algún trecho solitario del recorrido, cuando no nos viera nadie.

Vi la luz al final del túnel.

Era una bonita mañana, el cielo estaba despejado —pintado de azul madrid—, corría un aire fresco de la sierra y mi corbata lucía una mancha de colacao en forma de corazón. Los augurios no podían ser mejores. El hombre grueso salió del bar, miró al cielo, gruñó —¿acaso prefería la lluvia, el muy idiota?— y echó a caminar calle abajo, con ese andar cansino y satisfecho de los gordos bien desayunados y sin una familia a su cargo. No había recorrido ni cincuenta metros, y ya le abordé. No me pude contener. Ni siquiera me preocupé de que alguien nos viera. Le agarré por detrás del cuello del abrigo —un abrigo azul marino de entretiempo que imitaba la cachemira, de rebajas de un gran almacén—, y le di la vuelta. Sus ojos acuosos, muy abiertos por la sorpresa y el miedo, se clavaron en mí. Me reconoció al instante como su rival. Trató de decir algo, pero sólo fue capaz de soltar un hipido. En ese momento me di cuenta de que no había planeado qué hacer después de interrumpir su paseo. Nos quedamos unos segundos interminables mirándonos, yo un tanto dubitativo, él con la boca abierta en una mueca de terror. Juro que no pensaba agredirle. Salvo en el colegio, jamás me había pegado. Mi puño salió despedido sin que mediara mi voluntad, como declaré con posterioridad. Recibió el impacto en pleno rostro, levantó los brazos de un modo —si se me permite— un tanto cómico, con las manos gordezuelas abiertas y cayó cuan bajo y grueso era sobre la acera. Además de tener el tabique de la nariz roto, tuvo la mala suerte de hacerse una brecha considerable en la coronilla al golpearse contra el pavimento.

Alguien me aconsejó que visitara a un psiquiatra. Ahora, prohibidos los periódicos, veo las noticias en la televisión, con mi familia.

Les aseguro que no tiene nada que ver con mis antiguos desayunos.

LA PREGUNTA

Hace una semana mi marido me preguntó qué era lo que me hacía más feliz en la vida.

Lo preguntó de repente, a bocajarro.

Le miré.

Él también me miró, expectante.

No supe qué responder.

Él sonrió, entre condescendiente e irónico.

No supe qué responder.

Llevo una semana dándole vueltas a la pregunta. En la calle, en la oficina, en el supermercado, en la cama, cenando. Al principio, sonreía por dentro. Serás idiota, me decía. ¡No eres capaz de decir una sola cosa que te haga feliz! Miraba a mi alrededor, veía a mis dos hijos, a mi marido, al gato, todo lo demás, me concentraba, pero nada. Al segundo día se acabaron las sonrisas por dentro: observé cómo mi hijo pequeño era incapaz de introducir un aro en una columna de plástico, y me eché a llorar. Mi marido, sorprendido y asustado, se apresuró a consolarme. Le dije que me dolía mucho la cabeza, me tomé una pastilla, y me acosté. Mis hijos vinieron a darme las buenas noches —la mayor ya habla, el pequeño se limitó a morderme la oreja—, y me dormí.

Sentía vergüenza, me dolía todo el cuerpo. Veía mi rostro reflejado en el espejo, y pensaba: mírala, ahí está el monstruo. Cada vez que hablaba con alguien de mi familia, algún compañero de trabajo o una amiga, no podía evitar sentirme alejada de ellos, como una extraña. Ya que con ellos no soy feliz, me decía, voy a imaginar que mueren. Imaginaba que morían, pero era incapaz de llorar o de sentir pena alguna. Imaginaba que la que moría era yo, y a duras penas lograba emocionarme.

Una vez comprobado que nada del presente me hacía feliz, escarbé en el pasado lejano. No me daba miedo recordar, aunque fue más difícil de lo que esperaba. Supongo que una no se levanta de la cama y es capaz de rememorar inmediatamente sensaciones o hechos concretos de la infancia. Debía tender un puente de más de treinta años, oxidado y con telarañas. Tampoco contaba con demasiados objetos que pudieran ayudarme. En la última mudanza desaparecieron las pocas fotografías que conservaba, el disfraz de amapola, la colección de conchas, las baratijas y la muñeca tuerta.

Hice memoria, visité a mi madre y nos sentamos a ver algunos álbumes de fotos antiguas. La interrogué. Aquella visita la hizo feliz, y yo me sentí doblemente monstruosa al darme cuenta de que desde hacía años no iba a verla así, de repente, y también porque al despedirme de ese rostro arrugado y lloroso, la odié. En la calle, cuando una ráfaga de viento me golpeó el rostro, dejé de odiarla.

Paulatinamente volvieron retazos de los veraneos en Luanco, con las excursiones en el Seat 131 blanco, los baños en la playa, las tardes lluviosas leyendo tebeos. Mis padres, mis tías, la abuela con ojos azul celeste y una sonrisa pícara. Vi a mi padre, joven y atlético —aunque ahora sé que no era fuerte, sino delgado—, jugando al fútbol con mi hermano y haciéndome carantoñas en los descansos, o cuando la pelota se marchaba lejos. Vi a mi madre charlando con sus amigas, sentada en una silla plegable con tela a rayas blancas y verdes, fumando bajo la sombrilla, con la piel tan blanca que parecía transparente. Yo riéndome con mi hermano, jugando al escondite, persiguiéndonos por un prado, él caído en una acequia, con los zapatos y los pantalones manchados de barro. Los primos, que me parecían unos descarados, y las primas, que me hacían reír. Las conchas pequeñas de color blanco, las rosas, la naranja con forma de riñón, la beige con motitas negras.

Fui capaz de representar mentalmente cada habitación de nuestro antiguo piso en la calle Ferraz, cada detalle, cada mueble, cada recoveco, cuadro, vaso o tela. La gradación de la luz en el interior de aquel piso que creía enorme, los cambios en la iluminación según la temporada, la hora o la posición de las cortinas o de las persianas, se me han quedado grabados, no sé por qué. La penumbra dorada del salón al atardecer; la oscuridad silenciosa del invierno; la luz del mediodía en verano, que coloreaba todo de blanco; las paredes de mi habitación pintadas de gris claro, que a veces eran rosas, o amarillas, o grises o azules. En el colegio: mis amigas y yo vestidas con el uniforme, aparentemente idénticas, pero en realidad con detalles en la vestimenta que quizá sólo nosotras apreciábamos y que nos hacían creernos únicas. Los secretos, los chicos, los complejos, la yema de huevo batida y con azúcar de todas las noches. ¿Era feliz? Supongo que sí, incluso creo que era más feliz de lo que mis recuerdos velados me cuentan.

Pero no quiero seguir recordando. No quiero compadecerme de mí misma. Ni recurrir a la nostalgia, tan hueca y falsa. Mi padre me dijo una frase en el lecho de muerte: «Piensa sólo en el presente, porque es lo único que te está ocurriendo todo el tiempo». No sé si es una buena frase, pero lo que sí sé es que he vivido con ella desde que me la dijo, hace veinte años. Así pues, para qué esforzarse, para qué buscar respuestas en el laberinto.

Vuelvo al presente.

Mi hijo. Delante de mí. Tiene nueve meses y es un bebé muy guapo. Se parece a su padre. Los primeros dos meses no podía ni verle. Sonríe, gatea y se agarra a mi falda con esas manitas firmes y suaves. Lo cojo. Está recién bañado. Huele bien y me da calor. Suda. ¿Es éste un momento feliz? Ronronea como un gato, pega su carita a la mía, y como sospecha que le voy a dejar en el suelo, se agarra con fuerza. Camino con él en brazos hasta el dormitorio de mi hija. Está haciendo los deberes. Al ver a su hermano, se le ilumina la cara. Luego me mira a mí, y me sonríe, para preguntarme después si puede ver una película de dibujos animados. Suelta el lápiz, da un salto, chilla, pellizca a su hermano en el moflete y me cuenta, atropellándose, su jornada en el colegio. Tiene ya una vida verdaderamente complicada, en la que conviven las necesidades afectivas con la imaginación feroz y la cruda realidad. Me pregunta a qué hora llega su padre. Le digo que no lo sé, que probablemente hacia las nueve o nueve y media, como siempre. Me agarra la mano libre, mira el reloj y suspira, decepcionada. Todavía queda media hora, dice con su voz aflautada. Me pregunta qué tal en el trabajo, como siempre. A ella le parece fascinante que me pase la vida yendo a presentaciones de productos, que tenga que ver a mucha gente, que viaje de vez en cuando al extranjero. Admira mi trabajo, quizá porque es tan poderoso que le roba a su madre.

Mi hijo pesa demasiado como para llevarle en brazos mucho tiempo. Le digo a mi hija que ya es la hora de cenar y busco a la asistenta. Está leyendo una revista de cotilleo sentada a la mesa de la cocina. La mesa está puesta, y le da la comida a mi hija mientras juega con mi hijo, asustándole, riéndose de cómo trata de encaramarse a la silla de su hermana, alcanzándole unas piezas de madera de colores cada vez que él las tira lo más lejos que puede. Es impresionante la capacidad de la asistenta para manejar a mis hijos mientras realiza otras tareas domésticas. Y su paciencia.

Me voy a mi habitación, me quito el abrigo, lanzo los zapatos de tacón, me derrumbo sobre la cama. No me duele la cabeza, pero no me importaría que me doliera. Tengo hambre, no sé si seré capaz de esperar a mi marido para cenar. Pienso en todas las chucherías que me apetecen. ¿Me haría feliz comerme una tableta de chocolate? ¿O unas patatas fritas? Me quedo un rato tumbada en la cama, con los ojos cerrados. Desde la cocina me llega la voz pausada y melodiosa de la asistenta, la voz aguda de mi hija, los sonidos inarticulados de mi hijo. Pero hay otros ruidos en mí. Por un momento, imagino que desaparezco, que me evaporo, y una sensación placentera me recorre la columna vertebral. Pero vuelven mi carne, mis huesos, el peso del cansancio.

Enciendo la lámpara de la mesilla. Miro una fotografía de mi boda, con el traje tan elegante, que me quedaba perfecto, y que hoy no me podría poner. Mi marido sonríe feliz, con los ojos chispeantes. Nada que ver con la foto de al lado, la de la boda de mis padres, tan siniestra. ¿Por qué no la he guardado en algún cajón, fuera de mi vista? Cojo una revista y la hojeo sin demasiado interés. Miro el reloj. ¿Por qué me torturo, con qué fin? Es ridículo. Creo que me voy a tomar esas patatas fritas. Me levanto, entro en la cocina y cojo una bolsa de patatas. A la vuelta mi hija me ve al pasar junto la puerta de su dormitorio, y me pide una. Busco dentro de la bolsa con los dedos, elijo una pequeña, y se la doy. Me pide una más grande. Le doy otra igual de pequeña, haciéndome la despistada. Tuerce el gesto, pero no le hago ni caso. Me las pienso comer todas, la bolsa entera. Le digo a la asistenta que les acueste en media hora, y que después se puede marchar. Voy al salón, y esta vez me derrumbo en el sofá. Pongo la televisión, y llego a la conclusión de siempre: lo único que merece la pena son los anuncios, aunque sean verdaderamente insoportables. Tanta alegría impostada me anima. No soy la única imbécil, me digo. Suena la cerradura de la puerta de la entrada al abrirse, unos pasos apresurados, un saludo optimista.

Ha llegado mi marido.

Me vuelve a saludar —apenas un esbozo de beso—, y corre a ver a sus hijos. Gritos de alegría, carreras, nervios. Vuelve con mi hijo en sus brazos. Con él se ríe sin parar. Le agarra tan fuerte que debe de estar haciéndole daño. Mi hija se cuelga de sus pantalones y da saltitos de lo nerviosa y contenta que está, mientras le pregunta insistentemente si puede ver la película de dibujos animados antes de acostarse. Él responde que no, que es muy tarde, pero la negativa no parece afectar a la alegría de su hija. Llega la asistenta, y se lleva a los niños. A mi marido no parece gustarle la idea, pero yo le digo que si quiere verlos más tiempo, sólo tiene que llegar antes.

Se suceden las preguntas y respuestas rutinarias sobre cómo nos ha ido el día. Él espera que le diga que todo ha sido maravilloso, pero yo le digo que me duele la cabeza horrores, y que no he tenido más que problemas. Su optimismo decae un poco, lo justo como para que ya casi no me moleste. Él, en cambio, ha tenido una buena jornada y no está agotado. Sus ojeras dicen lo contrario, pero trata de sobreponerse a todo, como siempre. Al ver la bolsa de patatas vacías no puede evitar una mueca de fastidio, aunque no hace ningún comentario. Apago la televisión y le digo que ya es hora de cenar. Calentamos los platos en el microondas y nos sentamos a la mesa del salón-comedor. La asistenta se despide hasta mañana. Devoramos sin hablarnos. Él, cuando acaba, va otra vez a ver a sus hijos. Oigo ruidos, y sospecho que se ha puesto a leer un cuento a mi hija. Probablemente el bebé se despierte, pero, si lo hace, es responsabilidad suya, a mí que me registren.

Enciendo la televisión y zapeo hasta encontrar una película. Es de época, del diecinueve, las que más me gustan. Esas conversaciones tan pretendidamente sutiles, ese aburrimiento que lo impregna todo y se transmite al espectador bañándole en un líquido paralizante. Esas alegrías pueriles, esos amores juveniles, locos e inocentes, esas tragedias convencionales, esos salones detenidos en el tiempo. Aunque haya empezado hace una hora, me da igual. Las únicas posibles sorpresas son las del parentesco de los personajes, si hay o no boda, quién hereda y cuál es la mujer condenada a convertirse en una vieja solterona. Lo hemos visto mil veces. Al rato, vuelve mi marido, exhausto, y al ver la pantalla, sufre otra pequeña decepción. Él prefiere comedias, cine negro, de acción o cualquier película que le haga olvidar durante un par de horas las preocupaciones que han hecho surgir tres arrugas en su frente.

Cambio de canal y busco una película más animada.

Él me coge la mano.

Le sonrío.

Él la aprieta y todo su rostro se relaja.

Voy a abandonar a mi marido.

INTERIORES

He estado ocho meses sin trabajo. Había pensado tomarme un año para ordenar mi vida, o lo que es más exacto, para ver hasta qué punto era capaz de desordenarla, y así encontrarme. Llegué a pensar que aquel tipo, cuando me dijo que yo era una mujer vacía, sin existencia, estaba en lo cierto. Traté de divertirme, de hacer excursiones, de quedar a menudo con mis amigas, de viajar, de salir por la noche, de buscar novio, de ir al cine, de arreglarme más, de leer, en suma, de ser más interesante. Supongo que no lo logré. Ocho meses no dan para tanto. Ahora sé que ese tipo era un imbécil. Y también que ha sido positivo toparme con él.

Todo comenzó en enero del año pasado. Soy letrada. Trabajaba en un bufete con clientes de toda España, especializado en operaciones inmobiliarias, un asunto interesante. Y muy lucrativo. La ley es un muro que pretende ser macizo, pero sus huecos, a veces aparentemente invisibles, hacen que todo se mueva. Los juristas se centran en las leyes y en las normas. Los abogados, en el vacío, que es lo que las hace realmente útiles.

Este modo de entender nuestra profesión me lo enseñó Antonio G., uno de los dos socios del despacho, nada más entrar a trabajar para ellos, hace cinco años. Antonio era el técnico, capaz de construir una operación desde cero, sin dejar escapar un solo detalle, estudiándola desde todos los ángulos posibles. La gran pizarra blanca de su despacho, con sus diagramas, textos y símbolos en verde, rojo y azul, era sencillamente impresionante. Luis M., el otro socio, era un buen abogado, pero se ocupaba más bien de las relaciones externas, del contacto con los clientes y con los arquitectos. Antonio sólo hablaba cuando hacía falta, era feo, su enorme panza bien podría contener cuatrillizos, mascaba chicle y siempre calzaba unas botas de piel de cocodrilo que nadie sabía de dónde había sacado. Luis era alto, bien parecido, simpático y optimista, y le encantaban las camisas caras y de colores chillones. Hacían un buen tándem. Javier S. y yo éramos sus ayudantes, los dos al mismo nivel, y compartíamos despacho. Completaban la plantilla dos pasantes, dos secretarias, la recepcionista y Gemma, la chica para todo, una punky sin estudios.

Una tarde de enero especialmente fría, Antonio y Luis regresaron de la comida con un acompañante, al que le mostraron la oficina. Era un tipo de treinta y pico años, vestido estrafalariamente, con el pelo moreno, largo y peinado hacia atrás, y que llevaba unas gafas de concha color rosa. Lo primero que me llamó la atención fue que era muy amanerado. Lo segundo, que acababa sus frases separando las sílabas de la última palabra, supongo que para dar mayor empaque a su discurso. Lo tercero, que mis jefes le reían todas las gracias y parecían tenerle en gran consideración, particularmente Luis. Lo cuarto, que nuestro despacho le parecía horrible.

—¡Esto es sencillamente es-pan-toso! —exclamaba, sin preocuparse lo más mínimo de quiénes estaban delante—. ¡Un ho-rror! ¡Madre de Dios Santísima! ¿Y es aquí donde trabajáis? ¡Qué va-lor! ¡Qué va-lor!

Luis me lo presentó y él, para regocijo de todos, exclamó:

—¡Ho-la! ¡Eres tan pálida, tan rubia, tan fría, tan so-vié-ti-ca!

Yo le respondí que él, en cambio, parecía un alegre espantapájaros, y logré que algunos de mis compañeros se rieran. Creí que aquel tipo era un mamarracho sin importancia, y en cuanto se fue, me olvidé de él.

A la semana siguiente volvió, armado con una libretita y un portaminas de plata, nos saludó a todos, uno a uno, y se encerró con Luis en su despacho durante más de dos horas. Yo tenía una comida con unos clientes y dejé que mi compañero Javier, tan inquieto e intrigado con su segunda visita como yo, investigara. Pero Javier no consiguió enterarse de nada concreto. Luis le comentó que se trataba de un proyecto «experimental», y Antonio se limitó a mascullar algo entre dientes.

Las reuniones de aquel tipo singular con Luis se sucedieron, y ahora venía acompañado de otro personaje, un joven de aspecto relamido que lucía una eterna sonrisa bobalicona en su rostro lampiño, y que llegaba siempre cargado de catálogos y muestras. Supuse que el tipo alto era un promotor, y el bobalicón, su arquitecto, aunque también, por las pintas, podrían ser un jugador de golf y su *caddie*. Por nuestro bufete desfilaban diariamente muchas personas, pero aquellos dos no tenían nada en común con el tipo de clientes a los que estábamos acostumbrados. Los promotores eran gente que había hecho mucho dinero últimamente y, entre ellos, a unos les gustaba mostrarlo ostentosamente, y los otros parecían recién llegados del pueblo. En cuanto a los arquitectos, eran de otro nivel, más elegantes y cultivados, y se les notaba lo contentos que estaban de haberse conocido. Durante un mes no ocurrió nada reseñable, y como teníamos muchísimo trabajo, cada uno se ocupaba de sus asuntos y las visitas de la extraña pareja, cada vez más espaciadas, se diluyeron en la rutina laboral.

Una noche que me había quedado a trabajar sola en el bufete, entré en el despacho de Luis a coger unos documentos. Advertí que su mesa estaba inundada de catálogos, me acerqué por simple curiosidad, algo un tanto extraño en mí, y me fijé en una revista que mi jefe se había dejado abierta.

Mi sorpresa fue total.

Allí estaba el tipo alto.

Sonriente, feliz.

Luciendo sus gafas rosas, una chaqueta morada y unos pantalones amarillos.

Con el bobalicón detrás de él, en segundo plano, algo encogido.

No era ningún promotor.

Tampoco un mamarracho sin importancia.

Era un interiorista.

Durante unos segundos, fui incapaz de reaccionar. Después, me senté en la silla de Luis, y leí el reportaje, titulado «Una flecha de plata». Aparecía en *Architectural Review*, una revista muy cuidada en la que mostraban «las casas más bellas del mundo». Según decían, Armando L., que así se llamaba el tipo, era uno de los jóvenes interioristas con más proyección de nuestro país. Armando contaba que había estudiado Bellas Artes y que durante unos años había sido pintor, había trabajado de camarero en bares y de dependiente en anticuarios. Además, confesaba que ya desde pequeño era «fanático» de las revistas de diseño y moda. Un día una amiga le propuso que la ayudara en la reforma del piso que acababa de adquirir, y Armando se lanzó a decorarlo. Fue todo un éxito. A través de amistades y conocidos, le salieron otros encargos, y pronto se dio cuenta «de que ése era su destino». Abandonó la pintura —«un modo de expresión en franca decadencia»—, viajó a la feria del mueble de Milán, a las de anticuario, diseñó sin parar bares, restaurantes, peluquerías, *stands* de ferias, tiendas y casas, y comenzó a trabajar con dos ayudantes, un arquitecto —el bobalicón—, y un prometedor escultor que creaba obras de arte y muebles únicos para sus proyectos. En pocos años, Armando «se convirtió en una referencia del interiorismo más provocador y exquisito». La mezcla de lo tecnológico y lo clásico, los toques locos de color y la apuesta por los espacios «limpios» eran sus señas de identidad.

El reportaje, en el que se veían fotografías de algunas de sus «creaciones» más celebradas, terminaba con su modo de entender la vida. Para Armando, «sólo la belleza es atemporal, sólo ella crea tradición. Lo feo debe desaparecer por completo, y el buen gusto es la medida de todas las cosas, desde el amor hasta la salud. El interiorista, mezclador de estilos y materiales, es el verdadero artista del siglo XXI». Armando se mostraba ilusionadísimo con sus nuevos proyectos, un restaurante en la azotea de una torre en Tokio y una sala de fiestas en Londres. Por último, detallaba cuáles eran sus «locuras preferidas», citaba nombres de arquitectos, diseñadores y «editores» de muebles que yo desconocía, y apostaba por la madera y el plástico.

Cuando terminé de leer me pregunté qué se traería Armando con Luis. Había dos posibilidades: o bien iba a ocuparse de decorar su nueva casa de Las Rozas, un pareado con piscina, o se trataba de nuestra oficina. Supuse que se trataba de la casa, porque nuestra oficina, a la que nos habíamos mudado hacía un año, sin ser espectacular, estaba muy bien.

Era un piso en la calle Academia, junto al parque del

Retiro, en una zona privilegiada de Madrid, con portero y entrada señorial. Contaba con una zona de recepción, una sala grande donde trabajaban las secretarias y los pasantes, con el archivo, dos amplios despachos para los socios, uno más pequeño para Javier y para mí, un trastero y una sala de reuniones. Los techos tenían molduras, estaba recién pintado de gotelé color hueso, el suelo era de madera, había una gran librería casi llena de libros, de las paredes colgaban grabados de caza y de barcos antiguos, y el mobiliario, aunque de diversa procedencia, era casi nuevo y muy funcional. Por muy esteta que fuera el tal Armando, y por muy ho-rri-ble que le pareciera nuestra oficina, cumplía a la perfección con su cometido, y ninguno de nuestros clientes, gente con dinero, se había quejado. Me extrañaba mucho que mis jefes quisieran reformarla, sobre todo teniendo en cuenta que acababan de invertir una buena suma en ella.

Naturalmente, me equivoqué.

A la semana siguiente, Luis, escoltado por un circunspecto Antonio, nos anunció que se avecinaban grandes cambios en el bufete. De imagen, precisó. El negocio iba cada día mejor, y ya era hora de dar un paso adelante. Él y Antonio llevaban tiempo dándole vueltas al asunto, sin llegar a ninguna conclusión, pero Luis tuvo la suerte de encontrarse por casualidad con Armando, hijo de un amigo de su padre, natural como él de Alcubillas, Ciudad Real, y se encendió la luz.

—Armando es un *crack* —dijo Luis, que parecía verdaderamente feliz—, y nos ha hecho un hueco en la agenda para ponernos al día. Ya le conocéis: en un par de meses, esta oficina no la va a reconocer ni dios.

Los empleados, salvo yo, recibieron la noticia con alegría y un ligero nerviosismo. A mí ese ambiente festivo y un tanto infantil me descentraba, y en cuanto pude, me retiré a mi despacho. Supe por Javier, quizá el más ilusionado de entre nosotros con las novedades, los detalles de la reforma.

Parece ser que nuestra oficina, tal como estaba, era un quiero y no puedo. Era aburrida y solemne, pero demasiado nueva como para transmitir esa respetabilidad, seriedad y tradición de los bufetes de abogados clásicos, con solera. Lo que Luis y Armando querían era transformar nuestra «cueva» para convertirla en un concepto moderno y diferente de despacho de abogados. Una oficina aséptica, tecnológica, sin papeles ni cables a la vista, atractiva visualmente, profesional. Ni siquiera tenía por qué haber libros de consulta, ya que hoy en día todo estaba ya guardado en archivos de ordenador. Debía transmitir una imagen de limpieza, de transparencia, de rigor casi científico. Cuando entrara un cliente, debía darle la sensación de que formaba parte de un proyecto ambicioso, eficaz y exitoso, y de que iba a poner su dinero en manos de los expertos en facilitar las promociones inmobiliarias: nosotros.

La revolución no tardó en hacerse visible. Un día llegaron unos operarios, desmontaron la librería y se llevaron los Aranzadis y todos los demás libros. A la vuelta de un fin de semana, vimos que el gotelé había caído: ahora las paredes eran lisas, y estaban pintadas de gris rata, o «gris calma», como lo denominaba Armando. Él aparecía una vez por semana por la oficina, y estaba entusiasmado con el proyecto, pese a que, dado su éxito en la profesión, no fuera demasiado importante para él. Quizá lo que le gustaba era ver cómo Luis, el hijo del farmacéutico del pueblo, le hacía la pelota a él, hijo del quiosquero.

Ya en marzo, Armando hizo sus entrevistas personales con cada uno de nosotros. A mí me tocó un miércoles, en una tarde lluviosa. Le pidió a Javier que nos dejara a solas, y comenzó a hacerme preguntas de todo tipo, algunas de índole personal. Me consultó sobre mis aficiones, mis amistades, mis costumbres y mis vacaciones. Yo me sentía incómoda, porque realmente no tenía mucho que contar, y le respondía con monosílabos. Me di cuenta de que yo no era nadie para él, de que era una mujer anodina, sin atractivo alguno, vacía. Durante un tenso silencio, Armando cogió a «Rusty», mi osito de peluche azul celeste, que estaba en mi mesa de trabajo, y se puso a mirarlo fijamente, casi con odio. Lo estrujó un poquito, y lo dejó otra vez en su sitio, con aparente delicadeza. Comentó con cierta desgana que el osito y una casita de muñecas en miniatura que descansaba junto al ordenador debían desaparecer de inmediato, y que al menos no tenía demasiados objetos es-pan-to-sos en mi escritorio. Me preguntó cómo imaginaba mi nuevo despacho —así me enteré de que en la nueva distribución había merecido despacho propio—, y yo le respondí, tratando de ganármelo, que confiaba plenamente en su buen gusto, y que no me imaginaba mi nuevo cuarto para nada, porque la creatividad no era mi fuerte.

Pero no me lo gané.

Quizá me la tenía guardada desde el primer día, cuando le dije que parecía un espantapájaros.

—Así, querida —concluyó Armando la entrevista—, que eres una perfecta o-pe-ra-ria. ¿Qué puedo hacer contigo? ¿Cómo se puede dar vida a un espacio invadido por una personita sin existencia, que sólo quiere a su osito de pe-lu-che?

En cuanto salió del despacho, me eché a llorar. Nadie me había hablado así en mi vida. Ni siquiera mis padres, que se las traían. Javier me vio llorando, y yo, como sabía que él no me podía comprender —pensaba realmente que íbamos a entrar en el siglo XXI de la mano de Armando y, además, nuestra relación era estrictamente profesional y más bien competitiva—, le mentí y le dije que tenía un problema personal. Quizá fuera cierto. Armando había puesto el dedo en la llaga. Al llegar a mi casa continué llorando, y aquello de que era una personita sin existencia me dolió especialmente. Hasta entonces, volcada en el trabajo, no me había dado cuenta de lo sola que estaba y de la imagen tan triste que tenían los demás de mí.

Reformaron los baños, ahora de acero inoxidable, se instaló una cocina vista roja en la sala de las secretarias y los pasantes, desapareció todo el antiguo mobiliario, y fue llegando el nuevo. Así descubrí que había marcas como Kartell, Vitra o Knoll, y colores como el rosa palo, el azul cobalto o el naranja otoñal.

Dos meses después la transformación, a falta de unos detalles, se había completado. Mi despacho, el antiguo trastero, había quedado muy bien, aunque a mí me daba grima sólo de pensar en que era obra del odioso Armando. Tenía una silla original Lobby Chair, de Charles y Ray Eames, una mesa inmensa de formas curvas, un teléfono transparente con las teclas verdes translúcidas, un ordenador de pantalla plana y, por orden de Armando, colgaban de la pared una foto mía ampliada esquiando —la única vez que fui en mi vida, con mis padres, a Navacerrada, cuando tenía doce años—, y otra con una amiga junto a la pirámide de Keops —un montaje, nunca estuve allí—, las dos en blanco y negro. En el «espacio» restante había un gran tiesto de barro con bambúes, una escultura de hojas de periódico guillotinadas en forma de mariposa obra de uno de los acólitos de Armando, una mesa baja marroquí de latón, y dos sillones de metacrilato para las visitas. Aquello no tenía nada que ver conmigo, pero todos me decían que «era yo».

Lo cierto es que parecía otra oficina. Los Aranzadis y los libros se habían convertido en dos minibares ondulados, que ahora daban un toque de clase a los despachos de los socios. El nuevo logotipo de G y M aparecía impresionado sobre un vinilo inmenso en la recepción. La librería, antigua, de alguna madera noble y oscura, que ahora guardaba unos archivadores metálicos de colores vivos, era uno de esos toques de anticuario típicos de Armando, como la mesa de reuniones de mármol negro, o el perchero de caoba de la entrada. El resto era puro diseño y alta tecnología, desde los ordenadores hasta las mesas y las sillas, todas diferentes. La madera del suelo ahora era de color negro. Los clientes parecían encantados con la nueva oficina, y Luis estaba exultante.

Pero había un problema.

Nosotros, las personas.

No estábamos a la altura de la creación de Armando.

A Luis y a Antonio algo les debió de decir Armando, porque de un día para otro aparecieron en el bufete vistiendo ropa nueva, cara y de marca. Se habían acabado los trajes de Cortefiel. La moda italiana había invadido el bufete. También cayeron las botas de piel de cocodrilo de Antonio, sustituidas por unos zapatos negros de cuero con hebilla. Al verles tan elegantes, tan mimetizados con el ambiente, los empleados nos dimos cuenta de que nos estaban enviando un mensaje. Javier no tardó ni un día en gastarse el sueldo en ropa, eso sí, algo hortera. Las secretarias visitaron H y M y se atiborraron de conjuntos, los pasantes se atrevieron con unas corbatas mil rayas, y hasta Gemma, la punky, nos sorprendió con una blusa blanca y unos recatados pantalones de pinzas negros que contrastaban con los piercing de su lengua. Me di cuenta de que aquello era cuestión de supervivencia, sobre todo teniendo en cuenta que Luis, desde que comenzó la revolución, me trataba con cierta frialdad, y que un día, cuando hice un comentario simpático sobre Armando y los nuevos tiempos, mi jefe no lo encontró nada gracioso. Me lancé al centro comercial de Príncipe Pío, que estaba cerca de mi casa, y compré un par de trajes, dos chaquetas, tres faldas y dos pares de zapatos. Era ropa muy mona, pero en cuanto me la puse, supe «que no era yo».

Para colmo, ahora no nos permitían que dejáramos nada sobre la mesa, a no ser que fuera imprescindible. «Orden y estilo», como decía Luis, el paladín de la modernidad. Yo, que me organizaba estupendamente con post-it, tuve que cambiar de método. El ritmo de trabajo seguía siendo infernal, pero ahora, además, el desafío añadido de la imagen creaba una ansiedad terrible entre nosotros.

Porque no teníamos arreglo.

Sabíamos que éramos feos.

Toscos.

Opacos.

Luis, a quien ahora invitaban los clientes a jugar al golf —estaba dando un cursillo nocturno—, no tardó en darse cuenta de nuestras limitaciones. Recuerdo que en una de las últimas visitas de Armando, en mayo, los dos amigos se pasearon por la oficina observándonos uno a uno y haciendo comentarios en voz baja, como si fuéramos chimpancés en una jaula del zoo. Yo ya debía de estar en el punto de mira de Armando. Poco después caía la primera fea, Lola, la recepcionista. Fue sustituida por una chica joven, morena, algo rellenita, y muy sensual. La siguió Inma, una de las secretarias, obesa y algo deslenguada, que dejó su silla de plástico naranja a una rubia oxigenada que sonreía sin parar. El siguiente en abandonar el barco fue Juan, el pasante más timorato, un chico con aspecto de rata de biblioteca y acné juvenil, que fue reemplazado por un estudiante enérgico y vivaz. Una mañana primaveral, Luis me abordó con la mejor de sus sonrisas:

—¿Puedes venir a mi despacho un momento? —me dijo, cada vez más educado en su trato con nosotros—. Tengo que hablar contigo.

Si eso te lo dice tu hermana, es que se ha quedado embarazada. Si es tu padre, es que se vuelve a casar. Si es tu madre, que abandona a tu padre. Si es tu novio, que está con otra y no quiere volver a verte. Si es tu mejor amiga, es que te odia desde la primaria, y no te soporta desde entonces. Y si te lo dice tu jefe, es que te va a despedir.

Me echó.

Necesitaban a alguien mejor preparado.

Más viajado.

Más suelto.

Alguien que estuviera realmente ilusionado con el proyecto.

Me sentó fatal. Me despidieron a la americana, sin darme tiempo para reaccionar. Armando había ganado la partida. Eso sí, me permití insultar a Luis, y esa misma tarde hablé por teléfono con Antonio, que aseguró no estar de acuerdo con la decisión. No le creí. ¿Por qué iba a hacerlo? Él era socio a medias con Luis, y si me hubiera defendido, no me habrían humillado de esa forma.

Las tres primeras semanas sin trabajo las pasé deprimida, sin ganas de nada. Seguía enganchada a G y M, y llamé a Javier para que me contara cómo iba todo y quién era mi sustituto, pero el muy cerdo no se quiso poner al teléfono. Al final fue Gemma quien me mantuvo informada. La punky resultó ser la más legal. Ahora G y M era una oficina de guapos. De los antiguos empleados ya sólo quedaban ella y Javier, los únicos que tenían buena pinta. Mi puesto lo ocupaba un abogado joven, con máster en

Estados Unidos y que vestía camisas azules de cuello blanco y tirantes. Lo único gracioso era que Antonio, el técnico del tándem, había recuperado sus botas de piel de cocodrilo. Aquel gesto fue un mensaje para Luis, y debió de molestarle muchísimo. Al oír por boca de Gemma que Antonio, además, volvía a vestir sus trajes gastados de siempre y a mascar chicle, sonreí por primera vez en mucho tiempo.

Decidí olvidarme de G y M y mirar hacia adelante. Yo no soy de las que no se levantan. Traté de mejorar, de ponerme al día, de conquistar una vida aparte de la del trabajo. Disponía de una buena indemnización, tenía ahorros, y tiempo. Y a mis treinta y dos años, seguía siendo joven. Quería demostrar a Armando y a Luis, aunque ellos no se fueran a enterar, que yo no era una mujer sin alma. Hice de todo, con resultados diversos. Pero un día soleado de diciembre, mientras mi monitor de esquí en Xanadú corregía mis movimientos, me di cuenta de que aquello no tenía sentido. Armando era un imbécil, Luis otro, y sencillamente eran incapaces de valorarme con justicia y objetividad. Yo no era un cero a la izquierda, sino una magnífica letrada con mucho que ganar.

Al regresar a mi apartamento me deshice del equipo de esquiar y preparé mi currículum. Comencé a enviarlo a una lista de bufetes que obtuve por medio de una amiga. Entonces, ya en enero, me llamó Antonio a casa.

Había abandonado el bufete.

Me ofreció ser su socia.

Dos patitos feos, un nuevo proyecto, dijo.

Acepté.

Nos pusimos manos a la obra.

En un mes ya le habíamos quitado ocho clientes a Luis.

Por su cumpleaños, en febrero, le envié a mi ex jefe

una nota. «Felicidades, Luis», decía. Y después: «Por cierto, ¿hay alguna ley que diga que los patitos feos no podemos ganar mucho más dinero que los es-ti-lo-sos?». Y me despedía: «Que tengas tanto éxito como nosotros, un fuerte abrazo (y recuerdos para Armando)...».

Naturalmente, no me ha contestado.

Pero yo pienso seguir felicitándole.

Estoy deseando que llegue la Navidad.

LA GUÍA

El anciano camina a pasos cortos, arrastrando los pies, titubeante, cauteloso entre la muchedumbre. Tiene miedo, ve mal, le da la sensación de que en cualquier momento alguien le va a golpear o de que va a perder el equilibrio y se va a romper la cadera. Decide que a sus ochenta y seis años ha llegado la hora de comprarse un bastón. Cruza Sol y llega a su destino, la librería de unos grandes almacenes. Los dependientes están ocupados y el anciano se queda unos minutos sin saber muy bien qué hacer. Al cabo, se acerca una empleada joven y sonriente, y el anciano le pide una guía y un mapa del Paraguay. «¿Paraguay?», dice ella, sorprendida. «Creo que no tenemos nada, lo siento.» La dependienta confirma en la base de datos del ordenador que no hay ninguna publicación sobre el país sudamericano, y al ver el gesto contrariado del hombre, le aconseja que vaya a una librería especializada en viajes. Le proporciona un par de direcciones, y el anciano, a pasos cortos, cauteloso, se dirige hacia la salida.

Primero fue Susi, la dominicana que aseguraba contar dieciocho años recién cumplidos. Cocinaba mal, se maquillaba en exceso, hablaba por el móvil sin parar, escuchaba merengue a todo volumen, y era demasiado guapa. Después llegó María, la boliviana. Lo ordenaba todo, cambiaba de lugar una y otra vez los objetos, y hasta se atrevió en una ocasión a tirar unos recortes de prensa antiguos a la basura. Y más tarde Mayuba, la marroquí; Ameriquín, la segunda dominicana; Nela, la ecuatoriana, y así hasta doce. Doce mujeres en año y medio. Antonio, su único hijo, estaba desesperado. Le echaba unas broncas terribles por teléfono y le amenazó con no enviarle a nadie más, porque sospechaba que lo que pretendía el anciano era llamar la atención y avivar en él su mala conciencia por vivir tan lejos, en Bruselas. Entonces llegó Albert Andrés. Llamó a la puerta, se presentó, y a la semana se mudó al apartamento.

Desde que aquel afable neurólogo le aconsejó escribir un diario (pérdida de memoria aislada, deterioro cognitivo ligero), hace cuatro años, el anciano se afanaba todas las noches, antes de dormir, en emborronar un par de páginas con los acontecimientos fundamentales de cada jornada. Por eso sabía que Albert Andrés le soltaba su frase favorita, «No soy de la misma opinión», una media de dos veces y media por día. El anciano hablaba y hablaba sobre naderías y Andrés callaba, sin siquiera responder a las preguntas. Pero llegaba un momento, dios sabrá por qué, en el que el anciano cruzaba con sus opiniones una línea imaginaria que Albert Andrés (o Andrés, o Andresito) no estaba dispuesto a permitir que se traspasara. Entonces, con su calma habitual, sin que variara un ápice la expresión serena de su rostro y de sus gestos, decía: «Yo no soy de la misma opinión», y después, sin importarle la reacción del anciano, se parapetaba tras su proverbial silencio. Al principio la educada insolencia del paraguayo le hacía subirse por las paredes, pero luego, con el tiempo, se habituó. «No soy de la misma opinión», decía Andrés. Y el anciano, siguiendo la costumbre, le miraba a los ojos y añadía: «Eso te pasa porque eres un ignorante, Andresito». Y el monólogo del viejo continuaba durante un tiempo, hasta la siguiente interrupción.

Antonio, su hijo, era un desastre. Había logrado ser diplomático, vivía en una casa bien situada en Bruselas, se había casado, ganaba un buen sueldo, pero era un cero a la izquierda. Inseguro, cobarde, rencoroso, traidor, inmaduro, poco cariñoso. El anciano se refería a él —las pocas veces que lo hacía, ya fuera por falta de ganas o de oportunidad— como «la perla». No se veían desde hacía más de un año, aunque mantenían cierto contacto telefónico. Lo único que no le podía perdonar a su hijo fue cómo trató a Andrés en las pocas ocasiones en que se vieron. Como si por ser un ignorante fuera un ser inferior, mandándole de aquí para allá, acusándole subrepticiamente de que estaba aprovechándose de su padre, sin ningún respeto. Ahora se daba cuenta de que Antonio era la suma perfecta de las imperfecciones de Luisa, su madre, y de las suyas propias. Le quería por defecto, pero no esperaba nada de él. Antonio era un accidente de la naturaleza, un vacío, un agujero negro. Como él mismo.

Durante tres años, seis meses y diez días, Andrés no falló ni una sola vez. Cuidaba de él las veinticuatro horas del día. Incluso cuando no estaba en la casa o era domingo, se preocupaba por él y le llamaba por teléfono. No trató de obligarle a cambiar sus rutinas, a mejorar su aspecto o a hacer más ejercicio. No insistía para que viera a los pocos conocidos que quedaban con vida. Le dejaba en paz, y eso fue lo primero que notó el anciano, cuando llevaban ya un año de convivencia. No le molestaba, no le inquietaba, no le daba problemas. Andrés se había convertido en una presencia sedante, en una compañía silenciosa, en el fantasma perfecto.

El viejo despliega el mapa de Paraguay sobre la mesa del comedor y lo estudia con detenimiento. No hay mar. Es un país más bien pequeño, encajonado entre Bolivia, Argentina y Brasil. Los topónimos le gustan, son sonoros, y aunque sea paradójico, extraños y cercanos a la vez. Pilcomayo, Ypabobo, Galpón, Rosario, Curuguaty, San Rafael, Pan de Azúcar, Paraná, Yacyretá. El anciano piensa que son palabras que le recuerdan lo mejor de su infancia, y se sonríe tímidamente por su idea, un tanto disparatada. Entonces coge la guía de Paraguay y, mientras se sienta en el sillón de orejas, se dice que va a ser el primer libro leído por decisión propia desde que tenía veinte años, cuando se prometió no volver a leer ninguno más. La guía es del año 1999, de la editorial Laertes, y le ha costado mucho conseguirla. No hay guías modernas sobre Paraguay, y las antiguas están agotadas. La abre, un tanto nervioso, y busca la ciudad de Tobatí. «Tobatí. Departamento de la Cordillera. A 70 kilómetros al este de Asunción. C.T. 0516. En la entrada del pueblo, uno se siente observado por las miradas fijas de sus moradores. Afortunadamente, se trata sólo de una obra de arte compuesta por tres descomunales cabezas de indios y varios jarros grandes de barro, todo ello situado a los pies de un pequeño macizo de piedras. La obra ya refleja lo más significativo de Tobatí: la fabricación de cerámicas.»

No estaba de acuerdo con lo que dijo un famoso psiquiatra en un programa de televisión. Según él, los ancianos vivían en el territorio de los recuerdos, que se iba ampliando según pasaban los años, hasta convertirse en el amo supremo de su existencia. Él siempre se había esforzado por olvidar. Por olvidar su infancia, la guerra, su trabajo de funcionario, su familia de Burgos, a su mujer ya muerta, todo. Pero un día se dio cuenta de que cada vez le costaba más acudir a la memoria, y eso le irritó. A él le gustaba controlar el olvido, pero ahora las termitas habían entrado en su cerebro. Por eso fue al neurólogo y por eso comenzó el diario. Ahora, en ocasiones, algunos rostros, imágenes e historias le sacudían de repente, sin avisar. Y no sabía muy bien cómo tomárselo, porque en lugar de acompañarle, le hacían sentirse aún más solo.

Llevaban ya dos años conviviendo y no sabía casi nada de él. Paraguayo, cuarenta años, mestizo, católico, hablaba castellano y algo de guaraní, natural de Tobatí, no lejos de Asunción. Tenía mujer e hijos, pero no sabría decir cuántos. Rara vez hablaba de sí mismo, y cuando lo hacía, tampoco era directo. Si estaba hablando por teléfono y él irrumpía en la habitación, colgaba de inmediato. Tenía un ordenador, y había instalado internet y una cámara, todo a su costa. El mate en invierno, el tereré en verano y los kebabs eran sus únicos vicios visibles. Le gustaba el fútbol, aunque aparentemente no era hincha de ningún equipo en concreto. En sus ratos libres se encerraba en su cuarto, y si salía de casa, apenas le contaba lo que había hecho. Era aseado y vestía sin alardes. Lavaba la ropa, planchaba, limpiaba la casa, mantenía un desorden perfecto. Cocinaba muy bien, y le preparaba especialidades paraguayas. Boriquesú, un caldo con unas bolas de harina de maíz y queso. Escalope a la napolitana, albóndigas, arroz, asados de carne. Sopa paraguaya, un pastel de harina de maíz, queso del país, leche, huevo, manteca, aceite y sal, cocinado al horno. Arroz con leche, budín. Un día el anciano se sorprendió al darse cuenta de que ya no le gustaba tanto que Andresito fuera un fantasma, o de que, aun siéndolo, ya no lo era para él.

El anciano mira en el buzón del correo. Nada, ni siquiera publicidad. Sube en el ascensor y, antes de entrar en casa, se asoma. Efectivamente, Sara sigue allí, se oyen sus gemidos de vaca moribunda. Lógico: quedan tres horas para que den las nueve y media de la noche. Pero no se acostumbra a su presencia. Todavía no ha disminuido la fuerte sensación de que es una invasora, pese a que ya lleva ocho meses con él. El viejo entra y acelera, camina todo lo rápido de que es capaz, trata de escabullirse a su dormitorio antes de encontrarse con la cuidadora. Pero Sara le ha oído y aparece en el salón con un trapo en una mano y un bote de limpiacristales en la otra. Le riñe por haber salido a la calle sin ella otra vez y le amenaza con dejar el trabajo si vuelve a hacerlo. El anciano, rabioso, con ganas de darle un guantazo, no contesta. Va a su cuarto y cierra la puerta con pestillo. Se sienta en la cama y saca el contenido de la bolsa de plástico. No sabe qué hacer con *Yo el supremo*, el libro que ha comprado en el quiosco. Hace un mes le preguntó al quiosquero si tenía algo relacionado con Paraguay y ahora Pepe le había traído aquel libro, según él, obra de un gran escritor, un tal Augusto Roa Bastos. Parece ser que la novela retrataba a Juan Gaspar Rodríguez de Francia, el primer dictador paraguayo. Según el quiosquero, Gaspar dirigió con puño de hierro el país durante más de veinticinco años, apostó por la autarquía, y redujo drásticamente el analfabetismo. El anciano se quita las gafas de ver de lejos y se pone las de vista cansada. Abre una página al azar y lee un párrafo. Le resulta difícil, farragoso, y lo cierra. Se da cuenta de que en su dormitorio no tiene ninguna estantería, y guarda el libro en el cajón de la mesilla. Ahora coge un taco de folios impresos, y los hojea con avidez. También se los ha proporcionado el bueno del quiosquero, con quien todas las mañanas charla un rato. Son noticias sacadas de internet sobre el terrible incendio del centro comercial Ycua Bolaños de Asunción, acaecido en agosto de 2004.

El último año y medio que convivieron el anciano y Andrés fue igual en la forma, pero diferente en el fondo. El anciano mantuvo el acuerdo tácito que había entre ellos de no hacer preguntas personales (iniciado a partir de su falta de interés por el paraguayo, todo sea dicho), pero comenzó a anotar en el diario toda la información que Andrés deslizaba de tiempo en tiempo sobre sí mismo. Además, se interesaba por sus movimientos, dentro o fuera de casa (sin espiarle, eso sí), y le tiraba de la lengua. Fue entonces cuando el anciano cayó en la cuenta de que Andrés utilizaba su frase favorita, «No soy de la misma opinión», más de dos veces diarias. Y también cuando comenzó a trazar su retrato, aunque fuera incompleto. Andrés tenía mujer y seis hijos de edades comprendidas entre los cinco y los veinte años. Antes de emigrar a España, había trabajado muchos años como chófer de una camioneta. Llevaba a ocho mujeres, ocho vendedoras, y transportaba la mercancía que éstas vendían puerta a puerta por los barrios y las ciudades aledañas de Asunción. Lambaré, Trinidad, Ytauguá (tejido ñandutí, encajes en forma de tela de araña, según la guía), Ypacaraí (lago, aguas bendecidas marrones, rodeado de colinas verdes), Caacupé (cordillera, virgen de los Milagros, basílica), y barrios de la capital como Ñemby, San Lorenzo o Capiatá. Él era el responsable de la camioneta y de las mercaderías, que consistían en artículos de menaje del hogar, toallas, sábanas, y otros. Andrés preparaba una ruta e iba dejando a las mujeres en diferentes puntos de un barrio o una ciudad, y al final de la jornada las recogía. Las vendedoras llamaban a las puertas de las casas y ofrecían sus productos. Vendían a cuota, esto es, a plazos, y se llevaban una comisión de cinco o diez mil guaraníes según los artículos. Sábanas y toallas a plazos, sin rebajas, pequeñas comisiones para las mujeres. Si faltaba algo, Andrés lo tenía que reponer de su bolsillo. Ganaba lo suficiente como para dar de comer a su familia, vestir a sus hijos y proporcionarles una educación básica en un colegio estatal. Su mujer trabajaba con él, era vendedora, y estaban razonablemente contentos. Hasta que algo ocurrió y Andrés se tuvo que ir a España. El viaje le costó mil novecientos dólares, financiados por la agencia, con la casa como garantía, y Andrés devolvió el importe en un año y medio. Andrés nunca le contó al anciano qué fue lo que le hizo emigrar, aunque no hay que ser demasiado avispado para suponer que fue algo malo, una desgracia.

El anciano está acabando de leer los folios que le dio el quiosquero sobre el incendio. Sabe que ocurrió cuando Andrés ya estaba en Madrid, y que ni a su familia ni a él les afectó directamente, pero quiere informarse porque Andrés se quejó una vez de que en los periódicos españoles jamás se hablaba de Paraguay. «Los paraguayos somos aquí como fantasmas», le dijo, sin perder la sonrisa. Desde que llegó, el único asunto que había merecido la atención de los medios fue el incendio del centro comercial Pozo Bolaños, Ycua Bolaños en guaraní. Y ni siquiera de eso se había enterado el anciano. Por eso está leyendo las noticias sobre el siniestro, pero un grito de Sara, la cuidadora peruana, le interrumpe: «¡La merienda!». Tiene hambre y le apetece el colacao con galletas, pero con un gesto de rabia se ajusta las gafas y decide hacer oídos sordos y continuar leyendo. Sara le trata como a un niño, quiere que renuncie a su dignidad, que babee y succione como un bebé. Se la imagina enfadada porque «el maldito viejo» no sale a tomar su colacao, y se sonríe. El supermercado Ycua Bolaños, «el más moderno y seguro de Asunción», según rezaba su publicidad, comenzó a arder el domingo 1 de agosto de 2004, a las once y media de la mañana. Murieron más de cuatrocientas personas y hubo centenares de heridos. Se cree que el incendio se originó por la combustión de grasas y carbonillas en un codo del tiro de la chimenea de la parrilla. El techo se quemó y el fuego se propagó por todo el local, una casa de comidas situada en un patio. Los responsables de la casa de comidas cerraron las puertas para que nadie se fuera sin pagar y los clientes murieron asfixiados y carbonizados mientras trataban de escapar de la trampa de humo y fuego. Dieciséis niños, alumnos de la cercana escuelita República de Uruguay, celebraban el cumpleaños de uno de ellos; murieron todos. El guardia de seguridad Daniel Areco impidió la entrada de los bomberos pistola en mano. Un hombre y su mujer se separaron durante el caos; cuando se reencontraron, ella estaba ciega. Un médico que colaboró en el rescate se encontró el cadáver de su propio hijo. Varios bomberos sustrajeron dinero de las cajas registradoras durante las tareas de rescate. El local no disponía de escaleras ni de salidas de emergencia. Juan Pío Paiva, el dueño del negocio, aparece en las fotografías como un hombre de nariz aguileña, mirada perdida y escaso pelo blanco peinado hacia atrás. Como su hijo, el obeso Víctor Daniel, espera el juicio por homicidio doloso y lesión grave en la Penitenciaría Nacional. Entre los imputados se encuentra Bernardo Ismachowiez, arquitecto y constructor del supermercado, pero no están Enrique Riera y Martín Bart, los intendentes que permitieron la apertura del local. El anciano lee que los huérfanos recibirán un subsidio, que varios familiares de las víctimas se suicidaron, que se han hecho galas benéficas en homenaje a los damnificados, que a las dieciséis cuarenta de la tarde de la tragedia había una mujer de cuarenta años de pelo negro y vestida de negro sin identificar en el Hospital de Clínicas de Asunción, y se pone a llorar. No llora por Andrés, ni por esa mujer, ni por Ycua Bolaños, sino por él. Porque el incendio es su propia vida, vana y corrupta, que se le está acabando, y porque piensa que la historia del mundo es también la de ese centro comercial, o la del 11 de septiembre, o la del 11 de marzo, o la de tantos otros sinsentidos, y porque sabe que mires donde mires y escarbes donde escarbes, sólo encuentras soledad y horror.

¿Qué más se podía decir sobre Andresito? Era sin duda un hombre serio y cabal, de una pieza, algo que el anciano respetaba. Apenas hablaba, pero no porque no tuviera nada que decir, como tantos otros que así escondían su fatuidad, sino por decisión propia, porque prefería escuchar. Era cariñoso sin empalago alguno, y no se amedrentaba cuando el anciano se enrabietaba y comenzaba a gritarle. Eso ponía aún más nervioso al viejo, su serenidad, pero debía reconocer que era otro rasgo positivo de su carácter. Tenía manos ásperas y era corpulento, pero se movía con cierta elegancia y manejaba los objetos con delicadeza, como si fuera muy consciente de que cuando quisiera podría romper todo aquello que tocaba. Sus ojos oscuros no engañaban, contaban que había vivido y que no le gustaba demasiado lo que había visto. Tan sólo sonreían en ocasiones especiales, como aquella en la que le mostró las fotografías que llevaba en la cartera de su mujer y sus hijos (la mujer era morena, fea y enjuta, y los niños graciosos, pero también muy feos), o cuando el viejo perdía los estribos. El anciano sospechaba que los domingos se iba a jugar al fútbol con sus compatriotas (salía en chándal), y también que iba a misa, y que se tomaba unas cervezas de vez en cuando. Y sabía que cada 15 de mayo (día de la fiesta nacional, celebración de la independencia de España el 14 de mayo de 1811), se emborrachaba a conciencia. ¿Y en su habitación, qué hacía? Matear, dormitar, leer la Biblia y novelas baratas, chatear con su familia. A los cuatro años, Andrés era para el anciano el mejor amigo que había tenido jamás.

Cuando le dijo que se marchaba, el viejo se murió otro poquito.

Lo tiene todo planeado. Hoy ha estado en el banco, y mientras le atendían ha mandado a la idiota de Sara a la compra para que no le cuente a su hijo que ha sacado todos sus ahorros. Se sabe la guía de Paraguay de memoria, y también ha estudiado el mapa. Con el libro de don Augusto Roa Bastos no ha podido, pero quién sabe, quizá se lo lea durante el viaje. Y ya tiene el pasaporte, que ha sido lo más complicado de solucionar. Ha tenido que engañar a Sara tantas veces, que al final hasta le daba un poco de pena. Porque el viejo ha decidido hacer el primer viaje transoceánico de su vida para plantarse en Paraguay, ese país de 407.000 kilómetros cuadrados. Va a ir a Tobatí y ya a buscar a Andresito. Sea cual sea su problema, va a ayudarle a él y a su familia feíta, aunque él le diga que no es de la misma opinión. Y después va a conocer con su amigo ese país tan misterioso, ese país que no interesa. Va a visitar la árida llanura de El Chaco, va a mojar los dedos en el Paraná, va a subir a la cordillera de Mbaracayú, va a zamparse un asadito en Asunción, va a rezar en la catedral, va a ver las famosas cataratas de Iguazú, va a comprar en el barato, barato mercado de Pettirossi, va a subirse al tren de vapor de la línea Asunción-Ypacaraí, va a adentrarse en la selva de Caaguazú, y va a avistar ñandúes, tucanes, loros, tapires, monos y hasta pumas en el Parque Nacional de Cerro Corá. Nadie va a saber de su viaje, y cuando su hijo Antonio indague y se entere, él ya estará a miles de kilómetros. Aunque tiene miedo, ahora ya no le incomodan tanto sus achaques. Tiene gafas de repuesto, un bastón, unas zapatillas de deporte nuevas de color plateado, una bolsa de medicinas, ropa ligera y cálida, un chubasquero y la vieja maleta de cuero que apenas ha utilizado. Ya sólo le queda comprar el billete a Asunción, con la vuelta abierta. Para que no le den la murga en la agencia, va a decir que se va a ver a un hermano que emigró a Paraguay para la construcción de la central hidroeléctrica de Itaipú, la más grande del mundo, con una capacidad de producción de 75.000 millones de kilowatios por año, dieciocho generadores de veintisiete metros de altura, y con tanto hierro y acero en sus instalaciones como para construir cuatrocientas torres Eiffel. Ha de viajar un domingo, cuando libra Sara, para que no descubra su huida hasta el lunes por la mañana.

Y sólo de pensar lo cerca que está del viaje, al anciano le tiemblan las piernas.

Hacía calor. El anciano se levantó de la siesta y fue a la cocina a beber un vaso de agua. Le sorprendió que Andresito estuviera en casa porque era su tarde de asueto dominical. Estaba cebando la guampa con agua fría, junto al fregadero. Al oírle llegar, le saludó sin volverse, le alcanzó un vaso de agua y añadió unos hielos a su infusión. Después se sentó con él a la mesa de la cocina y bebieron en silencio, sólo roto por las chupadas de Andrés a la bombilla de su tereré. Pero de pronto Andrés rompió a hablar. En una semana se marchaba de vuelta a Paraguay. Ya tenía el billete y no había vuelta atrás. No le podía explicar la razón, pero era de peso. El anciano se enrabietó. Para empezar, esas cosas se avisaban con tiempo, no de una semana para otra, y para seguir, creía que se tenían la suficiente confianza como para hablarlo con calma y sinceridad. Pero Andrés dijo que no había más que hablar. El anciano calló, tratando de asimilar la noticia, y Andrés cogió su preciada guampa, un bello cuerno de vaca con adornos de plata, y la bombilla también de plata labrada, y se las ofreció como regalo de despedida al anciano, en señal de su amistad. El anciano pensó que aquello parecía el final de una mala película de indios y vaqueros, el mate de la paz, el todos nos comprendemos y somos respetuosos, y le gritó a Andrés que ya que se iba tan pronto, que por qué no lo hacía esa misma tarde. Después se encerró en su cuarto, naturalmente sin aceptar el regalo de Andrés, e hizo oídos sordos a los intentos del paraguayo de hablar con él. Mientras oía cómo Andrés empaquetaba sus cosas y vaciaba su cuarto, le entraron ganas de salir y darle un abrazo, pero el orgullo se lo impidió. El viejo sabía que tenía toda la razón al enfadarse, pero también que una despedida tan agria le iba a doler mucho cuando se calmara. Y allí se quedó, deseando que el paraguayo forzara la puerta de su dormitorio para despedirse de él como dios manda, y sin querer salir, ni siquiera después de reconocerse a sí mismo que ya se había marchado para siempre. A los dos días entró la portera en la casa y arrugó la cara desencantada al ver que el anciano seguía vivo y que sus sospechas no eran del todo ciertas. Eso sí, parecía un tanto ido y olía muy mal.

Son las seis de la mañana. El viejo viste un chubasquero, unos pantalones vaqueros y sus zapatillas nuevas de deporte. Está frente al mostrador vacío de TAP Air Portugal, sentado sobre su vieja maleta de cuero. Es el primero de la cola, en la que por ahora sólo hay seis personas. La Terminal 2 del aeropuerto de Barajas se va animando poco a poco, y a la media hora llegan las azafatas de TAP y abren la facturación. «¿A Asunción vía Lisboa y São Paulo?» Al anciano le atiende una mujer madura y de aspecto serio, que se extraña mucho de que viaje solo. «¿No será un poco peligroso? ¿Tiene allí familia?» El anciano no se enfada, porque le encanta que le consideren un aventurero, un chalado, un inconsciente. Muestra a la azafata su mejor sonrisa, pues sabe que es mejor dar la imagen de un viejo loco, despistado y simpático para que le traten bien. Está muy nervioso y tiene la desagradable sensación de que en cualquier momento va a aparecer su hijo Antonio y le va a llevar de vuelta a casa. O Sara, que quizá sin saberlo él esté al corriente de los pormenores de su evasión. Cuando pasa el control de pasaportes, el anciano está sudando. No hace calor, suda por miedo. Le da miedo la mirada del Guardia Civil, aunque sea una mirada funcionarial, sin interés alguno. Le da miedo que le cacheen al pasar bajo el detector de metales, y sólo se calma un poco cuando ya está sentado junto a la puerta de embarque, con la maleta a sus pies. No lee, no escucha música, no se va a tomar un café, no se da una vuelta por las tiendas del aeropuerto. Está concentrado en el mostrador de la puerta de embarque, aterrado de que el avión despegue sin él.

Por un momento, se relaja y sonríe pensando que Julio García Granados, el funcionario jubilado, podría acabar muerto y enterrado en Paraguay, ese país fantasma.

Nadie se enteraría.

No saldría en ningún periódico.

Se habría evaporado misteriosamente.

¿Y no es ésa una forma de inmortalidad?

LA REDACCIÓN

Entre mis momentos felices favoritos están los animales. Los gatos no me caen bien, porque se enfadan demasiado y se hinchan y son egoístas, pero los perros, sí. Hay un perro que se llama *Rex* y que vive en el 2.° D. Es un pastor alemán, marrón y negro. No muerde, aunque a mi hermana la mordió hace quince días en la mano y le hizo un poco de sangre. Ahora no me dejan acariciarlo, porque fue malo. Siempre que oigo sus ladridos por el pasillo, salgo a verlo. Él se pone muy contento y saca la lengua y me llena de babas. La dueña (una chica rubia que, según los vecinos se ha operado los labios, aunque yo creo que los tiene como siempre), en cuanto aparezco, me sonríe y me dice que vuelva a entrar en casa, que no quiere problemas.

Una vez, antes de que ocurriera lo de mi hermana, me dejaron acompañarla durante el paseo. Es bastante simpática y muy coqueta (se echaba la melena hacia atrás una y otra vez, y me preguntó si me gustaban sus pantalones vaqueros). *Rex* tiraba todo el rato de la correa, quería olerlo todo, y sólo se detuvo al lado de la rueda de un coche. En un descampado le quitamos la correa, y le lanzábamos una pelota y él la traía de vuelta, cogida entre los dientes. Venía corriendo hasta mí, saltaba y me ponía las patas delanteras sobre el pecho, manchándome de tierra el jersey. Hasta que se hizo de noche no regresamos a casa. Otros perros que me gustan son: *Chinchi*, *Junior*, *Tigre* y *Gus*.

Mi madre me regaló un hámster blanco con los ojos rojos. Está un poco gordo y le molesta que le toquen los bigotes, o que le tiren de las patas. Vive en una jaula y tiene una noria amarilla. Se pasa todo el día dando vueltas a la noria, y es muy divertido. También le gusta esconderse debajo del sofá del salón. A mi padre no le hace gracia sacarlo de allí, y siempre dice que ya saldrá cuando tenga hambre. Es el tercer hámster que tengo. Los dos primeros murieron de ataque cardiaco.

Otro animal son las moscas, pero ésas sólo están en verano, menos mal. En una excursión del colegio a una granja hemos visto también gallinas, pollos, cerdos, vacas y caballos. Sus establos olían muy mal, y la señorita Sonia me riñó por taparme la nariz. Los pollos y las gallinas me dan asco y no me caen bien. Picotean sin parar, como si estuvieran nerviosos y enfadados a todas horas. Los caballos son castaños, o alazanes, o bayos, o tordos, son veloces y duermen de pie. Me dejaron subir a uno pequeño que se llamaba pony, pero no me dejaron galopar. Los más graciosos son los cerdos, tan gordos y tan feos. De un cochino se aprovecha todo, hasta los ojos, las pezuñas y las entrañas. Cada vez que gruñían, nos reíamos sin parar.

Como en esta redacción no podemos hablar de la televisión ni de la consola, no hablo, aunque soy muy feliz con los juegos de *plataformas* y de *rallies*, y viendo los partidos del Atlético de Madrid (si gana) y los *Simpson* (si me dejan). Con mi hermana sólo soy feliz cuando no me quita los juguetes o cuando no se pone a llorar. Tiene cuatro años, y yo, nueve. Cuando la veo en el colegio me da pena, porque muchas veces juega sola. Es muy pequeña y lleva gafas. Yo le digo que busque a sus amigas, y ella dice que sólo tiene dos: una es Aída, su muñeca tuerta, y a la otra no la conozco (siempre está enferma). En casa jugamos a las parejas, con cartas. Se colocan todas las cartas sobre el suelo, boca abajo, y se da la vuelta a dos de ellas. Si es una pareja, te la quedas y es un punto. Si no, se vuelven a colocar boca abajo y le toca al otro. Mi hermana es muy lista, tiene una memoria que asusta y, si me despisto, me gana. Creo que sabe que hay tres cartas marcadas: la de Bugs Bunny con la zanahoria en la mano, la de Elmer el Gruñón con el rifle, y la de Blancanieves comiendo una manzana. También jugamos a los bolos. Ella se pone pegada a la pared de nuestro cuarto, y yo cojo una pelota y se la lanzo. Si le doy, gano. Si no le doy, tiro otra vez la pelota, y así hasta que acabo ganando.

Mis momentos felices favoritos con mis padres son dos. Con mi madre, un día (el veintiocho de marzo) que me dejó no ir al colegio porque me dolía una muela y tenía la cara hinchada. Por la mañana me preparó un desayuno especial, con zumo de naranja natural y toda la nocilla que quisiera. A las doce teníamos hora en el dentista, y yo me puse un poco pesado. Me prometió comprarme un juego de consola que había visto en un anuncio, y me calmé. En el dentista me porté francamente bien. Casi no lloré. Me sacaron una muela por primera vez, y me gustó mucho el jarabe con sabor a fresa que me dieron. También me regalaron caramelos sin azúcar, para otro día. La enfermera, que no paraba de hablar conmigo mientras estaba sentado en el sillón lleno de aparatos, no me cayó bien, pero no le dije nada. Yo creía que después de ir al dentista me iba a tener que quedar en el cuarto todo el día, pero mi madre dijo que el mejor modo de combatir el dolor era olvidarlo. Cogimos el coche y, sin decirme adónde íbamos, me llevó al parque de atracciones. Y no sólo eso: se subió conmigo a todas las atracciones, y se rió muchísimo, y nos comimos unos perritos calientes chorreantes de mostaza, y nos quedamos casi hasta que cerró. Ese día me di cuenta de que mi madre es muy divertida. Y hasta que me acosté, no me acordé del dolor de muelas, y no lloré. Del juego de la consola que me prometió y no me regaló, me acordé al día siguiente, mientras me pasaba la lengua por el hueco que había dejado la muela.

Con mi padre me gusta cuando me deja estar con él en su despacho los domingos por la tarde. Él es juez y trabaja mucho, también los fines de semana, y es muy serio. Cuando no trabaja, lee o ve las noticias o los partidos del Atlético de Madrid o me dice que echemos una partida de ajedrez, baggamon o damas. Cuando está en su despacho, no se puede hacer demasiado ruido y está prohibido entrar (ni siquiera mi madre puede, salvo que tengan que hablar en secreto). Cuando no está en su despacho, sólo puede entrar la asistenta. Una tarde mi padre salió del despacho a prepararse un aperitivo y vio que yo estaba en el salón, aburrido. Me miró muy serio y me dijo que si me apetecía estudiar un rato con él, en el despacho. Dudé, pero le contesté que sí. Fui por mis libros. Entramos.

La mesa es enorme, de roble. Está llena de legajos, como dice mi padre, y otros papeles y objetos. Hay chimenea, siempre encendida en invierno. A un lado hay una *chaisse longue* para descansar. Una *chaisse longue* es una tumbona rara. La librería, también de roble, está repleta de libros encuadernados en piel de color rojo, con las letras negras. Mi padre me dijo que me sentara en un sillón muy grande, y después se puso a trabajar en el escritorio. El silencio era total. Abrí un libro de Geografía, pero me puse a mirar una fotografía que no había visto nunca, en la que estamos mi padre, mi madre y yo cuando era muy pequeño. Es en blanco y negro, y mis padres sonríen. Yo estoy en brazos de mi madre, y no me reconozco tanto.

Pero me aburrí de la foto y del libro y me levanté. Cogí un pisapapeles que hay en una mesita, y mi padre se dio cuenta. Me miró muy serio, y después miró la hora en un reloj de pared. Me pidió que me estuviera quieto cinco minutos, y yo obedecí. Me fijé en una lámina con unos señores y unas señoras merendando en el campo. Al rato, mi padre me dijo que encendiera la radio. Yo no veía una radio por ningún sitio. Sonrió, muy serio, y me señaló una de las estanterías. Allí había una palanquita que abría unos libros de mentira, y detrás estaba la radio. Era un aparato moderno. La encendí, y empezaron a oírse los partidos de fútbol, muy bajito. «¡Gol en Riazor! ¡Penalti en el Bernabéu!» Me di la vuelta y mi padre estaba tumbado en la *chaisse longue*, con una bolsa de pipas en la mano. ¡Pipas! En mi casa las pipas son MP (Muy Prohibidas). Me señaló el sillón y yo me senté. Resulta que mi padre hace quinielas, y nos pasamos toda la tarde escuchando la radio, casi en silencio porque se oía bajito, comiendo pipas, tomando cocacola y quejándonos de los resultados. Después me dijo que era un secreto. Desde ese día hacemos la quiniela juntos y algún domingo por la tarde me dice que me vaya a estudiar con él, pero a veces tengo que estudiar de verdad.

Me queda hablar de los amigos. He de decir que mis amigos son secretos. Van al colegio, pero no puedo decir quiénes son. Tenemos nombres en clave. Yo soy Sorko. Luego están Tikur, Moruk y Rur. Todos somos *uruk-hais*. La mayoría de nuestras actividades son secretas, aunque también jugamos al baloncesto en el equipo del colegio. Mi mejor amigo es Moruk, que juega de base y es el máximo anotador del equipo, aunque el entrenador dice que es demasiado individualista. Yo soy el segundo anotador, y el tercero en asistencias. Aparte de vernos en los partidos y en los entrenamientos, nos reunimos en casa de alguno los sábados, y en otros lugares que no puedo decir.

Nuestra última misión sí la puedo contar. Estábamos en un descampado que hay cerca de la casa de Moruk, al lado de la carretera. Llevábamos un bote de cristal para coger escolopendras, que se esconden bajo las piedras y son peligrosas porque pican. Si metes en un bote a una escolopendra con algunas abejas, la escolopendra acaba con ellas en cinco minutos. Pero esta vez no encontramos ninguna. A cambio descubrimos un gorrión herido, con el ala rota. En realidad lo descubrí yo. Trataba de escapar corriendo, pero lo atrapamos y lo metimos en el bote, sin cerrar la tapa del todo para que pudiera respirar.

Tikur y Rur votaron matarle, para que no sufriera, y para ver si se defendía. Moruk y yo votamos curarle. Lo echamos a cara y cruz, y salió cruz. Moruk lo sacó del bote: era muy pequeño, y se hizo caca de miedo. Tikur y Rur querían matarlo allí mismo, pero les dijimos que ya lo habíamos echado a suertes y lo aceptaron.

Lo cogí y lo acaricié con un dedo. Las plumas de los gorriones son muy suaves, y en la cabeza, finitas, como pelusilla. Abría y cerraba los ojos, que eran negros, y también el pico. Temblaba. Le dimos hormigas, pero no quería comer. Intentamos enderezarle el ala, pero no quedaba bien. No sabíamos qué hacer. Rur dijo que era imposible curarle. Querían volver a votar, pero Moruk y yo nos negamos. Se me ocurrió una idea. Le dije a Rur que él era el encargado de salvarle, porque su padre era médico. Rur no quería, pero al final aceptó, sonriendo. Volvimos a casa de Moruk, metimos al gorrión en una caja de zapatos, le pusimos un poco de lechuga y hormigas, y Rur se lo llevó.

Al día siguiente Rur nos contó que su padre había curado al gorrión con una venda especial. El gorrión se había ido volando por la ventana de la cocina, y se había llevado la lechuga que le dimos en el pico. Su padre es un buen médico, y todos felicitamos a Rur.

Esa misión *uruk-hai* fue un momento feliz.

Ya no se me ocurren más momentos felices favoritos de este año.

LAS CENIZAS

Mi madre se había quedado rezagada, y la esperé. Hacía un bonito día de primavera: los robles y los castaños estaban llenos de hojas tiernas, los charcones espejeaban, la hierba cubría las parcelas situadas a ambos lados del sendero, y el zumbido de los insectos aumentaba la placentera sensación de estar en campo abierto. Corría una brisa fresca e intermitente, y el cielo, a excepción de un grupo de nubes blancas y alargadas al oeste, estaba despejado.

Bebí agua de la botella y, al ver que tenía los zapatos manchados de polvo, me agaché y los limpié con la mano, en un acto reflejo. Me irritó haberlo hecho sin pensarlo antes, y me dije con amargura que seguiría siendo durante toda la vida la niña que fui, seria, responsable y deseosa de satisfacer en todo momento a los demás. No era completamente cierto, pero la idea no se me fue de la cabeza hasta que me fijé en un rabilargo posado en un naranjo. Me pregunté cómo habrían llegado los rabilargos desde China —supuse que algún viajero habría traído una pareja, deseoso de exhibir ante sus paisanos la elegancia de su plumaje azul grisáceo, negro y blanco—, y cuando volví a mirar hacia el camino, mi madre me había alcanzado. Vestía un traje de chaqueta beige, una camisa negra y unos zapatos de tacón bajo también negros. Llevaba el cabello gris recogido en un moño y cubierto por una gorra azul marino para protegerse del sol, que a saber de dónde la había sacado, pero que seguramente a ella le resultaba muy *chic*. Parecía lo que era, una mujer de ciudad poco acostumbrada a las excursiones campestres. Iba sin maquillar, y ése era el modo de mostrar a todo aquel que se fijara en ella que estaba pasando por momentos terribles, y que aquella tarde no estaba precisamente de vacaciones.

Se derrumbó sobre mi hombro, gimoteando, y preguntó si quedaba mucho.

Sudaba.

Busqué con la mirada a mi tío, a mi hermano mayor y a mi hermana pequeña, y los divisé unos doscientos metros por delante, caminando en grupo. Echamos a andar, ella agarrada a mi brazo. Mi hermano mayor se giraba cada poco para ver dónde estábamos, y sus gestos airados hacían suponer que los acompañaba de algún que otro exabrupto. Mi madre empezó a contarme un problema que tenía con sus amigas de los viernes, pero yo traté de no escucharla. Quería concentrarme y pensar en mi padre, en los momentos agradables que habíamos pasado juntos, pero me era imposible. Quería recordar situaciones cotidianas alegres, y que esas situaciones se fundieran con el paisaje que estaba viendo, ese valle extremeño que a él tanto le gustaba, para que dentro de unos años, al acordarme de aquella tarde, volviera su imagen y la del paisaje, en lugar de la excursión propiamente dicha. No quería que mi familia me estropease los recuerdos, aunque sabía que iba a ser muy difícil.

Cuando volví a prestar atención a mi madre, me di cuenta de que, como en una letanía, no dejaba de murmurar «pobrecito» una y otra vez. Los demás nos habían esperado y mi hermano, tras besar a su madre en la mejilla, me lanzó una mirada reprobadora, como si yo tuviera la culpa del retraso, o de que nuestra madre tuviera calor y le dolieran los pies. El tío ora sonreía, con cierto aire bobalicón, ora expresaba su dolor con suspiros cortos que ahogaba cubriendo la boca con un pañuelo blanco y arrugado, que también usaba para limpiarse el sudor de la frente y de la calva. Mi hermana, sin embargo, parecía ausente, con los ojos enrojecidos y el aspecto de una mujer inocente recientemente violada por el destino.

Quedaba cerca de un kilómetro para llegar al arroyo y la comitiva se puso en marcha, encabezada por mi hermano. Llevaba la urna de barro con las cenizas sujeta entre la mano y el costado, y se le resbalaba poco a poco, obligándole a dar un incómodo golpe de cadera para volverla a colocar en su posición original. El esfuerzo lo realizaba con aparente fastidio, pero con secreta satisfacción, ya que así nos hacía saber cuán pesada era la carga que acarreaba ser el hijo mayor.

Mi madre se adelantó y se agarró al brazo libre de mi hermano, y el tío se vio en la obligación de aferrarse al mío, cuando lo que yo más deseaba era estar sola. Me sonrió un tanto cohibido, y al sentir la presión de su mano en mi brazo, que apretaba como si pensase que podía escapar, me di cuenta de que mis propósitos no se iban a cumplir, de que aquel paseo iba a resultar inolvidable, pero no por mi padre, sino por los que nos habíamos quedado tras irse él. El tío me contó en susurros sucesos de la infancia de mi padre, siempre relacionados con él, y del instituto, y de la universidad, pero yo, aunque agradecía su gesto y me gustaba escuchar historias de mi padre que ignoraba, no podía dejar de pensar en que, mientras duró la enfermedad, sólo vino a verle a Madrid una vez. Se quedó en casa cinco minutos y, para colmo, invirtió más de dos en decirle cuánto había cambiado su aspecto en tan poco tiempo.

Por unos momentos, con la voz aguardentosa del tío al fondo, logré por fin fijar la imagen de mi padre sonriendo, aunque por alguna extraña razón no pude recordarle algo más joven, sino en la última época, ya enfermo. Vi su rostro, y me reconfortaron sus ojos, oscuros y siempre atentos, prestos a recibir, bondadosos. Fue un hombre guapo, de nariz aguileña, frente despejada y boca firme. Tenía levemente separadas las paletas superiores, y esto le confería, si cabe, un mayor atractivo. Era alto, y conservó un cabello blanco como la nieve y poblado hasta el final. El tío, sin previo aviso, agachó su cabezota, me besó en la oreja, y me hizo regresar de golpe a la excursión.

La brisa había desaparecido y el sol, en lo alto, caía a plomo. Cruzamos el arroyo, y el sonido del agua, que se derramaba en una pequeña cascada sobre un lecho de piedra, me refrescó durante unos instantes, como si se tratara de una promesa de descanso. Pero la promesa no se cumplió, se hizo el silencio, subrayado por el sonido de nuestras pisadas sobre el firme, y la imagen de mis familiares, acalorados y renqueantes, se hizo tan real que tuve que entornar los párpados para que no me dolieran los ojos. Mi hermano tiraba de mi madre y del grupo y, debido a su impaciencia —tenía una reunión importante en Barcelona a última hora de la tarde y no se quedaba a dormir con nosotros—, y a que apenas había aparecido en los últimos años por la casa de Jarandilla, se había pasado el nido artificial para cigüeñas que señalaba el sendero que debíamos tomar.

El nido, obra de mi padre, estaba suspendido sobre una estructura metálica gris de unos seis metros de altura. Eligió la ubicación con esmero —estaba a tiro de piedra de un charcón infestado de insectos y ranas—, y esperó con gran ilusión que alguna cigüeña se animase a habitarlo, pero como pasaban los años y seguía vacío, llegó a la conclusión de que las cigüeñas eran lerdas. Grité a mi hermano para indicarle que se había pasado la desviación, y mi madre me criticó por no haber avisado antes y me preguntó de nuevo cuánto quedaba.

El sendero, pedregoso y estrecho, subía serpenteando por un monte aterrazado y cubierto de robles. Los muretes de contención de las terrazas, de piedra y semiderruidos, estaban parcialmente cubiertos de vegetación. Mi padre, siempre que paseábamos por allí, comentaba cuánto trabajo habría llevado levantarlos, bajo la solana extremeña, y añadía que de sólo verlos, ya se sentía agotado. Era una de sus excusas para hacer un alto en el camino, sentarse sobre una laja y liarse un cigarrillo de Drum, el tabaco holandés que fumaba. Lo hacía en silencio, con un ritmo constante de caladas para que no se le apagara, y sólo hablaba si había oído el canto de algún pájaro, para decir de qué especie se trataba. Una vez acabado el cigarrillo, me miraba de reojo para ver qué estaba haciendo yo, y si consideraba que no era nada lo suficientemente interesante como para prolongar el descanso, se levantaba, me sonreía, y continuábamos la marcha.

Tras una revuelta, el camino se hacía todavía más empinado y pedregoso. Entre el ruido de las pisadas, los jadeos de mi madre y el tío, y las pestes que echaba mi hermano cada vez que tropezaba, era difícil escuchar el canto de los pájaros. En un claro levanté la vista y avisté un milano en lo alto del cielo, volando en círculos, majestuoso y distante. En otro momento tuve la suerte de descubrir una abubilla a unos veinte metros, junto a unas zarzas, posada en el suelo y con la cresta erguida. Carboneros no vi, ni herrerillos. Las que aparecieron fueron las cabras. Desde hacía un rato ya se escuchaba el sonido dulce y lejano de los cencerros, ahora atronador. Estaban por encima de nosotros, y formaban una cabrada de unas doscientas cabezas. Sus cuerpos pardos rojizos, negros y blancos se entreveían entre los robles, brillantes cuando pasaban por una zona de sol. Los dos perros pastores, ariscos y nerviosos, las reñían y correteaban entre ellas. El tío fue el único que pareció darse cuenta de su presencia. Le dio un codazo a mi hermana y se las señaló. En el rostro de mi hermana se dibujó una sonrisa alucinada. Aun con la boca abierta y los ojos fijos en ninguna parte, estaba muy guapa. El cabello rubio le caía por los hombros y llevaba un vestido blanco con flores de colores apagados y unas zapatillas de deporte negras. Vista en ese momento, quieta, llorosa y como ida, sujetando un ramo de violetas que caían vueltas hacia abajo, con los torturados troncos de los robles como fondo, parecía la protagonista de un cuadro de estética gótica y misteriosa. Me acerqué a ella, la abracé y la besé. Su sonrisa y sus ojos verdes cobraron vida, y me pellizcó la mejilla, en un gesto cariñoso característico suyo.

Nos miramos a los ojos, y supimos que estábamos pensando en mi padre.

Con ella sobraban las palabras.

Julio, el cabrero, bajó a saludar, o a cotillear un poco, y la comitiva se detuvo. En un instante se formaron dos grupos diferenciados. Por un lado, el de mi madre y su hijo. Saludaron a Julio con un movimiento de cabeza y se quedaron apartados, custodiando las cenizas. Por el otro, el tío, mi hermana y yo. Tras las frases de condolencia de rigor se inició una charla más animada, con los clásicos chascarrillos de Julio, y sus frases con segundas. A mi hermana hacía tiempo que no la veía, y se le iban los ojos. Pero si eras así de pequeñina, decía, bajando la mano casi hasta el suelo. El tío, que no le conocía, tenía cierta maña para ese tipo de conversaciones, y se interesaba por las cabras de Julio refiriéndose a ellas como si fueran personas, con ironía y cierta gracia. De repente, el cabrero me miró fijamente con esos ojillos negros algo crueles, y me dijo que mi padre y él habían caminado juntos en muchas ocasiones. Al mostrarme algo sorprendida, Julio afirmó que hablaban sobre esto y aquello, y que hubo tardes en las que, si no hubiera sido porque él tenía que llevar a las bestias de regreso al enramado, habrían seguido conversando ya con la luna de testigo. El cabrero se conocía mejor que yo las zonas por las que le gustaba pasear a mi padre, y empezó a señalármelas. Pero mi madre debía de estar aburriéndose y echó a andar sin previo aviso. Le siguió mi hermano, y tuvimos que despedirnos de Julio, que también estaba deseando marcharse, porque se le estaban yendo las cabras. Quedé con él en que la próxima vez que viniese a Jarandilla me contaría con más detalle sus recorridos y las «sustanciosas» conversaciones que mantenían. Julio probablemente exageraba la frecuencia y la duración de sus encuentros, sobre todo teniendo en cuenta que mi padre no era muy hablador.

Por fin llegamos al claro, objetivo de nuestra caminata. A un lado del sendero se abría un terreno casi llano, cubierto de verde y con grupos dispersos de lajas, que a unos veinte metros caía abruptamente monte abajo. Tomé la delantera y fui hasta el lugar que había elegido. Era una piedra plana y amplia, desde la que se dominaba el paisaje. A los pies quedaba un bosque tupido de robles, que clareaba algo más allá y, después, unas suaves ondulaciones con olivares, frutales, robledales y plantaciones de tabaco daban paso a la llanura, que se extendía hasta el horizonte. Los secaderos de tabaco, de ladrillo, alguna granja con los edificios blancos y nuestra propia casa —del color naranja de la tierra de la zona, no lejos de un vivero y del cauce del río Jaranda, señalado por una línea de chopos— eran algunas de las pocas construcciones visibles en kilómetros y kilómetros. Al este, la población de Jarandilla era una mancha blanca bajo las imponentes montañas de la Sierra de Gredos, grises y moradas, con los picos nevados.

Ya todos juntos, nos quedamos admirando la vista. Se hizo un silencio extraño y espeso, todavía más marcado cuando mi hermano dejó la urna sobre la piedra y se oyó un crujido. En ese momento el paisaje era irreal, como si nosotros no formáramos parte de aquello que estábamos viendo. La intensa luz y el calor lo deformaban todo. El embrujo se rompió cuando mi hermana puso el ramo de violetas junto a la urna, y lo adecentó con sus manos de dedos largos. Mi tío aprovechó para sacarse del bolsillo interior de la chaqueta un papel arrugado, y mi madre se apretó contra mi hermano. Yo saqué la bolsa de tabaco de mi padre y su libro de papel de arroz, y comencé a liarme un cigarro con las manos temblorosas.

Durante un rato, cada uno sólo se ocupó de sí mismo, a excepción de algún cruce rápido de miradas con expresiones que variaban entre la tristeza o la estupefacción. Acabé de liarme el cigarrillo, y la verdad es que no se parecía en nada a los que fumaba mi padre. El mío era fino en la boquilla y ancho al final, y parecía una trompeta. Lo tiré al suelo y lo pisoteé. El tío, al verlo, recogió la bolsa de tabaco y el libro de papel, y en menos de un minuto me lió un cigarrillo perfecto, prieto y fino, elegante, como los de mi padre. Le sonreí y me puse colorada al darme cuenta de que en ese momento una corriente de amor inmenso hacia mi tío fluía dentro de mí. El calor se extinguió y un escalofrío recorrió mi espalda.

Mi hermano mayor, obligado por madre, tomó la palabra. Dijo que todos sentíamos mucho la muerte de nuestro padre, y que esperaba que en el cielo encontrara gente que le comprendiese. Su comentario, cruel e irónico, casi me hizo vomitar. Al acabar su escueto discurso, mi hermano me miró, retador, y después se dio la vuelta, como si le interesara mucho el paisaje, y para dejar claro que ya había llevado a cabo su pequeña venganza.

Mi madre se puso a lloriquear, repitiendo sin cesar aquello de «pobrecito» y «pobre hombre», y se dejó caer con violencia contra la piedra para que se le despellejasen las rodillas. Allí arrodillada, gimoteando, con la cabeza desnuda junto a la urna, esperaba que alguien la levantara, pero los únicos que podrían haberle dado gusto, mi hermano y el tío, el uno porque no le había prestado atención y el otro por falta de arrestos, no lo hicieron. Mi hermana seguía la escena impasible, protegida en su mundo dulce de caricias y frases amables, y yo, pese a que creía lo que estaba presenciando, a la vez no me lo podía creer. Mi madre, al darse cuenta de que nadie iba a ayudarla, ahogó su llantina, recogió la gorra, se apoyó en la urna y se levantó, muy digna y ofendida.

Nadie diría que cinco segundos antes parecía la viva imagen del dolor.

Había llegado el momento del tío, ése en el que alisaba el papel arrugado que sujetaba en la mano izquierda y leía con emoción una poesía rimada en la que retrataba con humor y cariño a mi padre, pero no se produjo. El papel ya no estaba en su mano.

Quedábamos mi hermana pequeña y yo. A ella le habría hecho feliz que le sonrieran los lejanos frutales, que yo dijese algo bonito sobre nuestro padre, que hiciera llover frases tiernas sobre el paisaje, que lo cubriera con una sombra fresca, y que enderezara los troncos de los robles, pero no fui capaz. Me quedé callada, y callada observé cómo mi hermano cogía la urna y comenzaba a esparcir las cenizas. El polvo y los pedacitos de los huesos iban cayendo a golpes, sin acabarse nunca, en nubes gris oscuro demasiado pesadas, y yo, sola en medio de aquel lugar, traté de recordar cómo era el rostro de mi padre cuando yo era pequeña y él me levantaba en volandas.

Pero no lo logré.

EL DIVORCIO

No es habitual que alguien reviente de risa al acordarse de su divorcio, pero eso es precisamente lo que me ocurre a mí.

Conocí a mi ex mujer en el colegio, cuando era una adorable niña de diez años, espigada y aérea, con unos ojos de color marrón oscuro muy despiertos, una nariz levemente respingona y unos pómulos siempre arrebolados, como si le ofendieran todos los defectos de los demás seres humanos. En lugar de cartera, llevaba una maleta de cuero llena de coloridas pegatinas de los exóticos lugares por los que había viajado —la maleta, se entiende—, que pesaba un quintal y de la que no se separaba ni en el comedor. Vestía minifalda de tablillas azul marino, aunque tuviera las rodillas llenas de rasponazos y costras, y alternaba un jersey de cuello de pico azul marino con otro verde. Las camisas solían ser blancas, o así las recuerdo, y los calcetines siempre... azul marino. Era la única chica del colegio que, siendo la vestimenta de libre elección, había elegido vestir de uniforme. Se sentaba en primera fila, sin darse la vuelta jamás —la nuca cubierta de ricitos castaños— y, cuando uno de los profesores formulaba una pregunta —ya fueran preguntas «para nota» o consultar la hora—, su brazo saltaba hacia arriba como un muelle, con la mano girada hacia adelante y el dedo índice apuntando, en lugar de al techo, a la pizarra. Traía a clase una caja enorme de lápices de metal, y no había redacción, examen, hoja de apuntes o cuestionario que no sufriera el ataque entusiasta y colorido de sus afilados lapiceros.

Comía poco, se sentaba sola y muy envarada, y el vuelo del tenedor desde la bandeja hasta su boquita insolente, por la gran distancia a salvar, y por la elegancia del gesto, era una verdadera obra de arte. No tuvo amigas, que yo sepa, y menos aún amigos, ya que nos consideraba a todos unos bárbaros. Los profesores le tenían simpatía y puede que hasta respeto o inconfesada envidia, y cuando trataban de acercarse, o intimar con un comentario con implicaciones personales, o cariñoso, ella respondía con monosílabos y una sonrisa defensiva. En los recreos se escondía tras el rosal del patio y fumaba dando rabiosas caladas a unos cigarrillos largos y finos, probablemente importados, de los que todavía hoy desconozco la marca. Como deportista era mediocre y, según oí, terriblemente competitiva, hasta el punto de llegar en más de una ocasión tras la hora de gimnasia con arañazos en la cara. Hablaba español, inglés, francés, italiano y alemán con oriunda perfección.

Copiaba: lo descubrí un día que llegué tarde al colegio y mis compañeros estaban en el laboratorio; miré en su cartera —nunca dejaba nada en la cajonera del pupitre— y, aparte de los cuadernos, los libros, un *Vogue* francés manoseado y una piruleta de fresa, encontré unos bolígrafos transparentes en los que había grabado con un alfiler las fórmulas del examen de matemáticas que teníamos aquella tarde. Era la nueva, y sólo estuvo con nosotros tres meses, aunque dejó un histórico rastro de cadáveres enamorados a su paso. En lo que a mí se refiere, me enamoré de ella cuando le pregunté por qué acarreaba esa antigualla

—la maleta—, y ella me respondió, arrebolada y furiosa, que simplemente porque era bonita. Fue la primera mujer fascinada por la belleza con la que me topé.

La volví a conocer nueve años más tarde, en la universidad. Yo alternaba con un grupo de amigos guasones y arrogantes, ya de vuelta de todo, aunque por no salir, todavía no habíamos salido ni de nuestra casa paterna. Como casi todos los jóvenes petulantes e idiotas, teníamos cierto éxito con las mujeres, proporcional a nuestra pereza con los estudios y a nuestro desinterés por todo lo que no se centrara en nosotros mismos, disfrazado, eso sí, de buen rollo y solidaridad con el resto de la humanidad. Como tantas tardes, mientras los profesores arrastraban sus zapatos y sus ideas petrificadas por los suelos sucios de las aulas, nosotros estábamos tumbados en el césped, haciendo tiempo para volver a casa para cenar. Charlábamos, dormitábamos, fumábamos algún que otro porro, nos reíamos, sobre todo de los demás, espiábamos a las chicas y, a veces, para hacernos los interesantes, hasta leíamos algún libro.

Mi ex mujer llegó acompañando a una conocida nuestra. Yo tenía el sol de cara y, además, no hice ningún esfuerzo por levantarme a saludarlas —para preservar mi dignidad—, por lo que al principio no la reconocí. Asistí como oyente a la típica conversación o torneo en el que cada uno de los participantes trata de mostrarse lo más ingenioso posible. Ella, una de las dos sombras rodeadas de un halo de luz blanco y cegador, guardó sus armas, y apenas intervino. Para enfatizar mi desinterés, me levanté, sacudí las briznas de hierba que se habían pegado a mi trasero con gestos estudiadamente laxos, recogí mis libros y me despedí. Todavía quedaban un par de horas para que se sirviera la cena en casa y no tenía otra cosa que hacer pero, en aquella situación, largarme me pareció de lo más *cool*.

Susurré la despedida y, de repente, me di cuenta de que la sombra se había convertido en una joven de diecinueve años verdaderamente guapa. Era ella, la niña de las minifaldas azul marino y los cigarrillos exageradamente largos. La reconocí al instante.

Me quedé helado, porque una inoportuna voz interior me gritó que seguía enamorado de ella. Pero me rehíce y le pregunté de sopetón, sin saludarla ni presentarme, si seguía conservando aquella antigualla plagada de pegatinas. Ella, sin mostrar sorpresa alguna, me contestó que sí y sonrió con una boca que ya no era boquita, pero que continuaba siendo rematadamente insolente. Mi maniobra de falsa huida e inmediata salida a escena como viejo conocido de la misteriosa belleza tuvo un gran éxito, y mis amigos guardaron envidioso silencio.

Mi futura ex mujer miraba hacia algún punto indeterminado de los edificios docentes, ensimismada o a la espera de mi siguiente movimiento, y yo, con el corazón desbocado y una flojera en las piernas nada desdeñable, le propuse que nos fuéramos a tomar un café, para dejar claro a mis amigos que era mía, y para que no quedara claro rápidamente que en realidad apenas nos conocíamos. Ella sacó un cigarrillo de tamaño estándar y echó a andar por la pradera, dando por sobreentendida la respuesta, y yo eché a andar tras ella, inquieto y feliz.

La llevé en mi coche, un Citroen AX rojo al que llamábamos «el ataúd andante», por lo rápido que iba y por lo inestable que era. Aunque era casi nuevo —tenía poco más de un año—, al verlo con ella dentro, me pareció feo y viejo. Sucio sí que estaba. Me dio una vergüenza terrible que el cenicero rebosara de colillas y ceniza, y que el suelo estuviera plagado de papeles tirados, *kleenex* y bolsas de patatas fritas vacías. Al ponerme el cinturón, tuve la sensación de que ella estaba examinando mis aptitudes como conductor. Mi paranoia me llevó a comprobar la posición de los espejos retrovisores como si estuviera en una clase práctica para sacarme el carnet, y no conseguí arrancar hasta el tercer intento. Ella, sin embargo, parecía más interesada en encontrar un chicle en su diminuto bolso. Llevaba el pelo liso, corto y teñido de negro, un leve toque de brillo en sus impertinentes labios y confiaba para lo demás, sin maquillajes ni aditivos, en lo que la Naturaleza, tan generosa con ella, le había confiado. De tanto arrebolarse de pequeña le había quedado un tono sonrosado en los carrillos que contrastaba con la blancura de su piel y le confería un aspecto de mujercita siempre al borde del ardor, y a su belleza, entre italiana —le había crecido la nariz—, eslava —¡esos pómulos!— y oriental —rezumaba misterio y perversidad—, se había unido un cuerpo grácil con dos pechos firmes y orgullosos. Un polo blanco de manga corta, unos vaqueros y unas sandalias vestían con sencillez al sujeto de mi deseo, o de mi nuevo amor, o del antiguo renacido, y yo, mientras conducía entre el tráfico, juré ser su sirviente hasta la muerte.

Fuimos a un bar de la calle Princesa, cerca de la plaza de la Moncloa. Nos sentamos a una mesa apartada y, cuando se acercó el camarero a tomar nota, me llevé la primera sorpresa. Pedí un café cortado, y antes de que me diera tiempo a preguntarle qué quería, ella, muy seria y modosa, pidió un ron tostado en vaso pequeño, que no le duró ni un segundo. No recuerdo bien de qué hablamos, aunque supongo que fui yo quien llevó la voz cantante, quien no paró de soltar estupideces para combatir el silencio y robarle alguna risa, quien desplegó una verborrea entre nauseabunda y graciosa. Sí recuerdo, en cambio, que ella me miraba alucinada y divertida, con sus ojos marrones clavados en los míos, casi sin pestañear, y con una mueca de desdén que me atrevería a describir como adorable y que sólo mudaba cuando su boca se abría en una sonrisa, o más raramente se desencajaba en una risa salvaje y de corta duración, o acogía otro lingotazo de ron.

Supe, sin saberlo por boca de ella, que ya tenía mil amantes de ambos sexos, que había probado cada una de las posturas conocidas y varias de su invención, que había estado en garitos de mala muerte, que había experimentado con todo tipo de drogas, que había robado, que había sido violada, que su padre la había golpeado hasta dejarla inconsciente, que su mejor amiga se había suicidado, que había estado en coma, que había viajado a la India y al África profunda, que pintaba, que escribía un diario, que aguantaba el alcohol mejor que cualquier marinero veterano, que sabía asar bisonte, que había aparecido como extra en varias películas alternativas, que su piel lucía dos cicatrices rosadas, que se había enamorado perdidamente de un cura homosexual, que había abortado, que había leído a Steiner y a Klemperer, que había superado un cáncer, que había visto morir en directo a sus padres, y que tenía pistola. En fin, me volvía loco. De hecho, en aquella cafetería lo único que supe realmente de ella —o más bien, ella me dio— fue su número de teléfono, ya en la calle, al despedirnos.

La segunda sorpresa me la llevé ya en mi casa. Llevaba más de una hora con el papel en el que había apuntado su número de teléfono arrugado en el interior de mi puño derecho, armándome de valor para llamarla, sudando la gota gorda, con retortijones, inventándome peregrinas conversaciones telefónicas entre ella y yo, torturándome con todas sus posibles respuestas al descolgar el aparato, cuando por fin me decidí, al cumplirse la condición que había impuesto previamente a telefonearla: que un gorrión que se había posado en el alféizar de mi ventana tardara más de veinte segundos en alzar el vuelo.

Obligado por la estulticia o modorra del gorrión, me aseguré de que mi madre y mis dos hermanos no estuvieran por las cercanías de mi dormitorio, me encerré y llamé. Respondió una señora mayor, o vieja, o una anciana, con voz cascada, malos modos y, lo que fue peor, ninguna relación de parentesco, amistad, conveniencia, subordinación o profesional con mi ex mujer. Colgué balbuceando una torpe disculpa y, antes de aceptar que mi nuevo amor, o el antiguo renacido, o la mujer que hacía volar mi fértil imaginación, me había proporcionado un número de teléfono falso, me agarré a la posibilidad de que la tercera cifra —poco legible al haberse corrido la tinta por efecto de mi corrosivo sudor—, un 6, fuera en realidad un 9. Tampoco. Probé sucesivamente con el 5, el 7, el 8, el 1, el 4, el 3, el 2 y, por último, el 0. Nada.

Seguía ignorándolo todo sobre ella.

Pasaron ocho años muy intensos en los que me gradué; comencé a trabajar en una multinacional del sector automovilístico; me rompí dos veces el tobillo del pie izquierdo jugando al fútbol; me independicé; estuve a punto de casarme con mi novia «de toda la vida» —cinco años, ninguna infidelidad salvo algún escarceo con una compañera de trabajo, aburrimiento, escasas discusiones—; voté en unas elecciones generales y me abstuve en otras; perdí cuatro amigos, gané uno; acudí a alguna boda, dos bautizos, tres manifestaciones y una docena de entierros; ascendí y tuve que realizar numerosos viajes de trabajo a Londres; tuve dos accidentes de tráfico sin víctimas mortales que lamentar; leí unos ciento cuarenta libros —sobre todo ensayo—, vi unas doscientas películas, falleció mi padre de un ataque al corazón; conocí capitales como París, Bucarest, Roma, Wellington, Buenos Aires, Moscú, Sofía, Estambul, Washington y Berlín; y, en suma, envejecí ocho años, o más.

El ocho de enero de mil novecientos noventa y ocho volví a conocer a mi ex mujer. Recuerdo la fecha porque regresaba de un viaje a Baqueira de una semana, y había salido de Madrid el día uno. De que partí el uno me acuerdo porque casi todos mis viajes navideños de esquí comienzan con el Año Nuevo. Pues bien, iba yo con los esquís y la maleta a cuestas por un pasillo del aeropuerto de Barajas, en dirección a la temible parada de taxis, cuando un carrito me golpeó en el talón del pie izquierdo, tropecé y caí al suelo con estrépito. Al darme la vuelta no me encontré con ella. Todavía no. Se trataba de una suiza de unos sesenta años, con gafas de sol modelo mosca, el pelo corto y azul, unas orejas descomunales y la piel tan blanca que parecía transparente. Probablemente poco satisfecha con su aspecto tan estudiado como espantoso, me gritó alguna lindeza en alto alemán, o en alemán y en alto, mientras blandía un puño diminuto salpicado de uñas pintadas de plata. Aguanté sus incomprensibles insultos con estoicismo, sin contestarle, ni abofetearla, ni partirle la cara, y cuando ya había logrado recoger mis pertenencias, otra persona, esta vez en silencio, se abalanzó sobre mí justo después de que yo hubiera emitido un prolongado bufido, mezcla de alivio y rabia contenida. Era mi ex mujer. Caímos al suelo por el ímpetu de su saludo, rodamos, nos reímos, nos abrazamos, y nos dimos cuatro besos en las mejillas, dos míos y dos suyos, que me supieron a gloria. La suiza era su madre.

Nunca comprendí aquel saludo tan efusivo en el aeropuerto, y menos aún lo que vino después. Todo fue muy rápido. En cinco meses ella y yo estábamos frente al alcalde suizo que nos casó en tres idiomas. Tras una fiesta multitudinaria, cosmopolita y estresante que tuvo lugar en Ginebra —tuve que pronunciar un discurso, y escuchar unos treinta, de los que, gracias a Dios, sólo comprendí dos; conocí a su padre, un industrial protestante que no admitía protesta alguna, de origen libanés y aspecto de halcón—, salimos de viaje de novios en dirección a la isla de Palau y, a nuestro regreso, estrenamos un lujoso piso de una planta en un coqueto edificio del siglo XIX frente al parque del Retiro madrileño.

Sí, mi ex mujer era riquísima, y supongo que lo sigue siendo. Y por supuesto yo ignoraba por qué me había elegido a mí, sobre todo si tenemos en cuenta que jamás me dijo «te quiero», o «te amo», o «eres mi luz», o «me vuelves loco, ratón». A los dos meses, mi ex mujer se quedó embarazada, nueve después —como mandan los cánones— tuvimos un precioso hijo que era exactamente igual a ella y recibió como primer regalo una maletita de cuero plagada de pegatinas con destinos exóticos y de difícil acceso. Cinco meses más y el apartamento estaba vendido, yo vivía en mi piso reformado estilo Ikea y Hábitat en la zona centro —que había tenido la precaución de conservar— y mi ex mujer y mi hijo —con doble nacionalidad hispano suiza— volvían a ser suizos y a vivir en Suiza.

La de mi matrimonio fue una época extraña. Fui felicitado por mis amigos y familiares, envidiado, respetado, adulado, odiado, corrieron rumores de todo tipo sobre mi persona y mis condiciones intelectuales, patrimoniales, morales y éticas, surgieron amigos, amiguetes, colegas y coleguillas, recibí toda clase de consejos, contradictorios y vertidos en diversos idiomas, sobre cómo hacer feliz a mi mujer, o para invertir en terrenos de golf, o en bolsa, o en bares, o en arte, o en drogas estimulantes, o en empresas con problemas, o en oenegés, o en nuevos medicamentos contra el cáncer. Quizá debí haber sospechado cómo iba a acabar la historia cuando ninguno de los amigos de mi ex mujer me preguntó qué tipo de educación pensaba proporcionar a mi hijo, o si de mayor sería español o suizo, o en qué lengua pensaba hablarle mientras la *nanny* le cambiaba los pañales.

¿Qué decir? ¿Cómo describir nuestra vida en común? Yo vivía en una nube —la nube algodonosa y dulce del amor ciego—, y siempre tuvimos un objetivo presuntamente común, necesario e innegociable —la boda, el nuevo apartamento, la mudanza, el embarazo, el nacimiento de nuestro hijo— que, una vez cumplido, nos llevaba vertiginosamente hacia el siguiente, y que ponía un velo delante de nuestros ojos, o al menos de los míos. El velo cayó cuando me llegó la primera carta certificada de sus abogados suizos y supe que mi mujer había huido con el bebé.

Pero volvamos a los días de vino y rosas, al casi año y medio que duró nuestra insólita relación. Debo aclarar que, pese a vivir en una nube, pese a amar a mi ex mujer de un modo casi enfermizo, pese al buen sexo que tuvimos —eso no me lo quita ni ella—, pese a los progresivos pasos que fuimos dando en pos de un aparente fortalecimiento de nuestro compromiso, siempre estuvo presente una sensación de extrañeza, o de inseguridad, o de inferioridad, un no sé qué molesto y punzante que esperó agazapado como un animalillo rastrero, envidioso, dañino, cobarde, y tan visionario como perfectamente razonable. ¿Han tenido alguna vez la sensación de no estar a la altura, de no llegar, de ser enanitos folclóricos en un país de gigantes de aspecto serio? ¿Han sido tan imbéciles como yo, que de vez en cuando, frente al espejo, me preguntaba muy seriamente si merecía tanta dicha, si mis virtudes superaban en tanto a mis defectos, como si la vida fuera uno de esos concursos repugnantes en los que un presentador con peluquín te hace solemne entrega de un cheque como premio a tu falta de carácter y a tu soltura a la hora de bajarte los pantalones durante las dos horas del nefando programa? Pues yo, aunque disfrazada, o adormecida, o sublimada, o escondida, he tenido esa sensación, y también me he sentido como el agradecido, patético y tontorrón concursante premiado, feliz por saber que Berna es la capital de Suiza, que los *Manolos* son de los zapatos más chic del universo universal, que un Modigliani cuesta menos que un Vermeer, que Max Frisch es un escritor suizo mejor aunque menos reputado que Friedrich Dürrenmatt, y que *Bonpoint* es una marca francesa de ropa de niños de lo más divertida.

¿Y mi ex mujer? ¿Cómo se comportaba, qué bebía, cuáles eran sus cuitas, qué pesadillas invadían su cabecita de proporciones perfectas? Ni siquiera ahora sé responder a estas cuestiones. Ella tenía el don de que todo pareciera natural, fácil y sencillo, como si fuera un colorido camaleón que se encuentra tan a gusto tomando cerveza caliente en un piso compartido de universitarios repetidores como una copa de champán en una recepción en la embajada francesa, o un dry martini en un baile de chimpancés que acaban de aprender a hablar. Pero tras ese aire despreocupado, esa languidez principesca, esa suavidad innata, esa alegría a veces infantil, esa capacidad de adaptación de la que son dueños los que saben que jamás van a tener que descender realmente allá adonde habitan los otros, se escondía una voluntad férrea asentada en unas leyes que nunca llegué a conocer, tan misteriosas como incomprensibles y caprichosas, pero que conformaban un universo propio en tonos irisados, bello, fascinante, tierno y cruel a la vez.

Había logrado domeñar esos arrebatos que de niña teñían súbitamente de púrpura su rostro y, aunque su universo no se hubiera visto en la necesidad de evolucionar, sólo mostraba sus impulsos cuando le convenía. Únicamente me veo capaz de asegurar que era capaz de reír una broma soez con toda la boca, de llorar durante una hora seguida tras ver las noticias, de discutir con vehemencia una nimiedad para acabar abrazándose a mí como una niña desconsolada, de traerme de repente diez regalos elegidos con gusto y esmero, de verter comentarios poco delicados sobre mi familia, de despertarme por la noche para hacer el amor, de comer como cuatro camioneros o no probar bocado en tres días, de recibir a un amigo semidesnuda y después reírse de mis protestas, de tardar en arreglarse sólo cinco minutos y al día siguiente necesitar toda una tarde, de dormir con un antifaz de terciopelo negro y abrazada a un crucifijo de plata de su abuela materna, de no abrir jamás el correo, de mirarme con ojos turbios de deseo en un ascensor, de conducir a toda velocidad, de idolatrar por igual a Dreyer, Einstein y Galliano, de cocinar con soltura platos complicadísimos sin saber hacerse un huevo frito, de no permitirme hablar del trabajo, de leer subrayando y tomando apuntes varios ensayos de cierto calado para después zambullirse en una serie de novelas rosas compradas en el quiosco, de aguantar el ron como un sanguinario pirata del Caribe, de afirmar que los niños le producían una inmensa pena, o de asegurarme que sacaría los ojos a cualquier mujer a la que yo amase pese a no estar enamorada de mí. Yo, en resumen, no sabía cuáles eran sus problemas o sus pesadillas, ni la estructura mental en la que los confinaba: o lo que es lo mismo, sin darme cuenta, ignoraba quién era ella.

Durante el primer año —ese año en el que me comunicó, entre lágrimas y sollozos, que estaba embarazada—, nos divertimos mucho, apenas discutimos y su barriga fue creciendo sin que aquello pareciera afectar al resto de su estilizada figura, hasta el punto de que en el noveno mes todos creíamos que se había tragado un balón de reglamento en un descuido. El bebé, nada más nacer, aparte de la condenada maletita, tuvo de regalo un nombre francés que se pronunciaba con un deje de lo más mono —se lo puso ella, naturalmente—, y que se avenía con la belleza heredada de su madre. A partir de la primera semana, ya casi no le veía, aunque creía que aquello sería pasajero. Eran tantas las visitas motivadas por el alumbramiento del minúsculo heredero suizo, los compromisos, los viajes relámpago, los componentes del servicio —importados o nacionales— que manejaban con soltura su cuerpecillo, que si no fuera porque conservo algunas diapositivas que le hice con mi propia cámara, me sería imposible recordar su rostro limpio y sonrosado de recién nacido. El intercambio de sonrisas cómplices entre mi ex mujer y yo, las risas, la alegría en común, mi emoción desbordada, mi ceguera, todo siguió igual hasta la recepción de la carta certificada.

No quiero entrar en detalles escabrosos sobre nuestra ruptura y posterior batalla legal, o más bien atropello. Tampoco en lo doloroso que resulta ser apartado de por vida de tu único hijo mediante horrísonas calumnias ratificadas en sentencia firme por un juez foráneo de tez sonrosada, barba de chivo y aliento a ginebra. Prefiero tratar de dejar a mi ex mujer casi limpia, como si todavía vistiera esa minifalda de tablillas, como si todavía, en su inocencia, fuera capaz de arrebolarse por cualquier cosa, como si llevara aún aquella vieja maleta en la que ninguna pegatina era reflejo de sus propias experiencias. Sólo me voy a permitir explicar la razón por la que estallo de risa al acordarme del divorcio, o precisando aún más, al recordar la única entrevista que mantuvimos tras su huida, o lo que es lo mismo, la última vez que la conocí de nuevo.

La entrevista se produjo en París, en terreno neutral. Como no contaba con nada que ofrecer, ni modo alguno de presionar, o amedrentar, o chantajear, acepté las condiciones que ella me impuso a través de su gabinete de abogados. En los términos del acuerdo quedaba claro que si se producía el encuentro, era gracias a un gesto desinteresado y misericordioso de ella hacia mí. La cita tuvo lugar en la terraza del Café de Flore, ese lugar ubicado en el boulevard Saint-Germain que, a fuerza de recibir la visita de legiones de intelectuales, geniecillos, artistas, poetastros, escritores, artistillas, actores, escritorzuchos, poetas, intelectualoides y genios, se ha acabado convirtiendo en el súmmum de la horterada pseudonostálgica, vacía y autocomplaciente, página web incluida. Antes de hacer acto de presencia entré en la librería *L'Écume des pages* y compré un libro infantil para mi hijo, *L'horrible petite princesse.* La horrible pequeña princesa. En la portada aparecía la princesita, dentona, graciosa y con cara de mala.

Llegué puntual a la cita y divisé a mi ex mujer sentada a una mesa, vestida con una ropa colorida, alegre y desenfadada, que le habría dado el aspecto que pretendía, el de un duendecillo simpático, travieso, anarquista y juguetón, si no fuera porque a su lado, cual guardián embutido en un traje mil rayas de corte clásico, con reloj de oro, zapatos marrones con hebilla y cabello oscuro con las sienes plateadas, se sentaba el dueño del bufete de abogados al que había acudido para protegerse de mí. Mi hijo no estaba. Tras los saludos protocolarios, amables, cariñosos y desenfadados, *comme il faut*, y tras pedir ellos una botella de champán y un par de *Fleurs* —sandwiches mixtos, para los no iniciados; mis queridos benefactores acababan prácticamente de aterrizar y estaban hambrientos—, y yo una tila, se inició una agradable conversación entre ella y yo bajo la silenciosa vigilancia del picapleitos.

Mientras ellos bebían y comían y yo sólo bebía, hablamos de esto, de aquello y de lo de más allá, sin tocar ningún asunto espinoso, como si fuésemos una pareja de jóvenes mundanos que se acaban de encontrar por azar en un café con pedigrí, como si yo no estuviera escuchando mi propia voz como la de alguien ajeno cada vez que hablaba, hasta que, incapaz de contenerme, pregunté por mi hijo. Un chispazo de alarma cruzó los ojos marrones de mi ex mujer, pero al punto le hizo un gesto al guardián, y éste hizo una llamada por su teléfono móvil. Tras un silencio algo tenso, mi ex mujer se excusó —tenía que ir al baño—, un Jaguar verde metalizado se detuvo frente al café, y el abogado lo señaló, susurrándome —con gran educación— que podía ver a mi hijo a través del vidrio del automóvil, y que no se me ocurriera tratar de entrar en él, o cometer cualquier otra locura. No era eso lo que habíamos acordado, pero yo en ese momento no fui capaz de reaccionar. Como un sonámbulo, me levanté y me acerqué al coche.

Mi hijo, vestido como un simpático y juguetón duendecillo, con una chaqueta de colores vivos, un pantalón morado y unos zapatitos amarillos, estaba dormido. Fue tal la emoción al verle, que me quedé sin capacidad ni siquiera de llorar, o de gritar, o de hablarle, o de golpear la ventanilla, o de suicidarme en ese mismo instante. Ahora no recuerdo cómo era su rostro en aquella tarde parisina, pero supongo que tendría la tez blanca, suave y perfecta, y que las pestañas serían grandes y las manos con los dedos cortos.

Si en ese momento hubiera sido capaz de pensar lo que ahora pienso, es decir, que mi hijo algún día se verá en la necesidad de buscar a su padre, y que entonces tendré la oportunidad de hablar con él, de abrazarlo, de disculparme, de explicarle lo inexplicable, quizá me habría sentido un poquito mejor cuando el Jaguar arrancó y yo me quedé plantado en la acera, agachado hacia adelante, con la postura de un loco, o de un infeliz, durante unos minutos que se hicieron eternos.

Cuando volví a la mesa, ella ya había regresado del baño y el abogado estaba pidiendo la cuenta. Sobre la mesa, en un platito, frente a mi asiento, me esperaba un sobre color hueso con mi nombre escrito a mano, en tinta roja. Como un sonámbulo, lo abrí, y me encontré con que contenía un cheque a mi nombre por una cantidad escandalosa de francos suizos. Solté una carcajada, y me lo guardé. El cancerbero lanzó una mirada de entendimiento a mi ex mujer, como diciéndole, ya te lo dije, son todos iguales, pero lo que él ignoraba era que yo ya había decidido conservar ese cheque en el cajón de mi escritorio, como prueba del atropello al que había sido sometido, hasta que volviera a ver a mi hijo. En ese cajón también está *L'horrible petite princesse*, el libro que no le pude regalar. Mi ex mujer bajó la mirada, azorada o escandalizada por mi avaricia, o por mi bajeza moral, o por la suya, el camarero trajo las vueltas, y nos levantamos.

Pero en ese instante, justo cuando nos disponíamos a despedirnos para no volvernos a ver jamás, en el preciso momento en el que el abogado me ofrecía su mano, perdí el control por primera vez. En lugar de la mano firme del picapleitos, agarré la botella de champán, y derramé su contenido sobre la cabeza de mi ex. El líquido, frío, amarillento y burbujeante, resbaló a borbotones por su rostro estupefacto sin que el vigilante pudiera impedirlo. Empapada, parecía un duendecillo travieso, anarquista y juguetón al que había sorprendido una tormenta o, más bien, por el contraste entre la expresión helada de sus ojos y su vestimenta alegre y colorida, una mujer fría e insensible disfrazada de duendecillo travieso, anarquista y juguetón. No hubo gritos, ni amenazas, ni escenas posteriores. Le alcancé una servilleta, la besé en ambos carrillos, carrillos que ardían y sabían a champán, y me fui de allí.

No he vuelto a verla, y hasta hoy, apenas he sabido de ella ni de mi hijo.

Sin embargo, cuando muy de tarde en tarde me acuerdo de mi divorcio y de aquella tarde parisina, reviento de risa y lloro tanto que la gente piensa que he enloquecido.

Y quizá sea así.

EL JARDÍN

Un día encapotado y ventoso de noviembre, Antón S., un anciano de casi noventa años, se encaminó hacia la puerta del Real Jardín Botánico de Madrid. Como era su costumbre, saludó al taquillero de la entrada, se santiguó, y entró. Echó un vistazo rápido a los castaños de Indias de la glorieta, que mostraban un follaje de un amarillo encendido, y tomó el Paseo de Quer. Vestía una vieja gabardina gris, un jersey negro de pico con una camiseta blanca debajo, unos vaqueros y unas zapatillas de deporte algo pasadas de moda. Llevaba una bolsa de plástico de supermercado y caminaba despacio, a pasitos cortos, pero con decisión, como quien conoce el terreno que pisa y sabe adónde se dirige. Eran las diez de la mañana y a aquella hora, como le gustaba a Antón, apenas había nadie en el jardín.

Al llegar junto a un tejo de cerca de veinte metros de altura, Antón se detuvo. Acarició una rama, con las hojas verde azuladas dispuestas en hileras enfrentadas, miró a ambos lados para cerciorarse de que nadie le observaba, y arrancó una semilla. Estaba rodeada de una carnosidad, el arilo, de color escarlata. Antón la miró durante un instante, satisfecho, la envolvió en el papel húmedo que traía en la bolsa de plástico, para que se conservara, y la guardó.

Aquello formaba parte de una afición que practicaba desde hacía más de cuarenta años. En bosques, ciudades o jardines, Antón recogía semillas y esquejes de árboles viejos, que hubieran demostrado su fortaleza, los plantaba en su casa de la sierra madrileña, y trataba de que crecieran hasta convertirse en árboles adultos. No era fácil. La mayoría sucumbían víctimas de las heladas, la sequía, las plagas o las enfermedades. Otros no eran capaces de agarrar, o jamás brotaban. Además, él no era un experto. No le gustaba preguntar a los jardineros, ni visitar los viveros. Apenas leía sobre el tema, y probaba con toda clase de especies, aunque fuera improbable que arborecieran. Le gustaba saberse un autodidacta, y era tal la satisfacción que experimentaba cuando alguna de sus semillas se convertía en un buen ejemplar, recio y sano, que las escasas alegrías compensaban con creces los frecuentes fracasos.

Arrancó otras cuatro semillas, las envolvió, las puso a buen recaudo y continuó su andadura. Aquella mañana tenía muchas tareas, como las llamaba él, y prefería realizarlas cuanto antes para poder luego relajarse y disfrutar del paseo. El viento levantaba remolinos de hojas caídas en los caminos de tierra y batía las copas de los árboles, que presentaban la variedad de tonos típica del jardín en otoño, desde los verdes de los árboles de hoja perenne hasta los amarillos, naranjas, pardos y rojos de los de hoja caduca.

A la altura del huerto, Antón giró a la derecha, se detuvo unos segundos para ver los peces rojos que nadaban en el agua turbia de uno de los fontines de piedra, subió por las escaleras hasta la terraza de las escuelas botánicas y buscó el *ginkgo biloba*, un árbol asiático por el que sentía especial predilección. Tenía uno en la sierra que había logrado revivir tras un incendio, pero que había quedado herido para siempre. No se había atrevido nunca a talarlo, aunque le apenaba la visión de un árbol tan elegante convertido en un engendro, y ahora había decidido plantar otro. Lo encontró sin problemas, por el característico amarillo de sus hojas en forma de abanico, y buscó semillas, primero en el suelo, aunque sabía que allí no solía haber, porque los jardineros barrían los caminos sin descanso, y después en el seto que se levantaba bajo su copa. Descubrió tres, semejantes a cacahuetes, las guardó y se encaminó hacia el otro extremo del jardín, cerca de la puerta de la entrada.

Ahora pretendía obtener semillas de la *parrotia persica*, también llamado árbol del hierro. Pero al ir acercándose, oyó una algarabía proveniente de los invernaderos.

—¡Niños! —masculló, horrorizado.

Aceleró el paso, pero cuando llegó junto al ejemplar de *parrotia*, que lucía un naranja intenso, la zona estaba infestada de colegiales de ocho o nueve años, vestidos de uniforme, con un plumas y un jersey azules, una camisa blanca y unos pantalones de franela. No había tiempo que perder. Para Antón los niños eran maleducados, irascibles, violentos y metomentodos. Nervioso, se agachó y buscó semillas por el suelo, pero no tardó en darse cuenta de que a sus espaldas un grupo de unos cinco o seis colegiales le estaba vigilando. Hablaban bajo, pero como estaban cerca, les oía.

—¿Habéis visto al viejo ese?

—Parece un mendigo.

Risas.

—¿Qué hace?

—Se le habrán caído las gafas.

—No, está cagando.

Más risas.

Antón se contrajo de miedo, como si fuera una de aquellas plantas sensitivas de la colección del invernadero que, ante un estímulo físico, ocultaban sus hojas para evitar el ataque de los herbívoros. Durante un buen rato se quedó rígido, sin mover un músculo, con los ojos cerrados. Temía que le rociaran de gasolina y le prendieran fuego, como había leído que les había ocurrido a otros ancianos. Pero no sucedió nada. Tan sólo oyó el chasquido de una hoja al ser arrancada. Al cabo, la algarabía se fue alejando, y de nuevo pudo oír el canto de los pájaros por encima del ruido del tráfico. Cuando se atrevió a girar la cabeza, pegó un respingo.

Un niño pálido de grandes ojos negros le observaba.

Tenía un palo.

Estaba pegado a él.

Podría ser un ángel, o lo que era lo mismo, un diablo.

Antón se incorporó, y el chico pareció encogerse.

No, no era un diablo, sino más bien un simple mocoso. Antón le dio la espalda, algo más tranquilo, y trató de concentrarse en su tarea. Buscó semillas en el propio *parrotia* y las encontró fácilmente. Colgaban de las ramas, eran negras, enanas y de forma elíptica.

Recolectó unas cuantas.

Cuando se giró, el niño había desaparecido.

Antón se tocó la frente.

Estaba empapada de sudor.

Necesitaba descansar en su refugio.

Ya habían visitado los tres compartimentos del invernadero de exhibición, correspondientes a los climas desértico, templado y tropical. Ahora habían entrado por grupos en la llamada estufa de las palmas, un pabellón acristalado con estructura de hierro fundido, del siglo XIX, en el que un ingenioso sistema mantenía un ambiente tropical mediante agua, canales y estiércol.

Los profesores trataban de que los alumnos se comportaran correctamente, pero era difícil lograr que no parlotearan durante las explicaciones, y más aún que no tocasen las plantas. Entre los pocos realmente interesados en la visita estaba Álvaro M., un niño despierto, algo nervioso, delgado, con el pelo negro cortado al tres, y muy pálido. En la estufa de las palmas, rodeados de vegetación y sumidos en un verdor oscuro, los visitantes sentían un calor húmedo, pegajoso. Álvaro sudaba mientras escuchaba a la señorita Ana, su profesora de ciencias, una mujer grande e irascible a la que odiaba en secreto, porque casi era capaz de hacerle aborrecer precisamente la asignatura que más le gustaba. Cuando Álvaro vio que la señorita Ana había dicho todo lo que sabía sobre plantas tropicales, acuáticas y briofitas, que no era demasiado, y que comenzaba a contestar a las preguntas tontas de sus compañeros, se escurrió hacia la puerta y salió al exterior.

Afuera ya esperaban tres profesores con sus respectivas clases, de unos veinticinco alumnos cada una. Álvaro se sentó en un banco algo apartado, y sacó del bolsillo de su pantalón una de sus nuevas joyas. Se trataba de una hoja de un árbol del viajero, *Ravenala madagascariensis*. Su enorme tamaño tenía por objeto eliminar agua, y su nombre se debía a que su punta se convertía en un gotero del que el viajero podía beber. Álvaro la miró durante un rato, de lado, para que nadie la viera, y después la dobló y la guardó en el bolsillo que también contenía una hoja de papiro. Estaba feliz. Con aquella visita iba a aumentar espectacularmente su colección de hojas, que había comenzado en verano. Su madre opinaba que todas sus aficiones eran demasiado agresivas, y de vez en cuando trataba de buscarle alguna más acorde con lo que ella pensaba que debía interesarle a un niño de ocho años.

Por eso, al comenzar el verano le regaló una prensa pequeña para secar flores y un álbum grande de piel, para guardarlas. Pero a Álvaro no le gustaban las flores, y se olvidó pronto de él. En agosto hizo muchas excursiones en bicicleta por bosques asturianos con su padre. Un día arrancó una hoja de una haya, y se la guardó. Al llegar a casa recordó que tenía la prensa y aquel libro, y así comenzó su colección, que ya contaba con hojas de más de cuarenta especies diferentes.

Cuando salió del invernadero la última clase, el centenar de alumnos vigilado por los profesores bajó sin prisa hacia el paseo principal, con el huerto como siguiente objetivo. Álvaro recogió una rama del suelo y se reunió con sus mejores amigos, entretenidos en algo que le divertía, echar pestes contra la señorita Ana. Ahora se reían de su bigote o, para ser más exactos, de su sombra, porque una vez a la semana se afeitaba, según sus cálculos. En el camino, junto a un árbol grande de hojas anaranjadas, vieron a un viejo en cuclillas. Tenía el pelo blanco, la cara arrugada como una pasa y era muy alto. Llevaba una bolsa de plástico y parecía un mendigo.

—¿Habéis visto al viejo ese? —dijo Miguel, un niño gordo y algo bruto.

—Parece un mendigo —dijo Álvaro.

Sus compañeros se rieron, y Álvaro se arrepintió de su comentario.

—¿Qué hace? —preguntó otro.

—Se le habrán caído las gafas —continuó Miguel, envalentonado.

—No, está cagando —añadió Jorge, el más atrevido.

Todos rieron, incluido Álvaro, aunque él lo hizo sin ganas. Dejó que sus amigos se adelantaran, y se quedó observándole. El viejo estaba acurrucado y, como era muy alto, resultaba un tanto ridículo, como si fuera un avestruz tratando de esconderse en medio de la nada. Seguía quieto y Álvaro se preguntó qué estaría haciendo allí, junto a ese árbol, y qué contendría la bolsa. Se acercó un poco y leyó el cartel: «*Parrotia persica*». Le apetecía coger una hoja de aquel árbol de fuego, pero le intimidaba el viejo. ¿Estaría loco? ¿Sería peligroso? Álvaro se armó de valor y, sin hacer ruido y vigilando de reojo al anciano, se acercó al árbol y arrancó una hoja.

Nada.

El viejo seguía sin moverse.

¿Estaría muerto? Imposible, entonces se habría caído al suelo. Temblando, preso de una curiosidad torturadora, se colocó detrás de él, para verle mejor. En ese momento el viejo, como si hubiera recobrado la vida, giró la cabeza. Dos ojos azules rodeados de arrugas se clavaron en los suyos, y Álvaro creyó que se iba a desmayar. El abuelo se irguió, y era como un gigante. Pero justo en el momento en el que Álvaro iba a gritar, el anciano le dio la espalda. Álvaro vio cómo arrancaba una semilla de una rama, dejó caer el palo y salió corriendo.

Cuando se reunió con sus amigos, de camino al huerto, seguía muy excitado. Le entraron ganas de contarles lo que le había ocurrido, pero se contuvo. Sus amigos no iban a comprenderle. Aquel anciano de la gabardina gris parecía sacado de un cuento. Lo que no tenía claro era si se trataba de un ogro o de un mago; de si sería amigo de los árboles o su peor enemigo.

En el huerto, la señorita Ana les habló de las verduras. No había la menor duda: era idiota. Señalaba un cuadro lleno de montones de variedades de tomates, y decía:

—Allí hay tomates, niños.

Nada más.

Como si todo aquello se pudiera resumir en una palabra.

Y después, señalaba las zanahorias.

—¡Mirad, zanahorias! ¿Quiénes comen zanahorias?

—¡Los conejos! —contestaba algún espabilado, y la señorita Ana sonreía, como si aquella fuera una demostración increíble de inteligencia, suya y del alumno.

Y más tarde, la señorita, alegre y festiva, añadía:

—¡Mirad! ¡Allí hay cebollas, y lombardas! ¡Vaya ensalada podríamos hacer!, ¿eh, chicos?

Álvaro, en cambio, se fijaba en los nombres de todas aquellas verduras: tomate valenciano, tomate ace, tomate amarillo, tomate Roma, tomate gigante, tomate de cóctel, tomate cereza, col de Bruselas, lombarda, berza, remolacha de mesa, remolacha aplastada de Egipto, remolacha de mesa cilindra, zanahoria mercado de París, zanahoria larga Cantenay, cebolla roja de miort, puerro verde... A Álvaro le habría gustado que le explicaran en qué mes se plantaba cada verdura, cuál era la temporada de cada una de ellas, las características de cada variedad, y cosas así, pero los profesores tenían prisa y se preocupaban más bien de controlar a los niños.

Junto a la rocalla, en el extremo del jardín, la señorita Ana reunió a su clase y subieron por la Rambla de los Olivos, que ascendía hacia el Pabellón Villanueva.

—Todos los olivos que veis son centenarios —dijo la profesora—, o lo que es lo mismo, tienen cien años o más. ¿Qué se hace con las aceitunas?

—¡Aceitunas rellenas de anchoa! —contestó uno.

—¡Aceite! —respondió otro, feliz de saberse la respuesta.

—Aceite, sí, pero de oliva —puntualizó la señorita—, que no es lo mismo que el de girasol, o de palma. Nuestro aceite es la base de la dieta mediterránea, la más sana del mundo, chicos.

Pues no lo parecía, viéndola a ella. Álvaro logró hacerse con hojas de Manzanilla de Murcia, Cornicabra y Lechín de Sevilla, pero cada vez estaba más decepcionado con aquella excursión. Y más aún cuando oyó decir a la profesora que debían darse prisa, porque en media hora tenían que ir a comer para estar a la una y media en la puerta del Museo del Prado, la segunda y última visita del día. No habían visto casi nada del jardín, aquello era verdaderamente patético. Y encima ni rastro del misterioso viejo, que seguro que sabía mucho más de árboles que la gorda.

Ya de vuelta, al bajar la cuesta, Álvaro estiró el brazo y arrancó una hoja de un olivo. Pero esta vez, le pillaron.

—¿Se puede saber qué haces? —le gritó la profesora—. ¿Eres tonto o qué? ¡No se arrancan hojas de los árboles!

Álvaro se metió la hoja en la boca y comenzó a mascarla.

Odiaba a la señorita Ana.

Vaya si la odiaba.

El anciano llevaba más de una hora dormitando, sentado en un banco de una plaza situada cerca del extremo oeste de la fachada del Pabellón Villanueva. Aquél era su refugio, el lugar al que acudía cuando había demasiada gente en el Botánico o deseaba estar tranquilo. Era una placita circular, de tierra, rodeada de seto y con una única entrada. En el centro había una escultura de bronce sobre un pedestal de granito que representaba a una niña dulce y lánguida con una flor en la mano. Cinco frondosos tilos daban sombra durante casi todo el año, convirtiendo aquel lugar en un remanso de paz. Eran escasos los visitantes del Botánico que lo frecuentaban, y allí, sentado en uno de los cuatro bancos de madera, bajo las ramas de los tilos, Antón se sentía fuera del mundo, en un lugar mágico y escondido.

Antón se despertó y tardó unos segundos en darse cuenta de dónde estaba. Recordó su encuentro con los niños, y en especial con aquel de ojos grandes, y pensó que quizá aquello tenía algún significado, algo que se le escapaba. ¿Lo habría enviado alguien, para hacerle sufrir? Miró hacia el tronco oscuro de uno de los tilos, al que se había aferrado una glicinia. Los tallos de la glicinia, más claros, se enroscaban en el tronco como serpientes. Ahogándolo. Un mirlo se posó en el banco de al lado, y el anciano detuvo la secuencia de sus pensamientos. El mirlo recorrió el respaldo del banco dando pequeños saltos, se paró y se quedó mirándole, con el pico naranja apuntando hacia él. De repente, echó a volar y desapareció. ¿Y ese pájaro? ¿Tendría también algo que decirle? Antón se sonrió al pensar que estaba volviéndose loco, y se levantó.

Todavía le quedaba una tarea que hacer. Aquel día era el aniversario de su boda con María, y quería darle una sorpresa. Algo sencillo, naturalmente. Llevaban setenta y un años juntos, y la seguía queriendo. Aunque no siempre había sido así. También la había odiado con todas sus fuerzas, y durante muchos años, cada vez que la veía, se le revolvían las tripas. Años encendidos, desesperados. Y después llegaron los años sombríos, más calmados, los años en los que su relación era como un bosque tras un incendio, un bosque con los árboles pelados, negros, todavía humeantes. Quizá ése había sido el destino de Antón y María, que quedaran unidos por el vacío, apartándose poco a poco de los demás, de su familia, de sus amigos, de todos. Construirse un mundo privado, inaccesible, protegido por silencios, por medias verdades, por rutinas. Un mundo en principio estéril, pero que, al afianzarse con la costumbre, había permitido que rebrotara cierto cariño entre ellos. Y quizá, también, una pizca de amor, un amor culpable, pero que al menos ayudaba a engañar la soledad, a sentirse acompañados en el dolor.

El anciano abandonó la placita y se encaminó hacia el huerto dando un rodeo. Ya no había rastro de los niños, y eso acabó por relajarle. Cuando llegó hasta un olmo con dos enormes troncos de poca altura, se detuvo. Aquel árbol centenario, al perder un tercer tronco, había sido atacado por hongos xilófagos, que ahuecaron el principal y los dos brazos, aunque ahora gozaba de buena salud. La Naturaleza tampoco era una fiesta. Antón acarició la corteza rugosa y extendió el brazo en alto. Tocó una de las pequeñas hojas, de base asimétrica y acabada en punta, se separó del árbol y lo admiró durante unos segundos. Aquél era su modo de saludar a los ejemplares con los que se había encariñado por alguna razón, ya fuera por su grandiosidad, por su rareza, o sencillamente porque le gustaban. Así, de camino al huerto, fue parándose de tanto en tanto para saludar a una haya roja, a un ciprés verde eléctrico, a una *picea pungens koster* de agujas grises azuladas y a un *taxodium ascendens netans* de gran elegancia y apariencia frágil, con hojas que eran como lágrimas amarillas en una eterna caída.

El huerto no estaba vacío. Una pareja de mediana edad paseaba junto a uno de los cuadros. El anciano esperó hasta que se perdieron por una de las calles, se desabotonó la gabardina, miró hacia los lados para comprobar que no hubiera nadie, y con movimientos rápidos y precisos arrancó una cebolla roja, tres puerros verdes de buen tamaño y varios tomates valencianos, que guardó en los bolsillos interiores del sobretodo. Un golpe de viento lo infló, y por un instante creyó que las hortalizas iban a caer al suelo y alguien le iba a descubrir. Antón lo cerró y notó una sensación extraña, inquietante, como si realmente alguien le estuviera espiando.

Al darse la vuelta, se le erizó el cabello de la nuca.
Era el niño de los ojos grandes.
Estaba escondido entre las ramas bajas de un tejo.
Vigilándole.

Ya era libre. Tenía hasta las cinco de la tarde, la hora a la que Elisabetta, la asistenta rumana, debía ir a la plaza de Colón a recogerle de la excursión. Sus amigos le habían jurado que le cubrirían en caso de que la señorita Ana pasara lista, y Miguel, el gordito, se había quedado encantado de que le tocara hacer desaparecer la bolsa de comida que le correspondía a Álvaro. Tenía tanto tiempo por delante que no sabía bien qué hacer. Decidió recorrer el jardín por completo, de forma exhaustiva. De vez en cuando recolectaba alguna hoja, hasta casi llenar los bolsillos, y se detuvo a leer todos los carteles explicativos y muchos de los nombres de las plantas y los árboles que se iba encontrando por el camino. Cuando se cruzaba con alguien aceleraba el paso, porque sabía que podían preguntarle qué hacía allí solo, en horario escolar.

Hacia la una de la tarde, mientras metía a presión en el bolsillo una hoja de nectarino fantasía, se acordó del viejo. ¿Estaría todavía en el jardín, o ya se habría marchado? Con suerte, quizá podría pasear con él y pedirle que le enseñara algunas cosas. Si se dedicaba a coger semillas, algo sabría de plantas. Decidió peinar el jardín a la carrera. Al cabo de un rato estaba sudando y extenuado. Cuando iba a abandonar la búsqueda, lo divisó en la confluencia del Paseo de Mutis con el de Carlos III. Se acercó con cuidado de que no lo viera, y le espió, agachado tras un seto.

El anciano estaba junto a un árbol grande con las hojas entre rojas y marrones, haciendo cosas muy raras. Con la cabeza ladeada, abrazó el tronco del árbol. Podía ser incluso que le estuviera hablando. Después estiró los brazos y tocó una hojas. Álvaro pensó que era probable que no supiera una mierda de árboles. A lo mejor estaba simplemente loco. El viejo se quedó un buen rato mirando el árbol, ensimismado. ¿Estaba rezando, o qué? Después, echó a andar, y cuando llegó junto a un ciprés hizo algo parecido. Álvaro llegó a pensar que quizá fuese mejor olvidarse de él y seguir investigando el jardín, pero la curiosidad le pudo, y siguió tras él. El anciano se comportó de modo extravagante con otros dos árboles, y luego avivó el paso y fue hasta el huerto.

Álvaro se escondió entre las ramas de un tejo. Desde allí veía perfectamente al anciano, que ahora, junto a un cuadro, dándole la espalda, no hacía nada reseñable. De repente el anciano se abrió la gabardina, se inclinó sobre el huerto, y cogió algunas verduras. ¡Estaba robando! Luego se irguió, se quedó muy quieto y se dio la vuelta con una agilidad insospechada.

Y le miró.

Con esos ojos de mago.

Fijamente.

Sin sonreír.

Pero esta vez Álvaro no pensaba huir. Salió de su malogrado escondite y avanzó hasta donde estaba el viejo, que parecía confundido. Eso sí, guardó una distancia prudente.

—Hola, me llamo Álvaro —se presentó—. Le he visto coger las verduras. ¿Para qué las quiere?

El anciano, sin responderle ni devolverle el saludo, comenzó a alejarse de él. Álvaro se dio cuenta de que su pregunta quizá no era muy adecuada, de que le podía haber ahuyentado. Ya no le tenía miedo, sino que le veía como un pájaro grande, solitario y asustado. Corrió tras él y se puso a caminar a su lado.

—Antes le vi coger semillas y hacer cosas raras junto a unos árboles —ahora el viejo sí pareció interesarse, y le miró—. Se abrazaba a los troncos, los tocaba... ¿Qué hacía usted? ¿Es capaz de hablar con ellos?

—No —respondió el anciano, sin dejar de andar—. Nadie es capaz.

Álvaro pensó que quizá le interesarían sus hojas. Sacó unas cuantas de uno de los bolsillos, y se las mostró.

—Mire, son hojas de árboles —le dijo, forzando una sonrisa—. He cogido a montones, para mi colección. Pero creo que ya he olvidado a qué árboles corresponden, ¿sabe? Quizá usted podría ayudarme...

—No —dijo el anciano, que por ahora no le mostraba ninguna simpatía—. Tengo cosas que hacer.

Álvaro estaba empezando a perder la paciencia. ¿Qué pasaba con aquel viejo? ¿Era idiota, o qué?

—Mi madre me regaló una prensa para secar flores, y yo seco hojas, porque me gustan más —le explicó, intentándolo de nuevo—. Luego las pego en las páginas de un álbum con tiritas transparentes, y escribo debajo el nombre de la especie con una pluma estilográfica, de las de verdad. Por ejemplo, pego una hoja de roble, y pongo: «Roble», y debajo, «*Quercus robur*», que es la denominación de la especie en latín, ¿comprende?

Caminaban por una calle, en dirección al muro que daba al Paseo del Prado. Se oyó una sirena, y el ruido de los motores de los coches y autobuses iba creciendo. El viejo le miraba mucho, pero no abría la boca. Álvaro siguió tratando de impresionarle.

—¿Quiere oír nombres curiosos de plantas y árboles? —y sin esperar la respuesta del anciano, porque sabía que no iba a llegar, enumeró los nombres—. Morral del cazador, espina santa, espina de fuego, nectarino fantasía, falso plátano... ¿Ha oído? —y se rió—. ¡Falso plátano! —El anciano sonrió tímidamente, y eso le dio ánimos—. Su nombre en latín es *acer pseudoplatanus*. Pero hay más: tomate cereza. ¿No es gracioso? No es ni tomate ni cereza, ¿no? —ahora el viejo sonreía abiertamente, y Álvaro pensó que se lo estaba ganando, que pronto respondería a sus preguntas—. También hay plantas piedra, que son de Namibia y Sudáfrica. Y madreselva, de verdad se lo digo, y hierbaluisa... ¿Y sabe la mejor? ¿Quiere oírla?

El anciano asintió con la cabeza.

—Hay una planta de hoja redonda y pequeñita, que crece por el suelo...

—Rastrera —le interrumpió el viejo.

—... pues eso, rastrera, que se llama: ¡Sí! ¿Se lo puede creer? ¡Sí!

Habían girado hacia la derecha, en dirección hacia la salida del jardín. Caminaron un rato en silencio hasta que el viejo se paró.

—¿Cómo te llamas, chico? —le preguntó, sonriendo, aunque se notaba que no era algo que hiciera a menudo.

—Me llamo Álvaro, y tengo ocho años —le respondió él, orgulloso.

—Eres un niño muy inteligente, Álvaro —le dijo—. Pero no deberías andar solo por aquí. Tus profesores y tus padres se van a preocupar. Deberíamos llamarles. ¿Tienes teléfono?

Álvaro sintió que la sangre se le subía a la cabeza. ¿Qué se había creído ese viejo? ¿Pensaba chivarse, o qué?

—¡No pienso llamarles! —le gritó, fuera de sí—. ¡Voy a subirme a un árbol que he visto, y nadie me va a encontrar! ¿Lo entiendes, abuelo? ¡Nadie!

Álvaro echó a correr y cuando ya se había alejado lo suficiente, trató de orientarse. No estaba lejos de aquel árbol inclinado que había descubierto antes. Agachado, para que no le viera el viejo en caso de que le estuviera persiguiendo, lo buscó hasta que dio con él. Era un pino llorón del Himalaya. Parecía que un gigante lo hubiera empujado hasta casi tirarlo. Álvaro trepó por el tronco, primero a cuatro patas y luego arrastrándose, se agarró a una rama, se encaramó y fue subiendo hasta que al mirar hacia abajo le dio vértigo.

Allí nadie le encontraría.

Ni siquiera aquel viejo loco y antipático.

Al cabo de un rato sintió frío.

El viento se le colaba por la ropa.

Pero no pensaba bajar.

Aquel chico era simpático, y muy vivo. Pese a que Antón no le hacía caso para que le dejara en paz, no se daba por vencido. Y le gustaban los árboles, como a él. Mientras oía su cháchara interminable, pensó que no le importaría pasear en su compañía por el jardín. Pero, por otro lado, aquello era un completo disparate. El niño se había escapado, probablemente ya le estarían buscando, y si no, era cuestión de tiempo. Le encontrarían con él, un anciano vestido con una gabardina raída, y sospecharían cosas que ni él mismo se atrevía a pensar. Quizá hasta le detuvieran, y no estaba dispuesto a eso otra vez, aunque ahora fuera por causas totalmente diferentes, e igual de injustificadas. Otra vez, no. Recordó aquellos meses pasados en la cárcel, el hambre, los piojos, el miedo. Y aquella tortura, aquel agujero en el tiempo, aquella decepción por sentirse traicionado por quienes luchaban como él por un mundo mejor, no fue nada comparado con lo que se encontró al salir a la calle. Un escalofrío le recorrió la espalda. Ahora el niño caminaba en silencio, y Antón se detuvo.

—¿Cómo te llamas, chico? —le preguntó, tratando de sonreír.

—Me llamo Álvaro, y tengo ocho años —le respondió él, sonriéndole con los ojos.

—Eres un niño muy inteligente, Álvaro —le dijo, preparando la despedida—. Pero no deberías andar solo por aquí. Tus profesores y tus padres se van a preocupar. Deberíamos llamarles. ¿Tienes teléfono?

Pero el chico se ofendió. Su carita enrojeció, y empezó a gritarle. Antón, nervioso, ni siquiera comprendió todo lo que le dijo. Y de repente, el niño echó a correr y desapareció de su vista. Antón se sintió muy solo. Terriblemente solo. Maldijo a aquel mocoso, y pensó en marcharse. Pero recordó que le había dicho algo de subirse a un árbol, y supo inmediatamente dónde podía encontrarle. Si él fuera un niño, también habría ido allí.

Efectivamente, ahí estaba. Aterido de frío. Encaramado a una rama del pino llorón con el tronco vencido. Todavía no se había apercibido de su presencia, y Antón se quedó observándole. El chico arrancó una de las hojas en forma de agujas y se la metió en la boca. Se le veía enfadado. Entonces una idea loca cruzó por la mente del anciano. Puede que aquel niño no fuera exactamente un niño. ¿Y si fuera un enviado, una especie de ángel? Antón no creía en los ángeles, ni en el cielo, ni en el infierno, pero sí en las señales. Aunque en los últimos setenta años sólo hubiera recibido malos augurios, quizá ese niño fuera una buena señal, la primera en tanto tiempo. Quizá le estaba diciendo que ya, tan cerca del final, era hora de moverse, de dar un paso adelante. Sumido en esas reflexiones, no se dio cuenta de que el pequeño ya le había visto, y cuando oyó su voz, pegó un respingo.

—¡No pienso bajar de aquí, abuelo! —le retó el chico, a voz en grito—. ¡Ya puede esperar sentado!

Pero Antón no tenía intención de convencerle para que bajara, ni de avisar a sus padres. Ya no. Dio media vuelta, y se encaminó hacia la salida del jardín. Sí, aquel niño era una señal. Le estaba diciendo que él y María no podían continuar fingiendo que habían olvidado a su hijo. Que no podían mantener su recuerdo preso dentro de sus cabezas, a punto de estallar. Que debían sacarle otra vez a la luz, hablar de él, devolverle a la vida, nombrarle. Que tenían que recuperar aquellas tres fotos guardadas en una caja, en el trastero. Que estaban obligados a esforzarse para recordar las conversaciones que mantenían con él, sus bromas, sus agudezas. Que podían volver a visitar su tumba en el cementerio, si es que todavía existía.

Antón llegó a la tienda del Botánico, ubicada junto a la puerta de la entrada, y compró un tiesto con azaleas. En el fondo, llevaba tiempo con aquella idea en la cabeza, aunque no se había permitido siquiera pensar en ello. Las azaleas eran especiales, tanto para él como para María. Él le llevó a María unas azaleas al hospital el día que nació su hijo, y fueron azaleas las flores que plantaron junto a la tumba, cuando lo enterraron. Ella, nada más verlas, comprendería. Pidió que le envolvieran el tiesto y que lo metieran en una bolsa, y salió del Botánico.

El viento había parado de soplar, el cielo se había abierto parcialmente y el sol acababa de asomar tras una nube. Antón creyó que aquello bien podía ser otra señal, y una sensación nueva de alegría, de casi felicidad, inundó su alma. Sacó de los bolsillos interiores de la gabardina las hortalizas que había robado, y las guardó en la bolsa de las semillas. Anduvo por el Paseo del Prado en dirección hacia Neptuno, pero estaba cansado por tanta excitación, y pensó que se podía dar el lujo de coger un taxi. Divisó uno con la lucecita verde de libre, y lo llamó con el brazo extendido.

Pero al girarse, se encontró otra vez con el niño.

En la calle, tras él.

Y al ver sus ojos asustados, supo que no era un ángel.

Ni una señal.

Sólo era un niño desorientado en medio de la ciudad.

Increíble. El abuelo le había dejado tirado. Álvaro estaba estupefacto. Incluso se le había pasado el enfado. Llevaba un rato esperando, creyendo que regresaría y que sólo era un truco para que bajara del árbol, pero no. Algo le decía que su huida iba en serio, que no iba a aparecer. Descendió con cuidado, aunque se raspó una mano contra la corteza justo al dar el salto a tierra. Le escocía muchísimo. Además, tenía hambre. Muchísima. Y frío. Le entraron ganas de llorar. Aquella aventura no estaba saliendo nada bien, el mago gigante había resultado ser un traidor, todavía eran las dos de la tarde, quedaban tres horas para que Elisabetta fuera a recogerle a Colón, no tenía dinero y no sabía qué hacer.

Se vio tentado de llamar a sus padres con el móvil para urgencias que llevaba, pero resistió. Nada había salido bien, pero sería mucho peor si la tarde acababa con una bronca y un castigo especial, de los gordos. ¿Qué podía hacer? Por lo pronto, salir del Botánico. Se sentía tan desgraciado que ya no tenía ganas de seguir viendo árboles y recogiendo hojas. Echó a correr para entrar en calor, y en dos minutos ya estaba afuera, en la plaza de la entrada. ¿Y ahora? No podía quedarse parado, tenía que seguir en movimiento hasta que se le ocurriera algo. Preguntó a una señora mayor dónde estaba la plaza de Colón, y la señora se lo indicó, aunque mirándole como si sospechara que estaba haciendo novillos. Siguió caminando, ahora un poco más tranquilo al saber que iba en la buena dirección, y de repente vio al anciano.

Estaba parando un taxi.

No lejos de él.

Y como las otras veces, le descubrió.

Quizá sí era un mago, o un gigante, o un personaje de un cuento.

El viejo dejó marchar el taxi y se acercó. No parecía enfadado. A Álvaro, no sabía bien por qué, le entraron ganas de llorar. Y no pudo remediarlo. El anciano le pasó uno de sus largos brazos por el hombro y él, poco a poco, se fue calmando. El viejo le ofreció una tela arrugada y sucia y, como él no hizo ademán de cogerla, le dijo que aquello era un pañuelo, y que hiciera el favor de sonarse los mocos. Álvaro le obedeció.

—Hagamos un trato —le propuso el abuelo—. Yo te invito a comer, y tú me dejas que llame a tus padres para que te recojan.

Álvaro lo pensó un momento.

—Está bien —aceptó—, pero con una condición. Tiene que responder a mis preguntas. A *todas* mis preguntas.

—Trato hecho, lo intentaré —dijo el anciano, que todavía no tenía muy claro cómo iba a acabar su buena acción—. Por cierto, me llamó Antón.

Antón preguntó a una joven dónde había un restaurante por allí cerca, y les aconsejó ir al Vips de Neptuno. Entraron, y al ver la tienda, el anciano no comprendía nada, se creía que les habían tomado el pelo.

—¡Esto es una tienda, chico! —rugió—. Esa señorita...

El niño le explicó que allí también se comía, y poco después estaban sentados a una mesa.

Antón leyó la carta detenidamente. Hacía tiempo que no iba a ningún restaurante, y estaba asombrado de la cantidad de platos extraños que se podían pedir. El camarero ya se había acercado un par de veces para tomar nota, y Álvaro no entendía por qué el anciano tardaba tanto en elegir.

—¿Puedo decir lo que quiero? —preguntó Álvaro, impaciente.

Antón respondió que sí, y Álvaro pidió una hamburguesa y una cocacola. El anciano eligió lo mismo, y tras unos minutos en silencio, les trajeron el pedido. Mientras comían, Álvaro sacó todas las hojas que había recogido.

—Lo malo es que ya no recuerdo los nombres...

El anciano le ayudó con los nombres de aquéllas que reconocía:

—Pruno —decía, señalando una—, castaño de Indias, sin duda... Ésta no sé... Ésta tampoco. Ése es un falso plátano...

Pidieron un bolígrafo y papel, y el anciano, a quien no parecía haberle entusiasmado la hamburguesa y apenas comía, fue apuntando los nombres de las que se sabía. Álvaro estaba encantado con él, ya le consideraba un experto en árboles, y la conversación comenzó a fluir, pese a la sequedad de las respuestas del viejo a sus consultas. Le contó por qué recogía semillas, en qué consistía su afición, los lugares a los que acudía para recolectar esquejes y los árboles que había logrado hacer crecer en la sierra.

—¿Y cuál es su árbol preferido? —preguntó el chico, cuya curiosidad era ilimitada.

El anciano meneó la cabeza.

—Eso es una idiotez. No puede haber uno preferido, cada uno tiene algo.

A Álvaro no le gustó que le llamara idiota.

—¿Una idiotez? —dijo, resoplando—. Yo tengo uno preferido, el haya, porque fue el primero. Lo que es una idiotez es no tener ninguno.

—Está bien —aceptó Antón, que había decidido armarse de paciencia con aquel entrometido—. Tengo mucho cariño al *ginko biloba*, un árbol que proviene de China y del Japón.

—¿Y por qué?

—Porque es el árbol más antiguo, y porque fue el primero en brotar tras la explosión de la bomba atómica de Hiroshima.

—Sí, lo leí en el cartel —dijo Álvaro, encantado de saberlo, y de poderlo incorporar a su colección, ya que guardaba una hoja en uno de los bolsillos—. ¿Sabía que sus hojas fueron alimento de los dinosaurios?

Álvaro se dio cuenta de que su compañero de mesa estaba disfrutando de la conversación tanto como él, pero cuando le preguntó qué contenían las bolsas que llevaba, el anciano contrajo la cara, como si le hubieran dado un golpe. Y su respuesta, que se hizo esperar, fue incompleta, evasiva.

—Llevo papel húmedo para conservar las semillas —le dijo—. Eso es todo.

Álvaro miró la segunda bolsa, la que contenía un objeto mucho más voluminoso y pesado que unos papelillos mojados y unas hortalizas.

—¿Y ésa? —señaló—. ¿Qué lleva en ésa?

El anciano dio silencio por respuesta, y Álvaro le recordó que había prometido responder a todas sus preguntas. Pero no había manera. De hecho, el viejo se estaba enfadando.

—Pero tú, ¿qué te has creído? —le ladró—. Ése no era el trato. Y además, tienes que darme el teléfono de tus padres, que ya te has acabado la hamburguesa.

Álvaro tiró los cubiertos sobre el plato, de mala manera, y también se enfurruñó. Estuvieron durante unos segundos retándose con la mirada, hasta que el anciano dio su brazo a torcer.

—Está bien, está bien —dijo—. Eres un cabezota, ¿sabes? Llevo un tiesto con azaleas, para María, mi esposa.

—¿Es su cumpleaños? —preguntó Álvaro, olvidado ya el enfado.

—No.

Álvaro le interrogó con la mirada, y el anciano suspiró y completó la respuesta.

—Es nuestro septuagésimo primer aniversario de boda. Robé las verduras para darle una sorpresa en la cena. Ese tipo de locuras mías le siguen haciendo gracia.

Álvaro quedó satisfecho con la respuesta. Pidieron dos helados y, mientras Álvaro comía, el abuelo comenzó a hablar de improviso, sin que hubiera mediado pregunta alguna por su parte.

—¿Quieres saber por qué llevo las azaleas? —comenzó el anciano—. ¿Quieres saberlo? Las llevo porque estas flores le recordarán a nuestro hijo, y porque quiero hablar de él con ella.

Álvaro no comprendía qué le estaba diciendo Antón, pero le escuchaba atentamente.

—Cuando éramos muy jóvenes, casi niños, tuvimos un hijo —continuó, casi en un susurro—. Disfruté con él casi cuatro años, pero había una guerra, y a mí me cogieron preso mis propios camaradas. A los seis meses pude salir de la cárcel, pero cuando llegué a casa, el niño había muerto. Tenía cuatro años y medio. Enfermó y María no pudo conseguir medicinas. En aquellos tiempos no era fácil encontrar medicinas en Madrid, pero el caso es que no logró curarle, y murió. Yo no sabía nada, y no pude ayudar. María no pudo tener más hijos, y hemos pasado la vida tratando de olvidarlo.

El anciano, emocionado, calló. Álvaro, algo confuso, comprendió que estaba sufriendo mucho, y se atrevió a cogerle la mano. Al notar el contacto, el anciano lloró quedamente. Cuando se acercó un camarero a recoger los platos, volvió al restaurante, a aquel instante, y al ver el rostro agobiado del chico, se esforzó por controlarse y parecer animado. Antón le pidió de nuevo el teléfono de sus padres a Álvaro, y éste le dio el del padre.

—Es mejor —explicó—. Mamá seguro que se asusta.

Tras la llamada, conversaron sobre esto y aquello, y al cabo de veinte minutos apareció el padre de Álvaro, un ejecutivo de cuarenta años y aspecto cansado y simpático. Llevaba un traje gris de buen corte y una corbata rosa un tanto llamativa. Saludó a su hijo con un suave coscorrón, y al anciano con un movimiento de cabeza y una sonrisa cómplice.

—Enhorabuena, hijo —felicitó a Álvaro, con ironía—. Me has sacado de una reunión importantísima con unos finlandeses. Enhorabuena.

El padre agradeció a Antón lo que había hecho por su hijo y quiso pagar la cuenta, pero el anciano se negó. Al despedirse, Álvaro quiso hacerle una última pregunta.

—Y su hijo, ¿cómo se llamaba?

Antón volvió a emocionarse, pero fue capaz de contenerse y responder:

—Se llamaba Martín. Martín S.

Padre e hijo salieron de Vips cogidos de la mano. El cielo se había vuelto a cubrir y amenazaba lluvia.

—¿Y bien, trasto? —dijo el padre, mientras se dirigían hacia el coche, aparcado en la plaza, en segunda fila, con las luces de señal puestas—. ¿Qué era eso del hijo?

Álvaro tardó en responder. Aquel anciano y todo lo que le había contado eran cosa suya.

—Nada, papá.

—Tenía un aspecto extraño, con esa gabardina y esas bolsas —comentó el padre—. Y esos ojos azules, tan brillantes…

—Se llamaba Antón, y sabía mucho de árboles. Era como un ginkgo.

—¿Cómo? ¿Como un ginkgo? —preguntó el padre, que a veces no sabía de dónde sacaba su hijo frases así.

Álvaro no le respondió, y se metieron en el coche, un modelo de gama media alta comprado recientemente y que todavía olía a nuevo.

—Habrá sido toda una aventura, ¿no? Ese anciano ha sido muy amable contigo, pero no todo el mundo es así. Espero que no se te ocurra volverlo a hacer.

—¿Se lo vas a contar a mamá? —preguntó Álvaro, preocupado.

—¿Tú qué crees? —respondió el padre, sonriendo ante la cara dura de su hijo—. Y además tengo que llamar al colegio, no vayan a estar buscándote.

—No te preocupes, papá —le dijo Álvaro, rápido como una flecha—. Si no te han llamado, es que no se han dado cuenta de nada. Son casi las cuatro y media. Llama a Elisabetta y dile que ya me has recogido tú.

Al padre a veces le asustaba la inteligencia de su hijo. Había que reconocer que tenía razón. ¿Para qué arriesgarse a tener un problema más? Llamó a la asistenta, le echó una bronca a Álvaro, arrancó y se incorporó a la circulación. Rompió a llover, y el tráfico se convirtió en una imagen borrosa de luces desvaídas y agua. Fueron en silencio hasta que, al detenerse en un semáforo en Cibeles, el padre se volvió hacia Álvaro, diciéndole:

—¿Sabes, hijo? Yo también tuve una aventura. Ayer por la noche, en casa. Maté una cucaracha enorme, terrible.

Álvaro se revolvió en el asiento: primero aquel viejo tan raro, y ahora su padre. ¿Estaban todos locos, o qué? ¿Cómo iba a poder compararse su aventura en el Botánico con matar una ridícula cucaracha?

—¿Una cucaracha, papá? ¡Eso no es nada! —se atrevió a decir, incapaz de contenerse.

Al ver que el semáforo se ponía en verde, el padre aceleró y condujo hasta su casa pensativo.

No dijo nada más.

Tan sólo pensó que ya aprendería su hijo.

Cuando se hiciera mayor.

Ya aprendería que no hay aventura pequeña.

Ni enemigo despreciable.

Por desgracia, ya aprendería.

Nicolás Casariego, 20 de mayo de 2007

ÍNDICE